A-LII

ANA MACEDO

A-LII

SILENCIADOS

novo século®

SÃO PAULO, 2015

GERENTE EDITORIAL
Lindsay Gois

EDITORIAL
João Paulo Putini
Nair Ferraz
Rebeca Lacerda
Vitor Donofrio

GERENTE DE AQUISIÇÕES
Renata de Mello do Vale

ASSISTENTE DE AQUISIÇÕES
Acácio Alves

AUXILIAR DE PRODUÇÃO
Luís Pereira

PREPARAÇÃO
Thiago Augusto

DIAGRAMAÇÃO
João Paulo Putini

ILUSTRAÇÃO DE MIOLO
Nathalia Gomes

CAPA
Débora Bianchi

REVISÃO
Gabriel Patez Silva

Texto de acordo com as normas do Novo Acordo Ortográfico da Língua Portuguesa (1990), em vigor desde 1º de janeiro de 2009.

Dados Internacionais de Catalogação na Publicação (CIP)
(Câmara Brasileira do Livro, SP, Brasil)

Macedo, Ana
A-LII: silenciados
Ana Macedo.
Barueri, SP: Novo Século Editora, 2015.

1. Ficção brasileira. I. Título.

15-06052 CDD-869.3

Índice para catálogo sistemático:
1. Ficção : Literatura brasileira 869.3

NOVO SÉCULO EDITORA LTDA.
Alameda Araguaia, 2190 – Bloco A – 11º andar – Conjunto 1111
CEP 06455-000 – Alphaville Industrial, Barueri – SP – Brasil
Tel.: (11) 3699-7107 | Fax: (11) 3699-7323
www.novoseculo.com.br | atendimento@novoseculo.com.br

Para Dagny,
Que viu a história nascer;

E para todos aqueles que,
De algum modo,
Morreram pela liberdade.

Agradecimentos

GOSTARIA DE AGRADECER PRIMEIRAMENTE a alguns mestres sem cuja orientação esse livro não existiria. Queria que soubessem que não importa quantas vezes eu diga, nunca será o suficiente para expressar o quão grata eu realmente sou a vocês.

Edninha, Inês, Mafê, Marcus, Fefo, Michas, Liliam, Zezé e Frank, obrigada.

Quero agradecer imensamente a meu avô Orlando, sem cuja paciência e carinho eu não seria ninguém. Obrigada por ser o primeiro a acreditar em mim, e por guardar todos aqueles rascunhos e poesias.

Gostaria de agradecer aos leitores de *Lágrima de Fogo*, que me impulsionaram grandemente apesar das diferenças de gênero; vocês são incríveis.

Quero agradecer também a Tái, Rob, Novikovas, Tati, Dag e Vitor, que aguentaram as TPMs e surtos por causa do livro, seus atrasos e abalo psicológico causado por algumas lembranças; vocês sempre me incentivaram e ajudaram em toda e qualquer situação possível. Vocês são meus anjos.

E por que não agradecer a Alexandre Dumas, Alan Moore, George Orwell, Ray Bradbury e Aldous Huxley pela inspiração?

Gostaria de agradecer grandemente a você, que está lendo essa página esquecida pela maioria. Mesmo que seu nome não esteja aqui, eu agradeço imensamente o seu interesse em minhas palavras, e o simples gesto de abrir esse livro, para que ele não se sinta tão sozinho.

Agradeço a todo e cada leitor dessa obra, pois um livro de nada serve sem leitores.

Gostaria de agradecer, principalmente, a todos aqueles que acreditaram na história e em mim, mesmo quando eu não acreditei.

Espero que as seguintes páginas lhes sejam úteis e prazerosas.

"Liberté, Egalité, Fraternité."

"Quanto mais a sociedade se distancia da verdade,
mais ela odeia aqueles que a revelam."
George Orwell

Prefácio

IMAGINE A SEGUINTE CENA: um homem ou mulher dirige-se a um pequeno riacho, pés revestidos por uma bota de borracha e uma grande peneira em mãos. Lá, ele – ou ela – começa um longo, árduo e extenuante processo de encontrar pequenas pepitas de ouro. Transporte essa cena para o mercado editorial nacional e troque a figura do garimpeiro pela do editor. Depois, substitua o riacho pela literatura e, certamente, descobrirá que uma dessas raras pepitas tem nome e sobrenome: Ana Macedo. Aninha (como eu a chamo) tem tudo que um autor precisa para dar certo. É simpática, acessível, boa praça, antenada, e – mais importante de tudo – sabe escrever bem. Muito bem, por sinal. Lembro até hoje quando nos encontramos em um evento chamado Porre Literário no meio de 2014. O tema discutido naquele dia eram as distopias e eu havia sido convidado para falar um pouco sobre a premissa do meu próximo livro, que segue o mesmo gênero. Aninha estava lá para fazer o mesmo. De cara, só de vê-la falando no palco sobre a história, fui conquistado pela ideia da obra. Assim como todos outros mortais, tive que aguardar alguns meses pelo lançamento do livro na Bienal. Uma semana antes do maior evento literário do Brasil, parei em um site com uma degustação de dez páginas de *A-LII – Silenciados*. Não precisava de mais nada para saber que esse era um daqueles livros que você termina e pensa "Por que eu não escrevi isso?". Na Bienal, a primeira coisa que fiz, assim que tive um tempinho no meu estande, foi encontrar a Aninha e adquirir meu exemplar autografado com ela. Recomendo a escrita de Ana Macedo para todos aqueles que querem se divertir, e, ao mesmo tempo, refletir com um texto carregado de mensagens subliminares, pois uma coisa em *A-LII – Silenciados* é garantida: apesar de uma distopia, o impacto das palavras de Ana Macedo é bastante real.

Por Ricardo Ragazzo

PRÓLOGO

POR QUE EXISTIMOS?

Dizem que nas épocas mais difíceis os homens recorrem a sua fé ou a soluções mágicas. Talvez, dependendo de quão sombrios esses tempos sejam, alguns homens optem por ambos.

Esconder-se sob a religião sempre foi o caminho mais fácil para aqueles que não sabem lidar com as situações. É fácil pedir por um milagre e esperar sentado por uma solução, evita conflitos e grandes envolvimentos. Do mesmo modo, é essencialmente simples pedir por soluções mágicas e recusar-se a acreditar em magia.

Nada muito surpreendente, na verdade, especialmente quando se considera o quão hipócrita a humanidade pode ser.

Ouvi uma vez que "quem é seguro, não se segura em nada". O fato é que nunca houve, e provavelmente nunca haverá, uma única criatura nesse mundo completamente segura de si.

O que podemos fazer é seguir em frente, na esperança de que, algum dia, uma alma torne-se boa e determinada o suficiente para lutar por um mundo melhor, sem importar-se com seu passado, presente ou futuro.

Talvez um dia exista uma alma altruísta o suficiente.

Não ouso pensar que essa é minha função no mundo.

Não.

Eu não tenho alma.

A promessa de uma vida após a morte nunca me foi dada.

Eu fui criada por mãos humanas, e por elas será dado meu fim. Um fim único, sem "se", sem dúvidas, sem saudosismo ou arrependimentos.

Eu não sou ninguém.

Em minha vida – se é que posso me dar ao luxo de chamá-la assim –, vi homens brincando de deuses, dando e tirando a vida quando bem lhes era conveniente, homens lutando como feras, a fim de sobreporem-se uns aos outros.

O fato, para mim, é que não passam de bestas vis e dotadas de pouco conhecimento ou sabedoria.

Infelizmente, minha opinião não importa.

Eu não fui criada para pensar. Questionar não é parte de quem eu sou.

Então, para que existo?

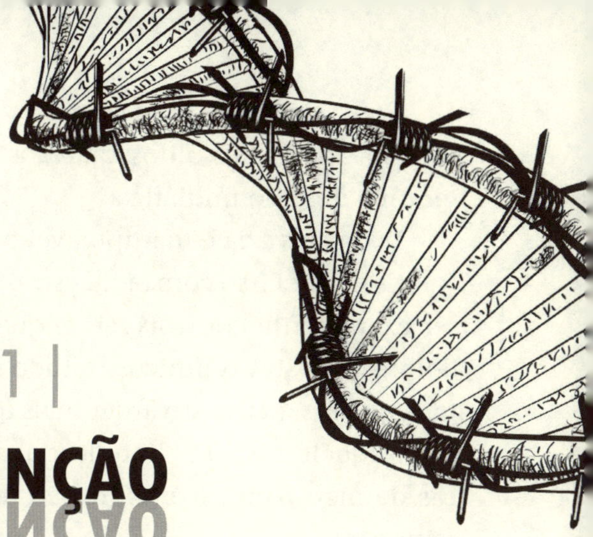

1

REDENÇÃO

A-LII

NEM TODOS NÓS NASCEMOS AQUI. Há aqueles que vêm de fora. Os Instrutores dizem que estes são humanos terríveis. Pessoas más e desobedientes, que fizeram coisas erradas quando livres e desrespeitaram a Voz.

Imagino se o mundo lá fora é tão terrível como dizem.

"Pessoas falsas que só pensam em si mesmas. É tudo o que encontrará lá fora, criança", disse-me Sra. Lestrid uma vez.

Mas a ideia de não sentir a dor dos experimentos semanais, por si só, já se fazia maravilhosa. Se somada à sensação dos raios de sol batendo na pele e aos banhos naquelas bacias enormes com espuma – "banheiras", Cice, do Setor de Preparação de Imprensa, dissera-me – era quase irresistível.

Apesar de só tê-las experimentado algumas vezes, tenho certeza de que foram as melhores sensações de minha existência.

Não que ela tenha sido longa ou muito produtiva. Na verdade, tudo o que consegui provar até hoje é que as maquiagens de cores berrantes da *Aby&C* não fazem mal à pele – pelo menos não à minha

– e que, apesar dos olhos azulados e cabelos sedosos, não sirvo para ser uma modelo midiática.

Não sou vazia e manipulável o suficiente.

Comentei isso com Sra. Lestrid em uma oportunidade, sobre não ser exatamente controlável, enquanto ela me curava após um dos dolorosos testes químicos, e tudo o que consegui em troca foi um tapa que fez meu rosto arder mais que qualquer creme experimental.

Naquele dia, um líquido quente e salgado escorreu pelas maçãs de meu rosto, e a expressão de minha Curadora se encheu de remorso.

– Perdão, meu anjo – ela me disse receosa, e então me abraçou, caída ao chão.

Meu único desejo era que ela se afastasse de mim.

Não só pela estranheza que tamanho contato me causava, mas pelo nojo que sentia daquela mulher. Nojo, este, que nunca fui capaz de superar.

Este foi o dia em que descobri o que eram as lágrimas humanas, e que elas não vêm somente nos momentos de dor e tristeza, mas também nos de raiva extrema.

Nunca mais consegui olhar nos olhos de Sra. Lestrid.

Não por vergonha, mas pelo asco amargo que brotava em minha garganta, trazendo-me a vontade de devolver-lhe aquela palmada toda vez que a esguia senhora postava-se diante de mim.

Nunca o fiz, é claro.

Estaria morta, se o fizesse.

Clones não têm liberdade para sentir raiva, amor ou compaixão. Não podemos nem mesmo dar-nos ao luxo de desprezar algo ou alguém.

Devemos apenas agradecer por terem nos dado a vida.

Esse é o protocolo.

Somos feitos para obedecer.

Para atender caprichos humanos que eles mesmos não foram capazes de alcançar.

Somos feitos para servir e satisfazer, e isso é tudo.

Almejar algo diferente disso seria loucura; não seria natural.

Desde quando somos criados, os vídeos interativos e educacionais nos ensinam a servir e obedecer. Somos alfabetizados na língua universal, e recebemos lições de matemática simples. Nada nos é ensinado senão conceitos básicos. Nada que estimule pensamento ou senso crítico. Afeto e contato não são nada além de palavras para nós. Criticar não é nossa função. Falar sem permissão é considerado violação. Andar sem ser convocado pode ser visto como desacato. Olhar para onde nossa atenção não foi chamada direta e explicitamente é um ato digno das mais altas penalidades.

Não somos nada além de brinquedos nas mãos de nossos criadores.

Clones costumam ser perfeitas marionetes, dotadas de nenhum sentimento ou consciência própria – perfeitos para serem usados pela Voz –, mas, em alguns poucos casos, temos as habilidades necessárias para algum Setor Específico, como beleza e carisma para as câmeras, submissão total e corpo escultural para vendas, ou astúcia e sagacidade suficientes para espionagem – raros são ainda os que sobrevivem tendo essas qualidades, pois são imediatamente considerados perigosos para a Voz –, então a maioria de nós acaba sendo útil somente dentro dos Centros de Pesquisa onde somos gerados.

Quase fui submetida aos experimentos da Área Restrita quando me rejeitaram no Setor Midiático. Consideraram-me um Clone com defeito, um artefato perigoso, seja lá o que isso queira dizer. A verdade é que queriam me descartar.

Eu tinha visto demais, foi o que vim a descobrir depois.

Sr. Muniz, diretor dos Centros da região, foi quem intercedeu por mim. Dissera que, como eu não havia de fato aparecido na TV, não existiria danos na população. Disse que eu era muito jovem e só havia sido um pouco influenciada por um "de fora" na época da crise de superlotação alguns meses antes – quando uma considerável revolta, seguida de uma série de protestos opositores, havia sido descoberta e contida, e vários Bs foram capturados, sendo que alguns, por falta de infraestrutura local, acabaram sendo colocados nas celas de clones.

Obviamente esse episódio nem ao menos tinha acontecido para a maior parte da população. A mídia conseguira desviar o foco do povo com esportes, novelas e programas ridículos, como sempre. Aqueles que tiveram parentes mortos ou capturados foram informados que seus entes queridos haviam sido levados a óbito por alguma doença terrível. Lembro-me de ter ouvido a palavra "rubéola" pelos corredores, ou aquela doença epidêmica de alguns anos atrás, que, em seu estágio inicial, fazia os cabelos caírem. Nunca vi ninguém morrer de carequice, mas era recente e assustador, então era conveniente. É claro que eu sempre soube que aquilo não passava de uma grande mentira, já que via uma série de Bs pelos corredores, inclusive em minha cela.

Chega a ser engraçado como mesmo os humanos são plenamente manipuláveis.

De qualquer modo, tenho certeza de que tal ato de quase rebeldia, mesmo vindo de um *humano* de tão alta patente, simplesmente para tentar salvar um simples clone, gerou a Sr. Muniz uma série de problemas burocráticos. Ele não me puniu, nem me culpou. Apenas sorriu para mim e supervisionou-me por algumas semanas, certificando-se e relatando aos seus superiores que eu não apresentava nenhum risco.

A crise passou, mas o favoritismo de Sr. Muniz por mim havia ficado claro como cristal para alguns funcionários do Centro.

– Por que, afinal, ele se daria ao trabalho de protegê-la? – ouvi Babete, a faxineira sempre excessivamente maquiada, futricando com suas companheiras.

De qualquer maneira, quando o diretor teve que sair em uma viagem de supervisão aos outros Centros, os problemas começaram a aparecer.

Alguns funcionários, tomados de raiva e inveja, submeteram-me aos piores testes dos meus, até então, catorze anos de vida.

Primeiro vieram os teste de remédios para queimaduras.

É claro que para testar os remédios, eu precisava ter alguma queimadura.

Não era problema para aquela gente.

– Não! – eu gritava desesperada. – Carlos, eu imploro, me deixa ir.

– Cale a boca! – Carlos berrou, dando-me um forte soco na cabeça.

Não era como se Carlos fosse um deles. Era apenas um de nós que se mostrara violento, porém, plenamente obediente, caso tivesse alguns mimos a mais.

Em suma, era uma prostituta que se vendera contra os seus.

Eu ainda estava zonza com o baque quando senti minhas mãos arderem contra a alta temperatura da chapa.

Urrei de dor. Tão alto quanto meus pulmões permitiam.

Mas ninguém me ouviria.

– Pelo amor dos céus, Carlos – choraminguei mais uma vez, assim que minhas mãos foram liberadas –, leve-me de volta, por favor.

– Já disse para calar a boca – disse entredentes, puxando meus cabelos e me jogando ao chão antes de virar-se para uma mesa metálica e pegar um comprido ferro cuja ponta avermelhada pelo calor indicava a dor que viria a seguir.

As marcas daquela noite permanecem em mim até hoje. Não as queimaduras feitas diretamente com fogo, óleo ou aquelas feitas com auxílio de algum dos artefatos aterrorizantes, mas aquelas por debaixo da pele.

Aquelas que atingiram em cheio meu coração e entranhas.

Porém, em pouco tempo eu estava curada. Clones eram feitos para isso, afinal.

Seguiu-se uma série de retalhamentos. Sempre tomando cuidado com meu antebraço e mão esquerda, onde os chips descansavam sob a pele, e a marca anunciava minha origem. Testes de remédios para curar feridas profundas, feridas estas feitas em uma série de chibatadas em minhas costas; de remédios contra gripes fortes – o vírus era inserido diretamente em minha corrente sanguínea; entre outros mais.

Depois, as coisas pioraram.

Fui usada em testes para saber quais eram os tipos de torturas mais efetivas para jovens garotas que viessem a se rebelar contra a Voz.

Nem ao menos posso descrever as atrocidades feitas comigo naquelas salas de experimentos. Posso, porém, garantir que nem mesmo que quisesse, e isso não significa que queria, seria capaz de esquecê-las.

Não. Eu não queria esquecê-las.

Guardaria cada detalhe comigo. Pois já nessa época um sentimento estranho pulsava em mim.

Um sentimento que mudaria minha vida.

Mas isso não importa, por ora.

Testes químicos vieram.

Testes biológicos.

Testes psicológicos.

Simulações.

Uma ratazana faminta.

Uma infinidade de baratas.

Gases.

Tantos tipos de gases.

Venenos.

Retaliações.

Troca de meus órgãos por protótipos sintéticos.

Troca das próteses sintéticas por meus próprios órgãos.

Filtragens e troca de sangue.

Qualquer teste estúpido que fosse capaz de me causar imensa dor ou me deixar à beira da morte, mas que não me desse o prazer de ceder.

Refluxos de sangue tornaram-se constantes e comuns. Um dia, não me lembro quando exatamente, passei a contemplá-los como amigos. Eram o único aviso claro de que eu ainda não estava morta;

de que ainda havia a esperança de ver o belo céu azul e as bolhas de sabão nas grandes bacias de água.

Meu inferno particular durou exatos oitenta dias, e então meu intercessor voltou; minutos antes que eu fosse jogada em uma nova câmara de gás – para testar quanto tempo eu resistiria antes de desmaiar –, Sr. Muniz entrou em minha cela, para verificar quão afetada eu havia sido até então.

Lembro-me perfeitamente do choque naqueles olhos castanhos, emoldurados pelas grossas sobrancelhas e linhas do tempo que o rodeavam.

– O que aconteceu aqui? – ele perguntou com a voz trêmula.

Lá estava eu, encolhida no canto mais distante do quarto, com os lábios rachados e cheios de sangue. Meus dentes batiam inconstantes com os espasmos de dor e arrepios passando por meu corpo. Ondas de choque que me faziam torcer o pescoço. Minhas mãos, mais magras e ossudas do que nunca, tremiam, e o sangue seco em crostas fazia com que a pele se repuxasse. Tossi convulsivamente e senti o vazio em meu estômago incomodar-me. Cuspi mais um pouco de sangue, e as pontadas da forte dor que se fazia presente em minha cabeça nos últimos seis dias me fizeram suprimir gritos.

Sr. Muniz aproximou-se hesitante, mas mesmo o mínimo movimento do homem me assustava.

– Shh, shh – ele tentou me acalmar –, está tudo bem, querida – insistiu, enquanto se aproximava lentamente.

Mas eu não queria ouvi-lo. Não queria que se aproximasse. Todos disseram que estava tudo bem, mas nunca era verdade. Nada estava bem. Nunca estava bem.

Espremi-me contra a parede tanto quanto pude, arranhando-a numa tentativa inútil e desesperada de fugir daquelas mãos que certamente me torturariam e arrancariam mais um dos finos fios de esperança e vida que me restavam.

Podia sentir a vida se esvaindo por minhas mãos cada vez que um novo experimento tinha início, desde que aquele inferno havia começado. E aquele homem era o culpado. Aquele homem, cujo afeto e preocupação haviam despertado tanta inveja e ira naquelas pessoas, era o culpado.

Hesitei por um segundo.

O que ele havia feito, afinal?

Sr. Muniz nada fez senão me dar uma chance de viver.

Sobreviver, talvez.

Talvez não sob as melhores condições, mas ainda assim, a chance de estar viva. Em momento algum aquele homem fora terrível e mesquinho comigo. Não era como Sra. Lestrid, Babete, Carlos ou qualquer um daqueles porcos.

Sr. Muniz era apenas... o Sr. Muniz.

Encarei-o por um momento. Os olhos preocupados e cheios de ternura.

O que afinal um homem doce como ele fazia em um local sujo como este?

– O senhor – minha voz nada mais era do que um sussurro –, o senhor voltou.

– Sim, querida. – Um sorriso triste apossou-se de seus lábios. – Eu estou aqui. Nada mais vai te ferir, tudo bem? – O diretor arriscou dar um passo em minha direção, mas, por mais que eu me esforçasse, não pude evitar o instinto imediato de fugir.

Meus dedos sangraram com uma nova tentativa de escapar de quaisquer que fossem as mãos que me agarrassem.

Tinha medo.

Tinha medo de que me arrastassem mais uma vez para alguma daquelas sessões de inferno. Tinha medo de que toda dor começasse de novo.

Tive medo de que...

Senti um par de mãos mornas e suaves afagando meu rosto e consegui, por fim, em meio aos soluços e espasmos, abrir meus olhos.

Sr. Muniz estava próximo o suficiente para que eu ouvisse a sua respiração e o chiado baixo que a acompanhava. O homem levou uma de suas mãos ao meu ombro e, somente depois de um longo e profundo arrepio que percorreu minha espinha, consegui relaxar.

Meus dedos, quase em carne viva, desgrudaram-se das paredes que tentavam violar.

Levantei minha cabeça muito lentamente. Hesitante, não somente pelo fato de que, muito provavelmente, qualquer movimento brusco fosse me deixar tonta, mas pelo desafio implícito, pela quebra de regra que aquele gesto poderia ser.

E, finalmente, eu o fiz. Eu o olhei nos olhos.

Pude ouvir uma das Curadoras arfar, surpresa com o gesto.

Sabia que estava indo longe demais. Fitar um *humano*. Onde eu estava com a cabeça? Mas lá estava Sr. Muniz, abaixado junto ao chão, acalmando-me, numa promessa silenciosa de respeito e igualdade.

Como essas palavras brotavam-me à mente?

Igualdade? Tudo a que me igualei, um dia, foram ratos de laboratório.

Mas o que era aquele sentimento calmo?

– Ela – uma das mulheres que havia se amontoado na porta conseguiu dizer. – Como ela ousa?

Sr. Muniz nada disse. Apenas voltou seu rosto para elas em um olhar ameaçador, e ouvi a multidão se dispersando.

Não fui capaz de vislumbrá-los. Não pude desviar minha visão daqueles olhos que insistiam em me proteger.

Após alguns longos segundos, encolhi-me bruscamente. Repentinamente ciente do que acabara de fazer. A punição certamente seria a morte.

O que diabos eu estava pensando?

Fixar os olhos em um humano? Olhá-lo nos olhos? Como igual!

Dessa vez Sr. Muniz certamente não intercederia por mim. Deveria estar ofendido.

– Apronte meu carro – ele disse, sem desviar os olhos dos meus –, nós estamos partindo por hoje.

– Nós? – perguntou um homem de terno parado à porta. – O que quer dizer, Alec? – questionou com as sobrancelhas arqueadas.

– Quero dizer, Flavius, que ela vai comigo – rebateu.

Houve um momento de silêncio. Até mesmo eu estava boquiaberta. Um clone saindo de um Centro por intercessão e consentimento de um humano?

Sabia que alguns dos clones fugiam, e outros eram comprados. Mas nunca ouvira falar de algum que fosse *salvo*.

O que era aquilo? O que Sr. Muniz estava fazendo?

Flavius suspirou e acendeu um cigarro.

– Como quiser, Alec – disse por fim, retirando-se e fazendo sinal para que os outros presentes fossem com ele.

Quatro brutamontes passaram no corredor, sem desviar os olhos de seu caminho. Aquilo me causou um arrepio. Eram tão condicionados. Seriam eles clones como eu?

– Ei, pequena – Sr. Muniz sorria ternamente para mim –, consegue se levantar?

Hesitei, incerta se poderia realmente fazê-lo.

– Sim, senhor – respondi, tentando, tanto quanto possível, parecer segura de minhas palavras.

O que era consideravelmente difícil, levando em conta minha falta de voz.

Um sorriso melancólico apossou-se dos lábios de meu intercessor, e, num movimento delicado e cuidadoso, ele tirou-me do chão, como, mais tarde vim a descobrir, se segura um bebê.

Como se eu pudesse partir ao meio.

Talvez ele estivesse certo.

|2|

PENÚRIA

Will

EU NÃO PEDI PARA NASCER.

Nenhum de nós pediu. Há, no entanto, alguns – como eu – que desejam poder não tê-lo feito. Há, ainda, aqueles que de fato não deveriam ter nascido; seja lá pelo motivo que for. Alguns por não acrescentarem nada, em absoluto, ao mundo, outros por não merecerem o fardo de uma vida miserável, e alguns por não merecerem sequer o ar que respiram.

Mas isso não importa, já que jamais serei capaz de julgar se me enquadro entre tais aspectos, e, mesmo que o faça, nunca saberia por qual divisão.

Então, eu tento não pensar muito nisso.

Entrei pela porta dos fundos. Não queria vê-lo.

Queria apenas abraçar Ailena e Cedrico e pô-los para dormir.

Era tarde, e eu não precisava de mais problemas.

– William? – a voz rançosa ressoou da cozinha, e eu suspirei.

Precisava trocar a tranca da porta da lavanderia. Sem ela, talvez pudesse esgueirar-me pelo cômodo sem que Albert notasse.

Mas, pelo menos mais uma vez, eu teria que o encarar.

Repeti, como em todos os dias antes desse, que esta seria a última vez.

Besteira, eu sei.

Mas talvez todos precisemos de algo em que possamos nos agarrar.

– Will? – Ailena chamou hesitante do quarto.

– Vai deitar, meu amor – disse sorrindo para a garotinha –, eu vou logo atrás de você.

Não tive tempo, entretanto, para vê-la obedecendo, pois Albert já me tirava do chão pelo colarinho.

– Onde você esteve, moleque? – grasnou o homem, enquanto o cheiro nauseabundo de bebida e vômito exalava de sua boca fétida em baforadas de ar quente que me golpeavam o rosto. – Por que não estava cuidando daqueles pivetes?

– Estava trabalhando, Albert – respondo entredentes, segurando-me com as duas mãos em seus punhos, na tentativa de deixar que o ar passe por minha traqueia. – Alguém tem que fazê-lo, afinal.

– Besteira – ele ruge, lançando-me ao chão. – Dê-me o dinheiro, menino.

– Não tenho – respondo, arrastando-me pelo chão em busca de algo que possa me servir como defesa. – Paguei o almoço das crianças da próxima semana.

– O que? – vociferou Albert, tacando sua garrafa de uísque barato contra o chão. – Que porra você fez, moleque?

Os olhos verdes, avermelhados pelo excesso do álcool, encaravam-me furiosos. Eu não precisaria ser um gênio para imaginar o que aconteceria em seguida. A asfixia, os socos, os chutes, os refluxos de sangue saindo pelos meus lábios e os hematomas. Não eram exatamente uma novidade para mim, mas eu não podia deixar que Ailena e Cedrico o vissem uma vez mais.

Mas o que eu poderia fazer?

Procurava desesperadamente algo sob o que me esconder quando, pelo canto dos olhos, vi Albert sacando um canivete sabe-se lá de onde.

Ele se joga para cima de mim, desenxabido pela embriaguez, mas o espaço entre nós é diminuto. Não há como escapar ou esquivar. Tudo o que posso fazer é segurar uma almofada contra o rosto evitando que a navalha corte-me a carne.

O homem grunhe em cima de mim, e tudo em que posso pensar é no quanto o odeio. No nojo que a simples ideia de sua existência me causa. No quanto odeio o que esse homem fez a mim e a minha família.

No quanto eu o desejo morto.

Pulo o sofá no meio da sala e corro para a cozinha, tentando equilibrar-me sobre os pés trêmulos, e antes que eu atravesse a porta, ouço o baque surdo de algo contra a parede.

Engulo em seco, vendo, de canto de olho, a lâmina enterrada a poucos centímetros de minha cabeça.

Prossigo. Não há tempo para sentir medo, muito menos alívio.

Procuro desesperadamente nas gavetas algo que possa ser útil e agarro uma faca de carne mal amolada. Isso deve atrasá-lo.

Mas já consigo ver seu vulto na porta.

Merda.

Ele está próximo.

Ouço-o resmungar enquanto tenta tirar o canivete da parede.

Olho para o fogão e vejo uma panela de água fervendo. Ailena deveria estar fazendo um chá.

Agradeço em silêncio à minha irmãzinha e coloco-me à frente do líquido borbulhante.

– O que há, Albert? – instigo, forçando um riso zombeteiro por entre meus dentes. – Está tão bêbado que não consegue me alcançar? Ou será que está só ficando velho mesmo?

– Ora, seu moleque! – Ele corre desajeitadamente em minha direção. – Eu vou lhe dar um bom motivo para rir.

O sangue ferve em minhas veias.

Moleque, a palavra ecoa por minhas têmporas.

É este *moleque* quem coloca dinheiro em casa e sustenta os vícios desse porco, é esse *moleque* que dá de comer a essa criatura e a seus filhos, é esse *moleque* quem lhe dá banho e limpa a casa quando esse bebum chafurda em seu próprio vômito.

Moleque.

Como eu o odeio.

– Pois eu mal posso esperar – eu digo entredentes, incapaz de forçar um novo sorriso.

Tudo acontece muito rápido, depois de cuspidas minhas palavras.

Albert me ataca, e eu jogo meu corpo para a direita sem grandes dificuldades. A letargia que a ebriedade lhe causa está a meu favor. Bato a mão no cabo da panela em minha fuga e, enquanto escorrego pelo chão, ouço o berro do homem atrás de mim.

Aquilo não é o suficiente, eu sei, e ponho-me de pé no instante exato em que ele começa a proferir pragas contra mim.

Olho pro chão. *Céus, o que posso fazer?*

A faca ainda está em minhas mãos, e lá está ele, caído ao chão, ferido e quase inconsciente.

Mordo os lábios, sinto um arrepio.

Eu devo?

Parte de mim grita para que eu o faça, para que eu me liberte.

Mas levanto os olhos e vejo, parada à porta, a pequena figura assustada.

A culpa me derruba e eu deixo que a faca caia no chão.

Eu não tenho esse direito.

Não há nada que me dê a prerrogativa de tirar uma vida.

Nada que me dê o privilégio de tirar o pai daquelas crianças. Seja ele o monstro que for.

Sinto uma mão em meu calcanhar.

Merda.

Perdi tempo demais.

Albert está pronto a pôr-se de pé e, dessa vez, ele tem uma faca bem ao seu lado.

Porra, Will!

Pense logo.

Mas não o faço.

Tudo o que sou capaz de fazer é ceder ao impulso de agarrar o cabo da panela que me salvou e, com toda a força de meus braços, acertá-la na cabeça de Albert, que desmancha inconsciente ao chão.

Está feito.

* * *

Suspiro profundamente.

Um pouco de paz, enfim.

– Will? – Ailena chama do batente da porta.

– Sim, meu amor? – eu respondo, sorrindo enquanto arfo em busca de ar para meus pulmões.

– Precisa de ajuda com o papai? – ela pergunta, preocupada.

Eu ando em sua direção e me ajoelho, ficando a sua altura.

– Está tudo bem, viu? – Dou-lhe um beijo nas bochechas proeminentes. – Eu só vou pôr o papai debaixo da água fria e já vou pra cama.

– Tudo bem – ela diz, jogando os bracinhos magros ao redor de meu pescoço num forte abraço. – Posso te esperar pra dormir, Will?

– Pode sim – respondo, incapaz de conter o sorriso. – O Cedrico já dormiu?

– Sim, sim – fala, se afastando para olhar-me nos olhos. – Eu o coloquei na cama quando o papai começou a dar trabalho – explica, orgulhosa.

– Boa menina! – incentivo, levantando a mão direita. – Toca aqui!

Ela bate a mão na minha e vai pra sala, saltitando e sorrindo, brincar com seus dinossauros.

Eu olho para trás e suspiro.

– Sua vez – fito Albert.

Não é como se eu não quisesse deixa-lo lá com as queimaduras e hematomas.

Eu queria.

Muito.

Desesperadamente, na verdade.

Mas não pude fazê-lo.

Seguiu-se o trabalho de praxe.

Arrastei-o até o banheiro, liguei a água escura e malcheirosa e deixei que escorresse gelada sobre o homem.

Encarei-o.

Não merece o chão em que vomita.

Empurrei-o para o lado, tomei uma ducha rápida com a água não límpida e deixei-o lá, torcendo para que, hora ou outra, ele se afogasse no próprio vômito.

Troquei-me e tranquei as portas, esperando que Elene tivesse levado as chaves. Infelizmente, não era algo do qual eu poderia depender. Ela poderia voltar essa madrugada, ou não.

Talvez fosse melhor que não voltasse; nem hoje, nem nunca, assim eu possivelmente tomaria coragem para deixar aquele moquifo e ir em busca de um futuro melhor para mim, e para aqueles pestinhas.

Suspirei, tentando afastar a irritação.

Não era como se as coisas fossem mudar, eu sabia.

– Vamos, princesa? – chamei a pequena garota sonolenta que zanzava pela sala.

– Mas eu não estou com sono – ela retrucou, esfregando as mãos nos olhos.

– Ah, está sim – eu disse, pegando-a no colo.

– Não, não estou – ela insistiu, mas seus olhos mal se abriam.

Quando o despertador tocou, poucas horas depois, eu ainda estava acordado, e tudo o que eu podia ouvir era o barulho da água contra o azulejo do banheiro.

A prostituta não voltara para casa.

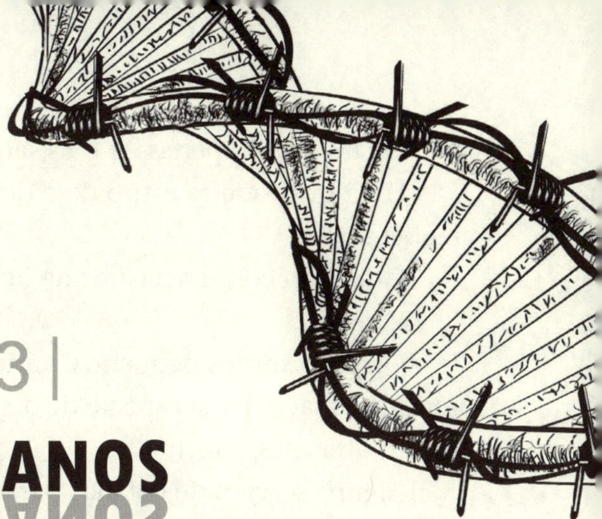

|3|

HUMANOS

A-LII

Eu sou A-LII.

Clone classe A – clonagem humana bem-sucedida.

Número de fabricação cinquenta e dois.

Eu não tenho exatamente um nome.

Nenhum de nós tem.

Somente os Bs.

Bewares, eles dizem. Alguma coisa sobre "ter cuidado" na arcaica língua inglesa. Os "de fora"; humanos normais que cometeram crimes contra a Voz.

As e Bs.

Ouvi qualquer coisa sobre Cs e Ds pelos corredores vez ou outra, mas não são nada além de boatos. *Chimeras* não existem, tampouco *Disposables*.

Os humanos eram perfeitos. Bom, pelo menos aqueles nascidos naturalmente. Humanos não cometeriam erros insanos como estes. E, especialmente, humanos não deixariam que tais erros tolos vivessem.

Não importa, já que não é algo que me diz respeito.

O fato é que apenas As e Bs são uma realidade tangível.

Uma brincadeira estúpida e desprovida de nenhuma graça com o abecedário.

E querem convencer-nos de que os clones não têm imaginação.

Patético.

Quando somos pequenos, vários de nós somos deixados em um mesmo espaço. Uma espécie de depósito. Não somos perigosos nem muito úteis nessa forma.

Alguns servem de cobaias para vacinas e remédios infantis e outros obviamente são vendidos. Eu imagino se estes têm o luxo de viver uma vida humana. Viver, não apenas existir. Não importa, dificilmente voltamos a vê-los.

Não que qualquer um de nós se lembre dessa época, mas acompanhamos de nossas celas quando outros são criados. Assim como acompanhamos as curtas estadias dos Bs que chegam ao Centro.

Não temos permissão para nos aproximar deles – assim como não temos permissão para absolutamente nada –, mas, um dia, porém, houve uma exceção.

A crise de superlotação.

Quando a sempre eficiente Voz perdeu o controle dos rebeldes e foi forçada a matá-los em massa.

Mas, veja, num mundo onde clonagem humana é comum, seria estupidez desperdiçar tanto material maduro, portanto, aqueles que foram capturados e considerados saudáveis foram jogados em nossas celas.

Humanos obrigados a viver como clones.

É claro que não me cabia contestar, tampouco poderia demonstrar qualquer curiosidade sobre o assunto, mas não podia evitar pensar que aquilo era, como ouvi certa vez, "desumano".

Costumava questionar-me – no mais absoluto segredo – acerca de que tipos de atrocidade teriam cometido para merecer tão odioso destino.

Uma vez, uma moça bonita chegou a minha cela.

Uma B.

Longos cabelos loiros como ela disse que seria o sol, olhos verdes como os vídeos educativos diziam ser a grama. Khamira era seu nome. Disse-me uma vez que seu único crime fora o desejo de ser livre. Na época eu não entendi.

Na verdade, aqueles eram tempos muito confusos para mim.

– Você está bem? – perguntou-me Sr. Muniz diante de meu silêncio, trazendo-me de volta para a realidade.

– Sim, senhor – sussurrei, com uma voz que, claramente, delatava minha mentira.

Fechei os olhos e cravei as unhas em meus antebraços, retraindo-me.

Mentir para os humanos era punível com a morte, o que diabos eu estava pensando?

– Está tudo bem, menina – ele disse com uma voz aveludada, enquanto passava as mãos por meus cabelos sujos. – Não será tratada como um animal. Não aqui.

Suas palavras não faziam o menor sentido.

Animais eram objetos de luxo, geralmente incrivelmente bem tratados.

Por que o homem me comparara a algo assim?

Haviam, é claro, os Escorts, mas não eram bem *animais*.

Talvez eu tivesse entendido mal.

Não seria a primeira vez.

Tossi uma porção de vezes e senti o sangue em minha boca.

Merda.

O que faria se eu tivesse o sujado ou a seu carro?

Abri meus olhos vagarosamente e encarei o homem, que olhava janela afora.

A janela.

Fitei o vidro esfumaçado que nos separava do resto do mundo.

Aquela era, possivelmente, a terceira ou quarta vez que eu andava em um carro. Lembro-me da primeira vez. O estupor que a caixa de metal flutuante e seu suave ronronado causaram-me. Céus. Eu não soube descrever a maravilha que aquilo parecia para mim.

A paisagem modificando-se pela janela, como num monitor televisivo, a luz dos outros veículos que se moviam ao nosso redor. O azul acinzentado que pairava alto sobre tudo e todos. A lâmpada amarelada, alta no céu, que iluminava e aquecia a pele.

Como seria possível que aquele fosse o mundo descrito por Sra. Lestrid? Como um mundo maravilhoso como aquele poderia ser fruto das criaturas vis que me foram descritas?

Os humanos eram incríveis, foi o que eu pensara.

Dessa vez, nada parecido ocorreu-me.

Eu lutava contra o tremor que insistia em tomar-me o corpo. O arrepio que subia inconstante e esparso por minha coluna. Cravava as unhas na carne de meus braços com cada vez mais força, ignorando o filete de sangue que começava a escorrer, lutando contra o medo, o desespero, que sentia.

Um par de braços fortes apertava-me contra si a cada movimento brusco involuntário que meu corpo produzia. Mas não era o suficiente.

Naquele instante, o buraco em meu peito era profundo demais para ser curado por um abraço; o medo, o ódio daquelas criaturas tão *humanas* era maior que qualquer deslumbre que pudesse me tomar.

Tudo o que eu queria era ver-me livre do domínio daqueles que, um dia, chamara de "senhores".

– Vai ficar tudo bem – ele sussurrou.

E essa foi a primeira de muitas mentiras que eu ouvi.

* * *

– Cinquenta e Dois? – uma voz chamou. – Cinquenta e Dois, nós chegamos.

Não sei em que momento fui levada pela inconsciência, nem como fora capaz de fazê-lo, mas de algum modo eu adormecera naqueles braços.

Apesar do frescor dentro da caixa de metal, pude sentir o calor em meu rosto. Era uma sensação estranha que não vivenciara muitas vezes até então, e não entendia o significado, e, portanto, decidi ignorar.

O ronronar do automóvel cessou, um curto barulho oco fez-se presente à esquerda de Sr. Muniz, e com um zunido suave a tampa metálica voltou-se lentamente para cima, abrindo passagem para o quente fim de tarde lá fora.

Sr. Muniz colocou elegantemente suas pernas para fora e pôs-se de pé, estendendo uma mão para mim.

O ar quente invadira-me numa onda pesada e difícil de respirar. O cheiro de fuligem era inevitavelmente aspirado, e eu me perguntei o que diabos era aquilo.

A mão de Sr. Muniz move-se, insistente, porém paciente.

Não tinha tempo para isso, precisava obedecê-lo.

Tentei levantar-me; colocar-me para fora do veículo, ainda envergonhada pela audácia de dormir na presença de um humano, mas minhas pernas não me permitiram.

– Tudo bem – disse o homem, impedindo-me de tentar uma vez mais. – Eu cuido disso. – Num movimento extremamente delicado, pegou-me em seus braços. – Está tudo bem, viu? – Sorriu, encorajando-me.

A perplexidade tirou-me o fôlego e qualquer resto de sonolência que pudesse fazer-se presente.

Eu estava no colo de um humano, de novo.

Não sendo carregada como o material que eu era, mas sendo cuidada e amparada por um homem que me olhava como igual, envolto em um sentimento cálido que estava além de minha compreensão.

Ele não era designado a cuidar de minhas feridas. Não era obrigado a compadecer-se de minhas dores, tampouco a aliviá-las, mas, ainda assim, por algum motivo, aquele humano parecia preocupar-se; parecia não se importar com minha evidente posição inferior.

Esperei as palavras ásperas, o choque e a indignação dos presentes, mas elas não vieram.

Olhei em volta, verificando se havia, realmente, alguém ao nosso redor, e surpreendi-me ao notar que sim, estávamos cercados de pessoas, mas estas estavam curvadas sem nem ao menos fitar-nos.

Eram clones como eu?

Não.

Suas mãos eram lisas, limpas. Sem sinais de marca de identificação.

Meus olhos voltaram-se aos do homem que me carregava antes que eu fosse capaz de refrear-me.

– Obrigada – a palavra escorreu de meus lábios.

– Vai ficar tudo bem agora, pequena. Eu prometo.

Essa foi a primeira mentira em que eu acreditei.

Talvez porque eu desejasse com todo meu ser que tal promessa se cumprisse, eu não sei.

Não importa.

O fato é que eu *queria* acreditar nesse homem.

E eu o fiz.

Se era um erro ou não, caberia ao tempo dizer.

Um intenso calafrio tomou conta de meu corpo e os braços ao meu redor apertaram-me junto a si. Senti seu rosto afundar entre meus cabelos curtos, sujos e desgrenhados, sussurrando repetidamente que estava tudo bem, que eu ficaria bem, que estávamos juntos agora.

Eu poderia jurar que um líquido morno escorrera de seus olhos até meu rosto.

Mas não ousaria levantar os olhos para certificar-me.

O chiado de antes estava ali, em seu peito, em sua garganta, mais forte e insistente agora que meus ouvidos colidiam contra seu corpo passada sim, passada não.

Será que eu tinha que ser tão desajeitada?

Senti a curiosidade beliscar-me em meio a tantas dores que se faziam presentes, mas não ousei dizer uma única palavra sobre isso.

Estávamos de frente para uma gigantesca casa inglesa antiga, a casa de Sr. Muniz. Lembro-me de pensar: por que um homem precisaria de uma casa enorme como aquela? Seguiu-se uma curta conversa sobre a fachada da casa, na qual Sr. Muniz parabenizou-me pelos conhecimentos adquiridos com os vídeos sobre arquitetura e explicou-me alguns detalhes sobre os jardins que me eram desconhecidos, enquanto ignorava as pessoas que vinham a seu encontro falar sobre seus afazeres e compromissos.

A porta de folha dupla abriu-se ruidosamente, e uma senhora de cabelos grisalhos curvou-se sorridente.

– Boa noite, Alec – ela disse alegremente.

Dei-me conta, enquanto nos aproximávamos da senhora, do estranho comportamento de meu benfeitor para com os demais presentes.

Na época não entendia porque Sr. Muniz tratava aqueles homens de forma tão... gélida.

Eram humanos.

Eram gente.

Eram seus iguais.

Como um homem tão gentil e de bom coração trata um dos seus daquela maneira?

Eu não era capaz de compreender.

Assim como não compreendia outra tonelada de coisas.

Só muito mais tarde vim a perceber que, mesmo entre os humanos, havia divisões de classes, status, entre outras porções de rótulos que os separavam num abismo de regras e normas que tornava os pobres miseráveis, e os ricos, intocáveis.

Não que fizesse sentido, mas, como também descobri somente tempos depois, eles dificilmente faziam.

– Boa noite, Olga – respondeu o homem. – É um prazer estar finalmente de volta.

– Vejo que temos visita, senhor – comentou, com um tom que eu não soube reconhecer. – A que devemos a honra?

– Ah, sim – disse, como se acabasse de se lembrar de algo. – Essa é Cinquenta e Dois. Espero que possa contar com seus serviços, Olga, pois pretendo levá-la como minha acompanhante na festa da próxima semana – completou, pondo-me de pé.

– Mas é claro, senhor – respondeu, sem ainda fitar-me. – E que graciosa criatura temos aqui? – ela estava falando comigo, eu bem sabia, mas era incapaz de levantar meu rosto. – Vamos, menina, é um prazer conhecê-la.

– O prazer é todo meu – respondi automaticamente, provavelmente pelo código de etiqueta extremamente arraigado, enquanto fazia uma reverência desajeitada.

– Vejo que é educada – ela disse, e quase pude sentir sua cabeça assentindo veementemente. – Muito bom, mas agora vejamos o que temos aqui. – Adiantou-se, pegando meu queixo entre seus dedos ossudos e calejados. – Meio magra – ela disse, olhando meus pés que apontavam um para o outro –, postura completamente desajeitada, mas tem potencial – continuou, fitando meus seios. – O rosto... PELA VOZ! – exclamou, empurrando-me para longe. – Não pode ser.

Levei as mãos automaticamente ao meu rosto, verificando o que diabos poderia haver nele.

Eu não estava suja, Sr. Muniz lavara minha mãos, braços e rosto antes de pôr-me em seu carro; por certo eu estava magra, mas sempre me foi dito que eu era bonita.

Talvez fosse presunção minha.

Mas eu quase me tornara uma modelo midiática, não é?

Teria eu feito algo de errado?

Céus, eu a fitara?

Eu a ofendera?

Como eu me desculparia?

Eu tinha permissão para me desculpar?

Talvez isso a ofendesse ainda mais.

O que eu faria?

Eu não queria voltar para o Centro.

Não queria. Não podia.

Senti o medo tomando conta de mim.

Olhei para Sr. Muniz em busca de ajuda, tentando conter a súplica clara em meus olhos.

O que era aquilo?

Eu esperava socorro?

De um humano?

Encolhi-me, afastando-me deles, sussurrando para que me perdoassem, mas as palavras mal saíam.

Distanciei-me mais, pé ante pé, até que bati, de costas, em um humano, e ouvi o estatelar de uma porção de copos fragmentando-se contra o piso frio antes mesmo que fôssemos ambos levados ao chão.

Pela Voz, o que diabos eu estava fazendo?

– Perdão – choraminguei de olhos fechados, preparada para o castigo que se seguiria.

– Você está bem? – perguntou uma voz debaixo de mim.

O que era isso? Eu estava *em cima* de alguém?

Dei uma olhada rápida em minha situação.

Eu estava apoiada em meus cotovelos, sentada desajeitadamente entre as pernas de uma garota ruiva alta, que me segurava pelos ombros para que eu não escorregasse e tivesse a cabeça levada em direção aos cacos que se espalhavam pelo chão. Juntas formávamos uma cruz de corpos estirados ao chão.

– Perdão – eu implorava insistentemente com os olhos apertados, desconcertada demais para entender o que estava acontecendo.

Movi-me, desconfortável pela situação, e somente então senti a dor em meus cotovelos e antebraços. Olhei-os e vi os pontos em que o vidro perfurara a pele. Em segundos eu estaria sangrando. Mais sangue. Talvez isso fosse algo do qual eu jamais me livraria.

Voltei o rosto para a garota de belos cabelos avermelhados, pronta para desculpar-me, mas um curioso brilho metálico em seus olhos fez com que eu me calasse.

Eu estava vendo coisas?

Por que a casa de Sr. Muniz estava ficando escura?

Ah, sim, eu compreendi, finalmente. Não era a luz tornando-se amena, era a inconsciência puxando-me para mais uma visita.

Senti um sorriso débil tomar meus lábios.

Tão agradável.

A sensação do meu corpo sem peso algum, a leveza de minhas mãos, o suave formigar e o quase silêncio das vozes abafadas ao redor.

Olhei para meus braços e a última imagem que vi, antes da completa escuridão, foi um filete de sangue escorrendo por eles.

Olá, amigo.

|4|

O PRESENTE

Will

– PERDÃO, SENHORA JINX, A SENHORA AINDA NÃO PAGOU o empréstimo das últimas três semanas, então, tudo que eu posso fazer no momento é garantir que não retirem sua casa por mais um mês se a senhora... – Era sempre a mesma coisa.

Continuei a falar, sem saber ao certo o que dizia. Digo, eu sabia, eu acho, em algum lugar no meu inconsciente. Estava tudo decorado. E como não estaria? Trabalhava naquele casebre clandestino de empréstimos desde que me conhecia por gente.

Afinal, alguém precisava colocar comida na mesa.

Não é como se pudéssemos contar com o Albert para alguma coisa que não fosse virar uma garrafa de pinga em poucos segundos.

Talvez ele até devesse investir nisso.

Em épocas como essa as pessoas precisam de alguma diversão. Talvez apostassem que ele não era capaz de beber todo aquele álcool etílico e o velho conseguisse fazer alguma grana.

Talvez.

Ou talvez ele só gastasse mais do meu dinheiro para comprar suas tão preciosas bebidas.

Céus, como alguém podia ser tão inútil?

Sra. Jinx agradeceu-me, levantou cabisbaixa e dirigiu-se rumo à porta.

Céus, como *eu* podia ser tão inútil?

O dia arrastou-se, como tantos outros.

Pela manhã, a rotineira desilusão de dezenas de pessoas.

Depois sigo para o Centro de Ensino para o qual fui designado.

Aparentemente eu seria um bom soldado.

Finjo que aprendo enquanto cuido da logística da casa de agiotagem.

Fujo das aulas práticas com pequenos subornos em arroz ou carne.

Não é como se eu pudesse fazer o mesmo com as aulas teóricas, você sabe. É tudo computadorizado e, infelizmente, não se precisa alimentar uma máquina.

Não importa, às vezes é um bom lugar para se dormir.

No fim da tarde, a cobrança de dívidas pouco amistosa de praxe.

Às vezes as ameaças e palavras ásperas são o suficiente para assustar os devedores. Às vezes não.

Não que me diga respeito, afinal, essa já não é mais minha área.

Quando o tranco da bronca não é o suficiente, Arl e Garl, os gêmeos brutamontes, são encarregados da cobrança.

Eles lidam melhor com os clientes resistentes.

Dona Ilma diz que não são tão "complacentes" quanto eu.

Complacente, condescendente, algo assim.

Seja lá o que isso significa.

Ao anoitecer, remontar os estoques.

É claro que meu salário era irrisório diante das necessidades de minha família e, principalmente, diante de todo o trabalho que era jogado sobre meus ombros, mas infelizmente a vida não é justa.

Mas o que é a justiça, afinal?

Que todos vivam igual?

Mas, de algum modo, me parecia mais justo que aqueles que mais trabalham ganhem mais.

Mas o que exatamente é trabalhar mais?

Também não me parece justo arrancar de um filho o dinheiro que seu pai passou toda uma vida juntando, muitas vezes no intuito de dar algum conforto à sua prole.

Pela Voz, como as coisas podem se complicar tanto assim?

Não, a vida não é justa.

Nem simples.

A verdade é que crescer é uma bosta.

Ninguém quer arcar com as responsabilidades, mas alguém deve fazê-lo.

Talvez o fardo recaia sobre o mais ingênuo.

Não importa.

Tudo o que importa é que eu preciso alimentar meus irmãos e a Casa de Empréstimos da Dona Ilma é a única nas redondezas que quebraria a Palavra da MenorIdade.

Afinal, quem quebra uma Palavra, por que não quebraria duas?

Não que isso fizesse muita diferença agora.

Ainda essa noite eu completaria dezessete anos.

Talvez eu até consiga um emprego melhor e possa tirar meus irmãos de perto daquele homem.

Argh.

Quem eu estava enganando?

Não era como se isso fosse de fato acontecer.

Empurrei a porta dos fundos e a voz rançosa soou:

– William?

Lá vamos nós de novo.

* * *

Sem facas essa noite.

Eu tinha um trocado extra para a bebida do traste. Era pouco, mas era o suficiente para que ele se colocasse para fora de casa praguejando pela minha inutilidade.

Que fosse. Quanto mais longe ele ficasse, melhor.

Eu tinha acabado de me trocar quando ouvi as batidas contra a porta.

– Boa noite – ouvi uma voz desconhecida.

Droga, Ailena tinha atendido, de novo.

Qual era o problema com essa garota?

– Boa noite – respondeu docemente. – Em que posso ajudá-los?

Segurei um riso enquanto encaminhava-me para a porta. Chegava a quase ser adorável o tanto que ela queria crescer; o tanto que queria ser útil.

– Eu procuro por William Frayhait – disse o homem à porta.

– Sou eu – respondi, chegando ao batente.

O homem fitou-me com descaso, de cima a baixo, e voltou-se para trás.

– Podem trazer – gritou para um furgão prateado parado porcamente sobre a calçada.

Era um veículo à gasolina, com portas que se abriam manualmente e rodas; havia, porém, uma grande estrela com um punho fechado, ensanguentado, estampado em sua lateral.

O símbolo da Voz.

Por que deixariam que alguém trabalhasse em algo tão perigoso e arcaico?

Bom, provavelmente eram pessoas como nós.

Esquecido pelos deuses, ignorados por aqueles que detinham o poder.

Mas era assim que as coisas se davam, e não havia nada que alguém pudesse fazer para mudar.

Não se muda todo um sistema.

Tudo o que se pode fazer é adaptar-se.

Felizes os que são capazes de fazê-lo.

Houve o barulho de algo batendo contra o metal, e, por um momento, nada aconteceu.

– O que está acontecendo? – perguntou Ailena, e eu a puxei mais para perto de mim, vendo a gritante antipatia nos olhos do homem a nossa frente.

E então um ganido fez-se ouvir, chamando inevitavelmente nossa atenção para dentro do automóvel.

O som lembrava vagamente o choro de um bebê, ou um gato bravo, mas tudo o que saiu do veículo foi um homem alto e extremamente largo, de uma forma que não nos deixava saber se ele era gordo, forte ou ambos. Carregava consigo uma gaiola diminuta, na qual um pequeno felino de focinho rosa insistia em rosnar pra ninguém em especial.

– Traga logo, Hexus – berrou o homem a minha frente. – Quero estar em casa pro jantar.

O que diabos era aquilo?

– Gatinho! – exclamou Ailena, empolgada, esticando-se para ver melhor o bicho.

– Eu preciso que você fique quieto, sim? – disse o ranzinza, colocando apressadamente um aparelho em meu olho, escaneando minha retina, produzindo uma intensa luz e a escaneando novamente; o de praxe.

Logo em seguida, ele virou o dispositivo, pegou meu pulso, apertou um botão no aparelho, posicionou-o sobre meu dedo indicador direito e espetou meu dedo com um barulho seco.

– *Outch*! – reclamei, mas o homem já se dirigia ao furgão.

O outro aproximou-se – definitivamente era forte, mas por certo tinha mais gordura que músculos – e colocou a gaiola no chão aos meus pés.

Ailena apressou-se em agachar-se para observar a coisa, mas não pude dar-lhe atenção, porque o homem já cuspia um monte de ordens antes mesmo de levantar-se:

– Deve alimentá-lo regularmente. Caso tenha dificuldades financeiras em fazê-lo, o Centro de Controle de Escorts oferece aos civis ração por conta da Voz. Em caso de óbito do objeto em questão, a penalidade será severa. Para maiores informações há um projetor acoplado à direita da gaiola. Tenha um bom dia.

Céus.

O homem nem ao menos respirara entre as palavras.

Suspirei pesadamente.

É claro.

Dezessete anos, a época de receber o presente da Voz.

Hora de receber o Escort.

Durante anos eu estivera ansioso pela chegada de meu mais novo "bicho de estimação", de meu companheiro, imaginando, noite após noite, qual animal me seria dado. Imaginando como a escolha era feita. Talvez fôssemos predestinados.

Talvez grandes pessoas estivessem predestinadas a grandes destinos, acompanhados de incríveis e raros Escorts.

Talvez eu recebesse um bisão.

Ou um urso, como Billie, o brigão da rua de baixo.

Talvez eu recebesse uma águia. O símbolo da liberdade e do que fora, uma vez, uma grande nação além do oceano.

Pela Voz, que ninguém soubesse desses pensamentos.

Falar sobre os países, sobre antes da guerra, antes da Voz, era absolutamente proibido.

E nosso mundo não era exatamente muito tolerante perante as gafes cometidas.

Não importava, eu não ligava, de qualquer maneira.

Antes, tudo que eu queria era saber que animal eu receberia. Céus, como eu queria conhecer aquela criatura que se tornaria meu fiel amigo por quanto tempo a vida me permitisse.

Infelizmente, não era mais essa minha perspectiva.

Naquele momento, a pequena criatura dentro da caixa significava uma única coisa para mim: mais uma boca para alimentar.

É claro que eu poderia pegar alguma ajuda no Centro de Controle, mas, bom, digamos que "responsabilizar-se" não é exatamente o que eles faziam.

Uma "leve ajuda" talvez coubesse melhor.

Olhei para baixo, para Ailena agachada, fitando com olhos curiosos a bola de pelos.

– Will – ela perguntou –, o que é isso?

Abaixei-me ao seu lado, colocando os olhos no bicho pela primeira vez.

Parecia um gato.

Não tinha o tamanho de um adulto, como o Escort de nossa mãe, tampouco parecia um pequeno filhote.

Bom, pelo menos não se parecia com nada que já me tivessem descrito.

Era um pouco mais gordinho que um gato, na verdade.

Mais... troncudo?

Um animal branco com leves listras escuras aparecendo aqui e ali. Olhos muitíssimo azuis e um focinho rosado que lhe davam um aspecto engraçado.

Era quase... fofo.

– Não sei – respondi, sinceramente intrigado, fitando o animal que lambia os bigodes com a pequena língua rosada. – Mas me lembra um gato.

– Tigre – corrigiu-me uma voz feminina e extremamente infantil. – Uma tigresa branca, mais precisamente.

Fitei os olhos azuis por um momento, que me encararam de volta.

Eu poderia ter jurado que a voz viera da criatura.

– Will, ele... – minha irmã disse, boquiaberta.

– Tem certeza que não foi você? – perguntei, sem desviar os olhos do Escort.

Uma visão periférica permitiu-me ver sua cabeça acenar negativamente.

– Será que vocês poderiam me tirar daqui? – a voz infantil fez-se ouvir novamente e, dessa vez, pude notar atentamente a boca do felino movendo-se. – Estou com uma sede terrível.

– Perdão – foram as únicas palavras que saíram de meus lábios.

Destranquei a gaiolinha, ainda incapaz de digerir a ideia de que meu Escort era um *tigre*.

Incapaz de conceber a ideia de que meu Escort era um tigre *falante*.

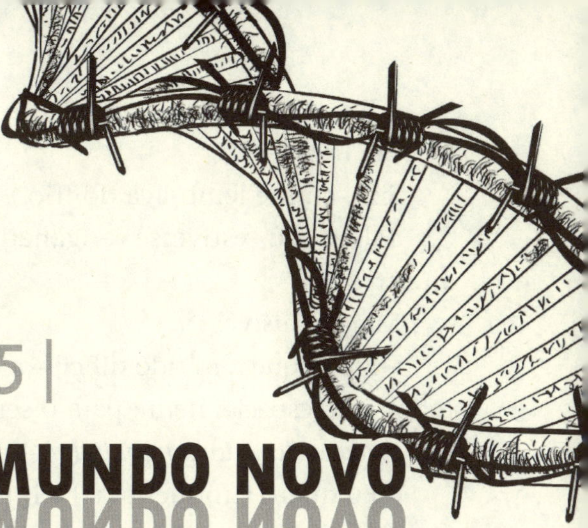

|5|
ADMIRÁVEL MUNDO NOVO

A - L I I

– ISSO É ERRADO – ouvi uma voz estridente gritar.

– Eu sei que não é conveniente, mas…

– Não é conveniente? – riu-se histérica a dona da voz. – Ter aquela Engine, aquela tal de Angie não é conveniente! – bradou. – Mas essa coisa? Isso é doentio!

– Se a senhora apenas me escutasse – o homem insistiu calmamente, mas a outra voz interrompeu-o.

– Não! Será que é o senhor que não escuta bem? Para mim já basta!

O que estava acontecendo?

Sentei-me desajeitada na superfície macia demais.

Eu me lembrava de voar baixo, de flutuar sobre os braços de alguém.

Eram braços fortes e firmes, que me carregavam como se eu fosse um objeto precioso. Não havia ali afeto ou compaixão, só… cuidado. Não houve o chiado dessa vez, tampouco gotas salgadas a respingarem por meu rosto.

Era frio.

Sim, eu me lembrava do frio.

Talvez eu estivesse enganada. Medo poderia ser uma das alternativas.

Mais plausível.

– Eu sei que tem sido difícil – a discussão continuava lá fora – para todos nós, especialmente para o senhor – apressou-se em dizer a mulher; *do que eles estavam falando?* –, mas o senhor não tem direito de…

– Eu quero Cinquenta e Dois pronta para a festa – interrompeu-a. *Oh, eles estavam falando de mim.* – Pronta o suficiente para que ninguém nem ao menos ouse questionar a hipótese de que haja algo estranho – bradou –, de que ela seja *diferente* – ele enfatizou a palavra; *curioso* –, e a senhora *vai* se responsabilizar por isso.

– O senhor não pode pedir algo assim! – contestou a senhora, a inconformidade clara em sua voz.

– Então é ótimo que isso não seja um *pedido* – ele concluiu, com uma veemência fria.

Era a voz de Sr. Muniz, eu tinha certeza, mas, de algum modo, não soara como ele.

Era uma pessoa completamente diferente.

Um arrepio percorreu minha coluna e a porta entreaberta do quarto escancarou-se, apresentando-me a figura enrugada que me encarava cheia de ódio.

Merda.

* * *

Um teto cheio de arabescos e ricamente trabalhado pairava, alto como eu nunca vira, sobre nossas cabeças.

Pessoas desfilavam elegantemente em vestidos das mais diferentes formas e tamanhos. Uma gola bufante passou próximo de mim, e eu poderia jurar que me perdera nela por um momento. Tão espalhafatoso.

Aquelas pessoas pareciam gritar por atenção.

Vestidos curtos demais, ou longos demais. Apertados demais, ou armados demais.

Humanos eram curiosos.

– Alec! – exclamou um homem gordo e sorridente, abrindo caminho com sua barriga avantajada por entre as pessoas para aproximar-se de Sr. Muniz. – Que grande prazer em vê-lo, meu velho! Achei que os Centros o tinham engolido!

– Quase o fizeram, Patric! – Eles se cumprimentaram com um forte bater de mãos, seguido por um meio abraço.

Conversaram sobre algo que eu não entendi, algo sobre um tal de Oswald Del'Adeuq e se ele seria capaz de "lidar com a situação". Lembro-me de ter achado estranho o jeito como falavam daquilo, mas não lhes dei importância.

Estava encantada em demasia pelo ambiente em que nos encontrávamos.

As colunas de mármore, o teto perfeitamente trabalhado, os vitrais que filtravam a luz de modo encantador, as infindáveis cores e formas naquelas roupas esquisitas...

Tudo aquilo estava muito além da realidade que jamais ousara sonhar.

Dias haviam se passado desde que chegara à casa de Sr. Muniz.

Um seguido do outro.

Os hematomas quase não eram mais visíveis, os insistentes tremores se tornaram cada vez menos frequentes e, apesar do olhar sempre carrancudo de Sra. Olga, que obviamente reprovava minha presença na casa, eu estava bem. Bem como nunca.

Eu era tratada como se morasse naquele lugar, como se *pertencesse* a ele, e as pessoas faziam tudo por mim.

Nem ao menos permitiam que eu tomasse banho sozinha.

Banhos, aliás, que me eram dados nas enormes bacias espumantes.

Era como se eu tivesse sido criada de novo.

Como se, dessa vez, me fosse dada a chance de ir além da existência.

Como se eu merecesse ser *cuidada*.

Insistiam em pentear meus cabelos diversas vezes por dia.

Era tudo muito… novo.

Uma vez, uma das criadas perguntou-me com um sorriso caloroso como era aqui, e, quando eu perguntei "o quê?", ela riu e tornou a perguntar:

– Como é ser tratada como uma princesa?

Eu não respondi.

Não que pretendesse ser mal-educada. Eu nunca seria.

Não com um ser humano.

Eu só… não era capaz de compreender o que ela queria dizer.

O que a maneira como eu era tratada tinha a ver com a antiga arte de governar em família?

Humanos eram tão confusos!

Ela insistiu, falando algo sobre histórias de fadas, ou algo assim, e, quando me mantive em silêncio novamente, ela desistiu.

Sr. Muniz chamou minha atenção de volta à realidade.

O homem, Patric, havia se retirado e agora conversava com outro grupo de pessoas.

Sr. Muniz dissera-me antes de sairmos de casa que ninguém me perturbaria, e que eu não precisaria falar com ninguém, nem mesmo se dirigissem a palavra a mim.

Na verdade, ele me proibira de falar com qualquer pessoa que não fosse ele, fora de casa. Isso me causou um leve desconforto momentâneo, mas logo em seguida recobrei os sentidos, e dei-me conta de que ele não falara nada senão o óbvio.

É claro que eu não deveria falar com ninguém.

Não tinha esse direito.

Eu não era como eles.

Não era porque Sr. Muniz me dera essa liberdade que ela se estenderia a outros humanos.

Os dias sendo tratada como gente já estavam me deixando mal-acostumada.

Sr. Muniz pegou-me pelo braço e guiou-me pelo enorme salão rumo às escadas, que nos levaram para uma espécie de quarto com uma varanda repleta de cadeiras voltadas para o que meu acompanhante chamou de "palco".

Sentamo-nos no exato instante em que uma campainha soara alto, e dezenas de pessoas em suas vestes chiques dirigiram-se às cadeiras no andar abaixo do nosso.

A campainha soou uma vez mais, as luzes se apagaram, e em poucos instantes uma adorável música fez-se ouvir.

Sr. Muniz aproximou-se e sussurrou em meu ouvido que assistiríamos a adaptação do que um dia se chamara *Commedia Dell'Art*, falou-me um pouco sobre a vivaz Collumbina, o colorido Arlecchino e o pobre e solitário Pierrot, mas, quando as cortinas se abriram e o silêncio tomou conta da plateia, quem me chamou a atenção foi uma personagem vestida de vermelho.

Brighelle, eles disseram.

Uma alma mal compreendida, a meu ver.

Mas minha opinião não importa.

A hora passou rápido e o intervalo entre os atos chegou.

Sr. Muniz ordenou a um servente que lhe trouxesse uísque e uma água para mim, conforme lhe pedi quando me perguntou o que eu queria.

Achei uma pergunta complicada de responder.

Era difícil querer alguma coisa.

Ou talvez o problema fosse a escolha.

Era difícil escolher.

Mas a complexa questão foi resolvida assim que Sr. Muniz ajudou-me com uma sugestão.

Pouco tempo depois, o homem perguntou-me o que eu estava achando de nossa noite, e eu lhe respondi enfaticamente que era absolutamente espetacular, mas antes que eu pudesse dizer mais, ele deu-me as costas.

Pus-me de pé e me debrucei sobre a amurada da pequena varanda, observando as pessoas lá embaixo.

À esquerda, afastado do palco, um bebê chorava forçosamente no colo de sua mãe. À direita, várias crianças espiavam, na ponta dos pés, a orquestra que também estava em pausa.

Sorri, divertida com a situação.

Era tão fácil vê-los daqui.

Corri os olhos pelo lugar mais uma vez, e fixei o olhar num casal na varanda bem à frente da nossa.

Duas pessoas com os rostos colados, conversando e rindo, com as mãos juntas, em brincadeiras que eu não entendia. A alta risada da mulher ecoou pelo lugar e então seu lábios se tocaram. As mãos da mulher moveram-se para a cabeça do homem e as dele foram parar na cintura da mulher, puxando-a para mais perto de si.

Inclinei a cabeça.

Aquilo era engraçado.

O que estavam fazendo?

– Estão se beijando – Sr. Muniz arrancou-me de meus devaneios.

Ele lera meus pensamentos?

– Como o senhor...? – deixei minha voz morrer.

– Você os fitava tão descaradamente que seria difícil não saber sobre o que estava pensando. – Ele sorriu.

– E por que fazem isso? – perguntei, incapaz de refrear minha curiosidade.

– Quer dizer que eles têm sentimentos um pelo outro.

Sentimentos.

Senti um arrepio na coluna.

Sentimentos. Repeti em minha mente.

Será que algum dia algo assim me seria permitido?

Não havia tempo para pensar sobre.

A campainha soou e as luzes se apagaram.

Os atores já voltavam para o palco.

* * *

O segundo ato correu lento, como se não tivesse fim. Eu não era capaz de me concentrar. Não conseguira ater-me a uma só fala proferida.

Estava envolta a tantos pensamentos que não me cabiam.

Pela Voz, que os Céus me perdoassem por isso.

Saímos do teatro às pressas, com Sr. Muniz praticamente me puxando pelo braço.

Parecia irritado.

O que diabos eu teria feito?

Rumávamos para o carro quando fomos interrompidos por um belo rapaz de brilhantes cabelos negros.

– Alec! – exclamou o homem que me fitava nos olhos. – Que grande prazer em vê-lo, meu amigo.

– Tomáz – cumprimentou Sr. Muniz, com uma voz irritadiça que não lhe pertencia.

O jovem tentou puxar assunto, insistiu até mesmo em falar sobre a peça e sobre o tempo, mas, vendo que Sr. Muniz não estava para conversa, voltou-se para mim e perguntou docemente:

– Quem é essa bela jovem que o acompanha? – perguntou Tomáz, tomando-me a mão num tom que até mesmo eu pude classificar como extremamente galante.

Virei o rosto em outra direção, como fora instruída antes de sair de casa.

Não deveria falar com ninguém.

Mas algo dentro de mim me dizia que talvez eu *quisesse* falar com o rapaz.

No que eu estava pensando?

Eu não *queria* nada.

Não tinha esse direito.

Ainda assim, não pude evitar fitá-lo pelo canto dos olhos.

– É... – Sr. Muniz hesitou. – Esta é Allie, minha acompanhante.

Allie.

Soava bem, de fato.

Talvez eu pudesse me acostumar com isso.

Com ter um *nome*.

Era tão… humano.

– Allie – repetiu o jovem de cabelos negros que lhe caíam pelos ombros. – É um prazer conhecê-la, *ma chérie* – concluiu, beijando as costas de minha mão por sobre a luva, e eu não pude deixar de olhá-lo com admiração. – É, de fato, um colírio para os olhos, Alec. Meus parabéns.

E, com essas palavras, deu-nos as costas.

O que era colírio?

* * *

O caminho para casa foi extremamente silencioso.

Embora sentado ao meu lado, Sr. Muniz não parecia nem ao menos estar ciente de minha presença.

Jogou-se desajeitado no carro, e do jeito que caiu ficou.

Arrancou os sapatos e cruzou os braços, bufando e reclamando sobre o tal de Tomáz.

– Que diabos! – exclamou. – Por que tinha que aparecer lá? E você? – ele disse, apontando com o queixo para mim. – O que achou dele? Gostou do Tomáz? Porque ele não tirava os olhos de você.

Pisquei repetidas vezes.

O cheiro do álcool que saía de sua boca impregnava minhas narinas.

Do que ele estava falando?

Eu estava com tanto sono.

Subitamente, Sr. Muniz aproximou-se e posicionou meu queixo entre seus dedos polegar e indicador.

– Você é minha – disse. – Consegue entender isso?

– Sim, senhor – respondi, um tanto quanto assustada, sem entender de fato o que aquilo queria dizer.

O homem riu e sussurrou, passeando seus dedos pelas maçãs de meu rosto.

– Tão perfeita. – Suas palavras, proferidas extremamente próximas de meu rosto, trouxeram um forte cheiro de uísque às minhas narinas, mas antes mesmo que eu me desse conta, seus lábios estavam por sobre os meus.

Beijando, a palavra ecoou em minha cabeça.

Ele estava me beijando.

6

PAIS E FILHOS

Will

A CRIATURA RONRONAVA, deitada, de barriga para cima, no colo de Ailena.

Cedrico a fitava, a curiosidade clara brilhando em seus olhos, mas ainda receoso demais para tentar se aproximar. Não que fizesse muito sentido, uma vez que aquele nariz rosado extinguia qualquer possibilidade de uma aparência ameaçadora que o felino pudesse vir a ter.

Cedrico desistiu de encarar a criatura e veio andando desengonçado em minha direção, como o Escort Pinguim da vizinha à esquerda. Não pude evitar o sorriso.

Aproximei-me do pequeno e o peguei no colo.

– Posso saber por que você não está dormindo? – pergunto, fazendo leves cócegas na barriga proeminente de meu irmão.

– Não quero dormir. É perda de tempo – ele disse, enrolando as palavras. – A professora diz que nós devemos crescer e ficar fortes, como você, pra lutarmos contra os rebeldes – ele continua, e eu preciso me esforçar pra entender suas palavras. – Eu quero lutar! – ele conclui, desperto em demasia.

Crianças.

A pequena tigresa rolou no chão, colocando-se sobre suas patas, e pôs-se a rosnar para a porta.

– O que foi? – perguntei.

– Duas pessoas, adultos. Um único Escort – disse. Céus, como era esquisito conceber o fato de que ela de fato *falava*. – Estão brigando. Vem em nossa direção.

Ótimo. Suspirei.

Aparente paz não era uma opção para mim.

Não nessa casa.

– São meus pais – respondi, colocando Cedrico no chão, como estava pesado! Senti o fantasma de um sorriso se formando; eles estavam crescendo bem, considerando toda a merda por que passávamos. Voltei-me para o felino, humor restaurado. – O que é você? Um cão de caça? – zombei.

– Vai brincando – provocou-me.

– Aliás – dei-me conta de algo importante –, você tem um nome?

– Taidra! – gritou Ailena, correndo em direção do bicho, que não tardou a deitar-se de barriga para o ar, à espera de carinho. – Ela se chama Taidra, Will!

– Ela está me chamando disso – respondeu a tigresa, ronronando. – Acho que funciona. Taidra – ela repetiu. – É, soa bastante forte.

– Claro – respondi, sarcástico –, como se uma pequena bola de pelos precisasse de um nome "forte".

Antes que ela pudesse responder, os berros de Albert fizeram-se ouvir fora de casa.

Os brancos pelos da nuca de Taidra eriçaram-se e engoli em seco, apressando-me em retirar da sala qualquer coisa que pudesse vir a ser uma arma nas mãos daquele psicopata. Tropecei em meus próprios pés e, por pouco, evito uma queda com uma tesoura excessivamente pontiaguda em mãos.

Aliás, por que diabos isso estava na sala?

Não importa agora.

Ainda não havia sido capaz de me recompor quando o grito furioso rasgou a porta em junto a um soco assustadoramente sonoro. Risos histéricos fazem-se ouvir. Merda, ela está muito alta. Uma mão empurra a dona dos guinchos para dentro, e ela cambaleia, sem nunca parar de rir, casa adentro.

Os vergões no braço, os hematomas, as marcas de pontas de cigarro apagadas por monstros na pele desnuda de uma mulher que certamente fora bela um dia. Os vestígios das mãos asquerosas do ogro que a arrastara, roxos que não parecem pertencer àquela pele.

Ele grunhe e grita. Ela ri e graceja embevecida em demasia pela diversidade de mimos que a fazem suportar a dor.

Que dor há para sentir, afinal, quando nem ao menos se está ciente de sua existência?

Mordo os lábios. Resta-me saber de quem, afinal, tinha mais nojo. De mim, que odiara, do fundo de minha alma, aqueles aos quais fora projetado geneticamente para amar, ou daquelas pessoas que se diziam minha família.

Ele berra palavrões cuja existência eu desconhecia até então, mas ela não lhe dá ouvidos; não está em condições de fazê-lo.

A mulher cambaleia, para frente e para trás, tentando, desengonçadamente, aproximar-se do marido, uma das alças do vestido demasiado curto abaixada, o sutiã à mostra.

Suspiro e os pirralhos encolhem-se, agarrados à minha perna, prevendo a desagradável situação que, por certo, há de se seguir.

Volto meus olhos para baixo. O pavor está estampado, claro no rosto de Ailena, e ouço Cedrico perguntar baixinho se papai e mamãe vão brigar de novo.

Merda.

Eram insuportáveis e davam trabalho, por certo, mas eram apenas duas crianças. Duas crianças maravilhosas que não mereciam viver aquele inferno.

Peço a Taidra que os entretenha, e Ailena que os conduza para o quarto. Elas assentem e rapidamente tomam seu rumo; minha irmã segura o felino desajeitadamente, uma mão sob as patas dianteiras, fazendo com que a pequena tigresa solte um barulho de incômodo e faça uma cara engraçada, mas não importa, não há tempo para risos. A outra mão da garotinha alcança o braço de Cedrico e o conduz para o quarto.

Menina esperta.

Um peso sai de meu peito. Escaparam ilesos dessa vez.

Uma briga a menos.

Não que faça, de fato, alguma diferença.

Mas não posso deixar a esperança morrer.

Preciso que essas crianças fiquem bem.

Quem sabe um dia possam escapar.

Quem sabe possam ser normais.

Cedo demais.

A porta ainda não se fechara quando um grotesco som da mão de Albert contra o rosto da vadia faz-se ouvir.

Porra!

Ela tosse e ri um pouco, caída ao chão, reclamando quase ininteligivelmente que aquilo dói.

O monstro dá-lhe as costas e joga-se no sofá, retirando uma garrafa de vodca barata de uma gaveta qualquer.

Eu me aproximo e a levanto, e só então sou capaz de verificar a gravidade de seus ferimentos.

Merda.

Quando isso vai acabar?

– Onde você tava, mulher? – ele berra entre um gole e outro, e o cheiro de álcool exala de sua boca pútrida.

– Trabalhando – ela responde prontamente, no que parece ser outra língua, e então cai na risada uma vez mais.

Pela Voz, eu queria que tivesse como desligar essa mulher.

– Eu precisava de você aqui – ele brada. – Esse pirralho fica enchendo meu saco o dia inteiro – prossegue, dando mais uma golada generosa. – Preciso de algum entretenimento, mulher.

O gato maltrapilho, Escort da mulher, que, até então, eu não notara ter voltado pra casa, silva em desagrado, com a coluna arqueada e o pelo eriçado.

Até que o bichano não é de todo estúpido.

Estou limpando seus arranhões com água quente quando ela se move sob meu toque, cruzando as pernas, apoiando um cotovelo sobre o joelho e o queixo sobre a mão.

Seus olhos fitam os de Albert.

E ela diz, com a boca amolecida pelos entorpecentes:

– Você sabe que eu cobro.

Aperto mais os panos sobre sua pele, inconscientemente.

Céus.

Aquilo é nojento.

Engulo o ardor que me sobe à garganta e me levanto, incrédulo, o nojo pulsando sob minhas têmporas.

Eu os odeio.

Um sorriso diabólico está estampado em seu rosto nauseabundo; ele deixa calmamente a garrafa no chão e a analisa um momento, para depois explodir:

– Você é minha esposa, porra! – ele urra, erguendo-se do sofá e chutando a mesinha de centro pelos ares. – Cumpra seu maldito dever de merda, sua vagabunda! – Ele atravessa o curto espaço e a pega pelos cabelos.

Ela grita.

Ele lhe mete um tapa no rosto.

Por um momento, estou paralisado.

E eu me odeio por isso.

Ela implora, ele a joga no chão e a chuta.

Ela se arrasta para longe, mas ele agarra suas pernas, e, antes que ela possa fazer algo, está em cima dela.

Ela está presa.

Ele retira o canivete do bolso e o posiciona sob o pescoço da vítima, sussurrando algo sobre ela ser dele.

Com a mão livre, o monstro abre sua calça a arranca seu cinto.

Mas antes que ele o deixe cair, uma garrafa acerta a cabeça de Albert, e ele está no chão, entre estilhaços do vidro, filetes de seu próprio sangue e uma poça de vodca.

Em minha mão o resto do que fora a garrafa que o acertara.

Deixo-a cair.

Minha mãe arfa no chão, a mão em seu pescoço, os olhos grandes como poucas vezes vira.

Fito o monstro caído na sala.

Dessa vez vai dar trabalho.

* * *

A mulher falava manso com as crianças enquanto eu esfregava o chão tentando limpar aquela sujeira.

Por que minha mãe se sujeitava a isso? Por que não colocava um fim?

Por que *eu* não colocava um fim?

Uma sombra nanica aproximou-se. Cedrico fitava-me com uma cara engraçada de quem se esforçava para entender algo, olhava em volta como quem não sabe o que procura.

Estava perdido.

Todos estávamos.

Não era de se espantar que estivéssemos.

– Will, é verdade que o papai tá doente?

– Mais ou menos, meu amor – respondi, engolindo a repulsa. – Mas você não precisa se preocupar com isso, tá bom?

– Eles disseram que o papai é um perdedor, um fracassado. Que ele foi pra guerra e não aguentou a perda de seu Escort – Cedrico pôs-se a falar, e eu estava estarrecido demais para pará-lo. – É por isso que ele não tem um bichinho como todos os outros adultos? – *Pare*, eu implorava em silêncio. – Dizem que ele perdeu mais do que o companheiro na guerra, que ele perdeu a família. – *Pare*, algo dentro de mim gritava, contorcendo-se de dor. – Mas, Will, nós não estamos aqui? Eu achei que…

– Quem são "eles?" – eu bradava, segurando as pequenas mãozinhas no chão. – Quem foi que disse isso? – uma voz cheia de ira irrompia de minha garganta.

Uma mão tocou meu ombro, e subitamente voltei a mim.

A criança abaixo de mim com os olhos arregalados como o inferno, a boca ligeiramente aberta, pronta para começar a tremer a qualquer instante.

Medo.

Ele estava com medo.

Pela Voz, eu era um monstro.

Minha mãe tocava-me o ombro, os olhos compreensivos sobre os meus.

Eu não precisava de piedade.

Eu não precisava de compaixão.

Eu precisava de paz.

Mas paz não era uma opção para mim.

Não era agora, e nunca seria.

Eu estava acorrentado àquele monte de merda.

Levantei-me quase em transe e rumei porta afora, sem destino definido.

Precisava de ar.

Nenhuma palavra ao meu irmão.

Nenhum pedido de desculpas.

Nenhum abraço ou consolo.

Essa era uma reação da qual eu me arrependeria nos anos seguintes.

Eu era um monstro.

Um maldito monstro egoísta.

A última coisa que vi foi Taidra me seguindo, enquanto encarava o felino maltrapilho de minha mãe sentado ao batente da porta, e tudo o que eu podia fazer era pensar no quanto eu precisava deixar aquele lugar.

|7|

DESESPERO

A - L I I

SOU TODA MÃOS E BRAÇOS E PESCOÇO E PELE.

Sr. Muniz está por toda parte, e eu desejo que ele suma.

Por que o faço?

Sou toda mãos e lábios e pele e contato.

Muito contato.

Isso é normal?

Humanos são tão esquisitos.

Eu me sinto esquisita.

Quero gritar.

Como eu o odeio.

Eu o odeio.

Meu desconforto é físico. Espeta a garganta, as coxas, a barriga. As náuseas tornam-se cada vez mais insistentes.

Seu toque é como ferro em brasa contra minha pele, seus lábios nos meus são ferozes navalhas, e eu imploro em silêncio para que ele pare.

Beijar.

Aquilo deveria querer dizer que ele tinha algum sentimento por mim.

Mas eu não imaginava o que, senão repulsa e ódio.

Era tudo frio, e duro, e desesperado.

O que era aquilo?

Eu o odeio.

– Anika – ele sussurra em meu pescoço, e eu sinto o asco subir-me pela garganta. Que diabos?

O carro parou, e tudo o que sou capaz de fazer é agradecer aos céus por termos chegado. Sr. Muniz arrastara-se para o outro lado do carro, as pernas esguias dobradas de forma esquisita.

Meus tímpanos zuniam de uma maneira estranha. Tenho certeza de que Sr. Muniz falava comigo, mas eu simplesmente não era capaz de ouvi-lo. Não desejava ouvi-lo. Não queria fazê-lo.

Eu daria o céu e o inferno para poder sumir, para poder apagar de minha pele os vestígios dos minutos que se antecederam.

Uma mão me pega pelo pulso e sou capaz de reprimir um grito, mas não de evitar o choque que toma meu corpo levantando-me num pulo.

Sr. Muniz fita-me com olhos escuros, com algo que não reconheço.

Ódio?

Desprezo?

Desejo, algo ecoa em minha mente.

Pergunto-me por um minuto o que exatamente aquilo significa.

Desço do veículo desajeitadamente, o ar me falta, e o que quer que tenha entrado pelas minhas narinas fere meus pulmões e rasga-me o peito. Tropeço em meus próprios pés, mais sendo puxada do que me movendo por vontade própria.

Rio, debochada, em silêncio.

Vontade? Um luxo o qual eu nem ao menos deveria cogitar.

Levanto os olhos para ver a nuca de meu intercessor.

Seu rosto rígido, voltado fixamente para frente.

Sr. Muniz não para, não cumprimenta, não ouve ninguém. Ele não me solta; sobe as escadas arrastando-me pelo pulso.

Eu arfo, em busca de ar, e, de algum modo, o encontro.

Pisco os olhos e estou no quarto.

A porta bate atrás de mim.

Engulo em seco. Sinto um arrepio nascer na base de minha espinha.

Alguma coisa está errada.

– O-o senhor está bem? – gaguejo com uma inocência maior do que seria prudente, até mesmo para mim.

– Sim, estou – ele responde, seco. – Agora, venha aqui.

Aproximo-me dele, pé ante pé.

Algo grita e rola em meu estômago, implorando que eu corra, que eu fuja. Mas para onde eu iria?

Eu não pertenço a lugar nenhum.

Eu não tenho ninguém para quem correr.

Eu não sou nada além do vazio.

Uma mão gélida agarra meu pulso e, antes que eu me dê conta, estou prensada contra a parede, com um braço preso acima de minha cabeça e o outro às minhas costas.

– Senhor? – pergunto, confusa, a voz trêmula escapando-me da garganta, o rosto grudado na parede.

O que ele está fazendo?

– É assim que as coisas são, sabe, Cinquenta e Dois – diz a voz arrastada pelo álcool. – Se você tem algo que eu quero, e eu tenho algo que você quer, nós fazemos uma troca – ele prossegue, sua voz em minha nuca, em minha orelha, e as náuseas são tão fortes e arrebatadoras que eu tenho a impressão de que vou vomitar ali mesmo. – Se eu te faço um favor, você me deve algo. – Ele leva meu outro braço para cima de minha cabeça, segurando ambos com uma única mão; sinto-me ridícula, fraca, inútil. – Eu creio que lhe tirar do Centro de Pesquisas foi um grande favor, não?

Faço silêncio e, quando ele insiste, segurando meu rosto de maneira rígida com sua mão em concha, aceno fortemente com a cabeça.

– Mas, senhor – eu falo, o desespero claro em minha voz –, eu não tenho nada pra lhe dar.

– Não há problemas. – A mão que antes estava em meu rosto alcança agora minha coxa, a bainha de meu vestido pende desajeitada em seu pulso. – O que eu quero é você.

Um refluxo alcança minha boca e preciso engoli-lo junto ao asco.

As lágrimas escorrem pelas maçãs de meu rosto e eu não sei por quê.

Sr. Muniz tirou-me do inferno a que eu fora submetida, do inferno ao qual eu fora destinada desde minha criação.

Eu devia isso a ele.

Devia minha vida a ele.

Devia tudo a ele.

Eu não intenciono lutar, mas o faço.

Esperneio tanto quanto meu frágil corpo me permite, e, por um breve momento, consigo escapar, tudo isso para ser arremessada à cama.

Eu tento fugir.

Viro-me de bruços e tento me arrastar pela superfície excessivamente macia, que me retarda. Quase ouso permitir-me um filete de esperança quando mãos rígidas me agarram pelo quadril e me puxam para trás.

Um grito entrecortado escapa-me da garganta e eu o chuto em ruidoso desespero, coiceando qualquer coisa que esteja ao meu alcance.

Não sei o que faço, ou por que o faço, mas cada mísera parte de meu corpo grita, urra, implora para que eu fuja.

Não há tempo para porquês.

Não existem opções ou sensatez.

Eu apenas *sei* que devo me afastar.

O humano atrás de mim abafa um gemido de dor, e eu suspeito que talvez um dos chutes tenha sido eficaz.

Apresso-me em escapar de suas mãos e ergo-me de pé sobre o chão.

Procuro algo que possa me servir.

Defesa.

Eu preciso me defender.

Vasculho meu cérebro em busca de algo dos treinos militares que me possa ser útil, mas já faz tanto tempo.

Meu corpo está destreinado.

Eu não sou mais a mesma.

Mordo os lábios e corro os olhos por uma escrivaninha.

Canetas, papel, mais papel, pesos de papel.

O que eu faria com aquilo? Jogaria nele?

Não.

Nada ali me é útil.

Estou quase correndo para perto da estante mais próxima quando algo chama minha atenção.

Um candelabro.

Aqui está algo que eu posso usar.

Tento pegá-lo, mas ele é muito pesado e não sou capaz de erguê-lo.

Droga.

Agarro um abridor de cartas largado na escrivaninha e viro-me para Sr. Muniz, que já está se recompondo.

O que eu faço?

O que eu faço?

Afasto-me lentamente em direção à porta.

O que estou fazendo?

Eu não tenho pra onde ir!

Tateio a maçaneta e, quando finalmente consigo abri-la, a mão de Sr. Muniz colide contra a porta, arranca o inútil abridor de cartas de minhas mãos trêmulas e me imobiliza antes que eu tenha tempo de protestar.

Tento pensar em algo, preciso pensar em algo, mas é tarde, ele me joga na cama uma vez mais.

Eu tento escapar, outra vez, e sua mão está em meu pescoço.

Apertando-me.

Arrancando-me o ar.

Eu engasgo com o nada.

Com o ar, ou com a falta dele.

Eu bato e me debato, guincho, mas de nada adianta, até que, de algum modo, consigo morder seu braço.

Um tabefe acerta meu rosto e eu grito.

Os pulmões urram por ar.

Meus esforços são vãos.

Eu protesto e peço.

Meus esforços são involuntários.

Eu me debato e eu grito.

Não sei o que estou fazendo.

Eu esperneio e imploro.

Não sei o que ele está fazendo.

Mas eu odeio.

Eu o odeio.

Que direito eu tenho?

Eu paro.

Pelos céus.

O que deu em mim?

Levo as mãos lentamente ao rosto.

Escondo-me e sussurro um pedido de desculpas.

Eu me rendo.

Simples assim.

Eu me rendo.

Sou um objeto. Um clone feito para atender os caprichos humanos que eles mesmos não foram capazes de suprir.

Eu não sou ninguém.

Eu não tenho vontades.

Não fui criada para questionar.

Eu devo obedecer.

Fecho os olhos e deixo os braços caírem ao lado de meu corpo.

Um corpo.

É tudo o que sou.

Um recipiente vazio.

Ouço outra vez a mentira.

– Vai ficar tudo bem – ele diz.

Mas dessa vez não ouso acreditar. Não sou capaz de fazê-lo.

Aperto os olhos quando a dor chega.

Sou toda dor.

Sou toda ódio.

Sou toda lágrimas e melancolia.

Ignoro a dor.

Ignoro o asco.

Eu preciso ser forte.

Eu preciso ser forte.

Eu preciso ser forte.

Eu estou a ponto de quebrar.

Eu o odeio.

Ele rasga-me num ritmo ignóbil e desenfreado, e eu contenho o choro em minha garganta. Ele entra e sai, envolto por seu torpe desejo, proferindo palavras nas quais não ouso pensar, e tento evitar que o vômito irrompa de meus lábios, mas a repulsa já impregnou meu corpo e ser.

Eu o odeio.

Eu não sou nada.

O chiado que acompanha sua respiração irregular faz-me pensar que, talvez, eu pudesse destruí-lo.

Talvez eu pudesse alcançar a liberdade; se eu pensasse melhor e arquitetasse um plano cuidadoso, talvez eu pudesse vencê-lo.

Liberdade?

Vencer?

Mas vencer o que?

Eu poderia matar o homem que me salvou de um destino terrível?

Não que fizesse diferença, eu acho.

Eu fora arrancada de um destino terrível para uma vivência impensável.

Ainda que colocado dessa forma, ele me dera a vida, não?

A dor me atinge com mais força e eu mordo os lábios, sentindo o filete de sangue escorrer pescoço abaixo.

Não me importo se ele me deu vida, se ele é meu dono, se é meu salvador.

Eu o odeio.

Eu o quero morto.

Ele é todo suor e gemidos, e tudo o que eu desejo é poder destruí-lo com as minhas próprias mãos; arrancar-lhe a pele com minhas unhas para que ele não possa, nunca, jamais, infringir tamanha dor ou vergonha a outro ser.

O corpo que nunca me pertencera parece-me menos meu do que nunca.

Uma carcaça de desonra e podridão.

Eu não sou nada.

Eu não sou ninguém.

Eu o odeio.

Eu me odeio.

* * *

– Anika – ele sussurrava de quando em vez, cheio de paixão.

O que aquilo significava?

Eu não sabia.

Eu não ousaria perguntar.

Eu só queria que aquilo terminasse.

Só queria poder desaparecer.

Queria que a dor desaparecesse.

Que aquele sentimento agastante, que trazia o gosto amargo a meus lábios e a sede de sangue a minha parte mais escura, que me coçava o peito rasgando-me em pedaços, colocando-me no meu lugar, o lugar do ser inútil que eu era...

Queria que aquela sensação cessasse, que fosse embora.

Era tudo que eu queria.

Mas que direito eu tinha de querer algo?

Depois de saciada sua luxúria, Sr. Muniz permaneceu abraçado ao meu corpo pelo que pareceram horas. Somente tarde da noite, quando meus soluços e lágrimas cessaram e meu peito parou de mover-se irregularmente, senti seus braços descolarem-se de mim numa mistura de alívio e desespero que me invadia.

O que diabos ele ia fazer?

Esperei, rezando em silêncio aos deuses que eu nunca conhecera para que a dor parasse, para que ele se afastasse, para que eu sumisse.

Mas um barulho arrancou-me de meus devaneios.

Primeiro pensei que falasse com alguém, mas depois, quando me vi livre do medo, ou pelo menos no controle dele, percebi que o burburinho era algo ininteligível. Um lamento lúgubre vindo, no meio da madrugada, da trêmula figura sentada ao pé da cama. O lamento logo se transformou num brando plangor, para, então, crescer, em meio aos soluços, a um choro ruidoso e profundo.

Sr. Muniz encontrava-se envolto a soluços e espasmos e lágrimas e ganidos causados pela dor que parecia consumir-lhe numa voracidade impetuosa.

O que era aquilo?

Eu pude sentir o ódio que eu achei ter-se instalado permanentemente em meu peito derretendo-se no sentimento mais baixo que uma criatura pode ter.

Pena.

Tudo o que aquele homem era, tudo o que ele representara e fizera, era digno de pena.

Ainda assim, desejei ardentemente poder abraçá-lo, acalmá-lo.

Contar-lhe a bela mentira que ele me contara tantas vezes antes.

Dizer que tudo estava bem, que tudo ficaria bem.

Ainda agora não posso entender o estranho desejo de abraçá-lo que me invadira sem aviso prévio, a vontade de pegá-lo em meus braços e consolá-lo da dor que lhe transbordava o peito em lágrimas e dolorosos sons.

Eu queria consertar o que quer que estivesse quebrado ali.

Queria ajudá-lo.

Queria ser-lhe útil.

Mas o que alguém como eu poderia fazer?

Acho que algumas cicatrizes são profundas demais para serem vistas.

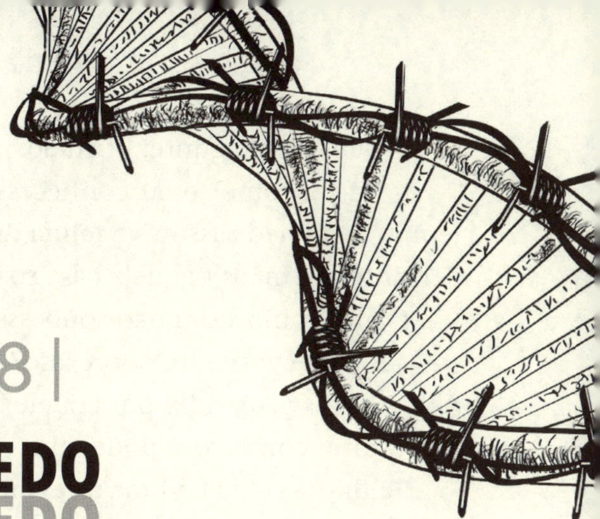

8
MEDO

Will

UMA NOITE FORA DE CASA, uma noite mal dormida, mais uma noite jogada fora, na rua, mais uma noite inútil, amassada e arremessada ao bueiro.

Por que tenho que me sentir assim?

O que eu faço não é o suficiente?

O que mais eu deveria fazer?

Por que tenho que pagar por erros que não são meus?

Talvez eu tenha sido a mais abominável das pessoas em minha vida passada.

Olho ao redor, o receio beirando o desespero.

Que ninguém ouça esses pensamentos, ou minha cabeça será o próximo prato servido aos meus irmãos.

Meus irmãos.

Infinitas preocupações com os pequenos monstros que eu deixara para trás, com aqueles dois pequenos desajustados.

O que eu tinha na cabeça?

Taidra olhava-me com gritante desaprovação.

– Que é? – perguntei, irritado.

– Não é como se eu conhecesse você ou sua família há muito tempo, nem nada assim – a felina disse –, mas não me parece sensato deixar seus irmãos naquela casa sozinhos.

Claro, como se eu não soubesse.

– E o que você sabe sobre isso? – alfinetei, enervado com a razão nas palavras proferidas por aquele bicho. – O que um treco feito em laboratório como você pode saber sobre qualquer coisa?

Taidra se calou e vi-me arrependido no mesmo instante.

Mas o orgulho não permitiria que eu o dissesse ou que eu pedisse desculpas.

Talvez eu simplesmente soubesse que não merecia seu perdão.

A manhã se passara num suspiro, arrastando-se e arranhando a alma, gritando por misericórdia, e a noite insone ria de mim, caçoando a falta que me faz. As reclamações passaram a parecer mais estúpidas que de costume. A irritação latente torcia e se contorcia, reivindicando toda atenção que eu poderia dar ao que quer que fosse que eu deveria fazer.

Taidra seguira-me em silêncio o dia todo.

Desejava desesperadamente que ela falasse comigo, mas eu mesmo não era capaz de fazê-lo. As palavras não irrompiam o nó em minha garganta de maneira alguma.

Estava a caminho da escola quando uma risada chamou minha atenção com um grito. Surpreendi-me com o pequeno grupo a me fitar.

Reconhecera brevemente dois dos cinco rostos.

Tiveram uma aula comigo no ano anterior, se bem me recordava.

Quais eram seus nomes mesmo?

Eu não fazia ideia.

– Ei, você – o menor deles chamou. – William, não é?

– Sim – respondi, arqueando a sobrancelha.

Taidra rosna baixinho, e só então sou capaz de notar o evidente desprezo e zombaria no rosto dos moleques.

Que merda está acontecendo?

– Será que consegue reservar sua mãe para mim hoje? – ele perguntou.

E o esclarecimento me atinge, finalmente.

Cerro os dentes e punhos involuntariamente, mas sou capaz de respirar fundo e dar-lhes as costas. Preciso, porém, cutucar Taidra com um leve chute para que ela me siga.

– Ei, ei – algum deles insiste, e eu prendo a respiração, o ódio borbulhando em minhas veias. – Não dê as costas pra mim, filho duma puta.

A ironia até poderia ser divertida, se ele não estivesse falando de minha mãe.

– Ele deve estar com ciúmes – outro provoca. – Não precisa, não. A gente consegue te dar atenção também.

– Quanto será que ele cobra? – escuto em silêncio, sentindo os olhos preocupados de Taidra sobre mim.

– Mas ele é um cara – um deles diz, indignado. – Isso é contra as leis da Voz – o medo claro em suas palavras.

São uns bostas.

– Para de frescura! – outro retruca, irritado.

Eu continuo andando.

Não posso me atrasar.

– Ei, onde você acha que vai? – Eu ignoro. – Se não quer brincar com a gente, ao menos se certifique de avisar sua mãe que vamos nos divertir essa noite, tá? – Uma mão toca meu ombro, e quando dou por mim o dono da mão está estatelado no chão, seu peito prensado contra o solo, meu pé sobre sua cabeça, seu braço quebrado em minhas mãos, dobrado para trás de modo não natural.

Os gritos invadem meus tímpanos.

Que incômodo.

Mas eu preciso admitir o prazer que seus guinchos me causam.

Espera.

O que?

Eu o solto apressadamente e me afasto.

Merda.

O corpo do verme arrasta-se vagarosamente para longe, um dos garotos o ajuda e tenta levantá-lo, os outros avançam em minha direção, seus olhos perdidos, banhados na conhecida mistura de ira e medo.

Porra.

Taidra volta a rosnar e eu me afasto, pronto para correr, mas um pé alcança minha canela e meus joelhos batem contra o chão. Os bons reflexos mantêm todos os dentes em minha boca, mas me custam um talho em minhas mãos.

Engulo um palavrão, o rosto contorcido pela dor.

Um chute alcança meu estômago e, depois de um tranco para o alto, sou jogado ao chão.

Merda.

Tento me levantar, mas eles são três, e já estou caído.

Merda.

Merda.

Merda.

Não há nada que eu possa fazer.

Eu os odeio.

Os chutes vêm, um pontapé atrás do outro.

É tudo sangue e dor e vergonha.

Talvez eu mereça isso.

Em algum lugar ao longe, dois meninos incentivam meus agressores.

Eu provavelmente mereço isso.

Talvez eu tenha destruído sua vida.

Talvez a culpa seja minha.

Talvez, se eu não tivesse nascido...

Eu tusso um pouco de sangue e desisto.

Eu me rendo, me encolho, me projeto, me escondo, como aprendi, ao longo de todos esses anos.

Pela Voz.

Eu sou desprezível.

* * *

A água de tom vermelho-queimado descia ralo abaixo, levando o ódio embora e dando espaço à vergonha.

Como eu desejava que aquela água escura pudesse lavar minha alma da mesma maneira que lavava meu rosto.

Eu era um inseto.

Fraco, ignóbil, imundo.

Mas eu persistia, teimoso demais para ceder.

Quanta estupidez.

Ao atravessar a porta do banheiro, tudo o que esperava era encontrar a pequena felina listrada aguardando-me ansiosa, mas eu já deveria estar acostumado com as coisas tomando um rumo diferente do esperado.

Taidra estava suspensa pelo couro de sua nuca, reclamando e rosnando para o homem que a segurava a uma distância segura de seu próprio corpo.

O que estava acontecendo?

– William? – uma voz feminina soou a minha esquerda.

– Sim? – respondi, a voz entrecortada.

– Precisamos que nos acompanhe – ela disse, enquanto dois homens anormalmente altos pegavam-me pelos braços. – Por favor.

Seus olhos verdes sem vida e o débil sorriso deixavam claros que aquilo não era de fato um pedido. Eu não tinha escolha, era o que ela me dizia em silêncio. Como se os dois brutamontes que me seguravam não explicitassem o suficiente.

Merda.

* * *

– O senhor deve saber, senhor Frayhait, o motivo de nossa conversa – disse-me a mulher de olhos verdes, sentada numa confortabilíssima poltrona giratória do outro lado da mesa, ainda com o sorriso pavoroso estampado em seus lábios.

– Sinto muito – respondi, negando com a cabeça –, mas não tenho ideia do porquê estou aqui, senhora... – prossegui, franzindo o cenho.

Até agora tudo bem.

Eu estava disfarçando o nervosismo consideravelmente bem.

– Pode me chamar de Doze – falou, sem tirar o sorriso doentio do rosto.

Que porra era aquela mulher?

– Doze? – pergunto. – Como o número?

– Sim – ela disse calmamente –, como o número.

– Como eu dizia, senhora Doze – disse, o estranhamento claro em minha voz –, não sei por que estou aqui.

– Bom, William... – Ela faz uma pausa com um olhar inquisitório, entrelaçando seus dedos protegidos por luvas brancas sobre a mesa. – Tudo bem te chamar de William?

– Sim, claro – respondo de supetão. – Eu acho.

– Ótimo – disse, com curtas palminhas abafadas que me pareciam nada além de ridículas. – Então vamos ao que interessa. – O sorriso em seu rosto diminui. – O que são essas marcas em seu rosto?

Merda.

Eu estava tão desacostumado a apanhar nos últimos meses que nem me lembrei dos hematomas.

Estúpido.

Eu pagaria o preço pela falha, eu sabia.

Engoli em seco, desejando desesperadamente que uma resposta aceitável passasse por minha cabeça.

– Eu caí – foi tudo o que pude dizer.

Porra, William!

Anos e anos apanhando, inventando histórias e desculpas, e essa foi a melhor coisa em que você pôde pensar? Era ridículo, no mínimo.

Precisei me conter pra não revirar os olhos pra mim mesmo.

Moleque escroto.

O sorriso da mulher voltou a alargar-se, mas não havia diversão alguma em seu rosto.

– Uma queda bem feia, eu diria. São muitos hematomas. O que é isso? – Ela apontou para a minha cabeça. – É um corte na sua testa? E o sangue na sua camisa? É seu?

– É meu sim, senhora. – Eu tropeçava em minhas palavras. – É só que eu... eu caí... das escadas.

– Oh, sim, das escadas – ela assente.

Os dedos entrelaçados, adornados pelo pano rendado.

Os cotovelos apoiados à mesa.

O queixo apoiado por sobre as costas das mãos.

Os olhos sem vida focados em mim.

Merda.

Ela estava me analisando.

Ela sabia, isso era um fato. O que eu precisava saber era até onde.

– Senhora? – arrisquei. – Por que eu estou aqui?

– Por que você quebrou o braço daquele menino, William? – perguntou, simples e impenetrável.

– Eu... – hesitei, merda. – Eu não sei do que a senhora está falando.

– Ora vamos, William, você é melhor do que isso! – a moça levantou a voz, batendo a mão na mesa. – Se vai mentir, ao menos seja convincente.

– Eu não estou mentindo, dona Doze – apressei-me em dizer, mas eu mesmo não acreditaria em minha voz.

Taidra pusera-se a reclamar no canto da sala, e Doze mandou que o guarda que a segurava a retirasse da sala, com um simples aceno de cabeça.

Aparentemente Doze não era o tipo de mulher que desperdiçava palavras, ou expressões.

Dei-me conta num calafrio de que aquilo não era um simples problema com a escola, era um problema com a Voz.

Doze era uma Inquisitora.

Porra, o que eu havia feito?

– Curioso – dizia, totalmente desinteressada. – Pouco antes de você ser visto coberto de sangue, feridas e roxos, um garoto precisou ir à enfermaria. Um braço quebrado, se não me engano.

– É de fato uma grande coincidência – rebati.

– Tenho alguns anos a mais que você, garoto, e posso garantir, coincidências não existem.

– O que sugere, então? – Se era um jogo, eu não seria derrotado sem jogar.

Ela era treinada, mas eu também era.

Ela podia ser boa nisso, mas eu sempre fora o melhor.

– Não sugiro nada, menino. – O sorriso ignóbil impregna sua face uma vez mais, eu tinha que admitir, ela era boa, era assustadoramente boa. – Mas acho que você deveria considerar que mentir para um Agente da Voz é um crime de Estado, cuja penalidade pode ser até mesmo a morte. E nós não queremos deixar duas crianças sendo criadas por um bêbado e uma prostituta, não é?

Porra.

Eu estava sem reação.

A porta abriu-se:

– Doze, temos que ir – um homem disse à porta.

– Tudo bem. – Ela o dispensou com um aceno de mão. – Vamos nos encontrar de novo, menino Frayhait, e, quando o fizermos, seria bom que o senhor estivesse disposto a cooperar. Você é bom, mas ainda não é um de nós. – Ela colocou-se de pé, pegando seu casaco antes de direcionar-se à porta e abri-la. Eu era incapaz de impedir-me de fitá-la. – Além do mais, nós não queremos que nada aconteça aos pequenos Cedrico e Ailena, não é? – Ela sorri e, pela primeira vez, um brilho lampeja em seus olhos. – Passar bem, senhor William.

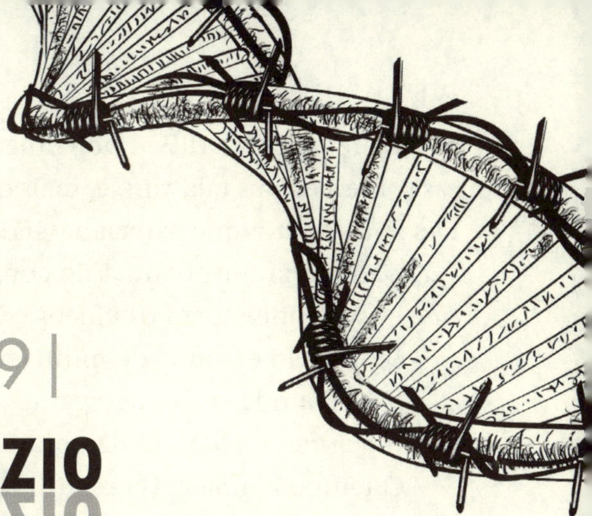

|9|
VAZIO

A-LII

MORDI MAIS UM PEDAÇO do seco biscoito de polvilho antes de virar para a próxima página.

Na manhã que se sucedeu a nossa ida ao teatro, Sr. Muniz desaparecera antes mesmo que eu despertasse.

Uma viagem de negócios, coisa de rotina, foi o que me dissera uma das criadas da casa. Eu não deveria me preocupar, pois elas me serviriam e cuidariam de mim; me dariam qualquer coisa que eu precisasse. Essas eram as ordens de Sr. Muniz.

O que me parecia um absurdo, é claro.

Eu deveria ser a encarregada de servi-las. Fora criada para isso, afinal. Se não o fizesse, que utilidade eu tinha nesse mundo?

Depois de três dias vagando sozinha pela casa, sentindo-me feito peso morto, uma das simpáticas moças em uniformes sugeriu-me que eu lesse livros, e apresentou-me a um grande cômodo abarrotado deles, que ela chamara de biblioteca.

Claro que fora difícil no começo. Não conhecia muitas das coisas sobre as quais falavam, e, mais que isso, não compreendia muitos dos sentimentos que pareciam ser descritos com tamanha obviedade.

Não havia um manual de como sentir, muito menos fora algo que eu aprendera com os vídeos educativos.

Sentir não era uma de minhas funções, afinal.

Havia, ainda, outro agravante: eu não lia nada há anos, e de que adianta aprender algo se não praticarmos?

O tempo é uma coisa esquisita, varre as memórias que caem em desuso, e assim parecia ter sido com minhas habilidades de leitura.

As oitenta primeiras páginas correram lentas, travando sempre em uma palavra ou outra que não era frequente em meu vocabulário, mas depois disso, as coisas começaram fluir, livre como água corrente, emocionantes como os livros diziam que era se apaixonar pela primeira vez.

Era um mundo mágico a cada novo livro, uma oportunidade de viver uma vida melhor do que aquela a que fora submetida, cada vez que o cheiro das páginas de um novo título invadia minhas narinas.

Aquilo era melhor do que qualquer coisa que eu já experimentara em minha medíocre existência.

E desde então, meus dias se resumiram àquele lugar, do momento em que eu acordava até depois que eu adormecia sobre algum dos livros.

Não entendia, nos primeiros dias, como acordava na macia cama do quarto ao lado àquele pertencia a Sr. Muniz, mas não ousaria perguntar. O mistério foi resolvido, entretanto, quando acordei, numa madrugada, enquanto me levavam no colo para o quarto.

Eu realmente estava sendo cuidada.

A comida era servida pontualmente às oito, ao meio-dia e às sete da noite, onde quer que eu estivesse, e só era retirada quando eu me desse por satisfeita ou quando dormisse.

Nada parecido com as rações sintéticas dos Centros de Pesquisa.

Aquilo era comida de verdade.

Nada do excremento reciclado e borrachudo com que nos alimentavam. Era tudo demasiado saboroso, suculento e encantador, uma variedade de cores, texturas e sabores que eu sequer imaginara existir.

Havia verde, digo, realmente havia coisas que cresciam do solo.

Como se não bastasse, havia carne.

Carne de verdade.

É claro que outrora essa fora uma prática comum, mas eu nem ao menos sabia que as pessoas ainda comiam carne.

Quer dizer, com as guerras a natureza sofrera bruscas mudanças e tornara-se insustentável, os animais tornaram-se praticamente extintos.

Somente devido à intervenção e à ciência da Voz a humanidade fora capaz de estabilizar-se e manter-se viva.

Isso nos fora dito incansáveis vezes nos vídeos educativos.

Como diabos poderia haver gente que comia carne?

Clonagem animal, talvez.

Engoli em seco.

Eu não era melhor do que o bife mal passado estirado, sem vida, em meu prato.

Engulo o vômito que insiste em irromper de meus lábios.

Se eu aprendera algo em minha vida, é que toda comida é extremamente valiosa.

Aquilo devia ser muito caro.

Não importava. Não havia nada que eu pudesse fazer, senão tentar aproveitar tanto quanto possível daquilo que me era oferecido.

Ainda era difícil comer tanto quando antes me fora dado tão pouco, ainda assim, eu insistia em comer mais do que meu estômago parecia suportar, afinal, não sabia quando poderia ser jogada em uma sala de experimentos e ser reduzida a um objeto novamente.

Espere.

Eu permanecia sendo nada além de um objeto.

A única diferença é que agora eu era mais bem tratada.

Minhas funções tinham mudado de cobaia a objeto de entretenimento e decoração.

Céus, era desesperador.

Pior ainda era saber que não me restava nada além da resignação.

Nunca me fora dada outra opção.

Liberdade?

Não.

Eu nunca a experimentara e nunca o faria.

Eu simplesmente tinha trocado de função.

Era simples assim.

Quando o percebi, afundei-me ainda mais nos livros que tinham sido colocados à minha disposição, tentando desesperadamente esquecer a realidade que enfrentava, querendo, muito mais do que me era permitido, esquecer o inferno no qual vivia.

Fossem com livros novos, ou com aqueles queimados ou carcomidos nas pontas.

Não importava, desde que me tirassem daquele lugar, por fosse lá quanto tempo pudessem fazê-lo.

– Uma boa coleção, não acha? – perguntou-me a conhecida voz.

– O senhor voltou – disse, levantando-me apressadamente para saudá-lo.

Não sabia exatamente o que sua volta me fazia sentir.

Uma mistura esquisita de ódio, repulsa, medo e, ainda assim, alívio.

Alívio por ter próximo a mim, uma vez mais, a única coisa, ou melhor, a única *pessoa* capaz de fazer com que, de alguma maneira, eu me sentisse viva.

Ainda assim, o temor que invadia meu corpo e derretia meus ossos era infinitas vezes maior do que qualquer sentimento regozijador que pudesse me atingir.

Eu estava apavorada demais para sentir qualquer coisa que se assemelhasse a alegria ou conforto.

– Sim – respondeu. – Sinto muito pela ausência.

Oh, não se incomode em pedir desculpas.

Afinal, sou apenas seu bichinho de estimação, não é?

Não é como se você precisasse pensar em mim ou pedir permissão para o que quer que fosse.

Além do mais, não era exatamente como se eu tivesse sentido sua falta.

– Não há por que desculpar-se, senhor – consegui dizer por fim.

Ele sorri um sorriso sem felicidade alguma.

– Tivemos um pequeno problema com os rebeldes em Londres, mas as coisas já foram controladas – ele explicou.

Por que ele se explicava?

Quer dizer... Eu sou somente um clone, não sou?

– O senhor não precisa se explicar, senhor.

– O que está lendo? – ele perguntou, olhando para capa queimada do livro em minhas mãos.

– *1984*, senhor. O título me chamou a atenção.

Diferentemente dele, eu lhe devia explicações.

– Por que? – ele perguntava, arqueando uma sobrancelha.

– Pois são só números, senhor, assim como eu – falei, a voz quase sumindo.

– É uma grande história.

– Sim, senhor.

– Uma das melhores que já li.

– Senhor, é uma história... real?

Ele ri.

Ri de mim.

E algo dentro de mim move-se desconfortavelmente.

Por que diabos aquilo me incomoda?

– Não, Cinquenta e Dois, não é. O livro foi publicado em 1949, mas, antes da Grande Guerra. As pessoas costumavam dizer que era um livro quase... profético.

– Por que, senhor?

– Por falar de coisas como a falta de privacidade, e a crítica de certos modos de governo – comentou, com um fundo de amargura transparecendo em sua voz.

O que era aquilo?

Ele...

Ele estava criticando a Voz?

Aquilo era de fato um tom de reprovação, não era?

Prendo a respiração involuntariamente.

Que diabos?

Sr. Muniz limpou a garganta e se endireitou, provavelmente dando-se conta da gafe que cometera.

Claro que ele não era como eu, e que tinha alguma influência.

Mas esse tipo de pensamento referente à Voz era um crime gravíssimo, mesmo vindo de alguém como ele.

Até eu sabia de uma coisa dessas.

– Ahn... – tentei dizer. – Certo. – O que eu poderia falar? – É de fato um livro incrível, senhor.

– Ah, sim, é sim – ele assentia.

– Senhor – arrisquei-me uma vez mais, vencida pela curiosidade –, por que as pontas do livro estão como que queimadas?

– Ah, isso. – Ele desviou os olhos. – Sabe, Cinquenta e Dois, existem algumas coisas sobre as quais não se deve falar, essa é uma delas. – Ele aproximou-se um pouco, abaixando o tom da voz, como quem iria confidenciar um segredo. – Você é inteligente, sei que entende isso. – Ele esperou que eu concordasse. – Então eu preciso que você não conte para ninguém sobre os títulos de minha coleção, sim?

– Tudo bem, senhor.

– Ótimo – ele disse, sorrindo. – Bom, vamos te arrumar, então – continuou, praticamente batendo palminhas com uma nova feição totalmente revigorada. – Tenho algumas festas para ir e não posso aparecer desacompanhando, não é?

Depois dessa pequena intervenção de Sr. Muniz à minha literatura, as coisas – não tão felizmente assim – voltaram a ser como antes de sua partida.

Ou pelo menos quase, pois havia em mim não mais uma admiração incondicional e crescente, mas um medo constante de sua presença que eu não me lembrava de sentir em todos os malditos anos de minha existência.

De qualquer modo, raros eram os momentos em que eu conseguia fugir para o magnífico acervo de livros ao qual fora apresentada. Não havia tempo para isso, afinal, estava muito ocupada aprendendo normas e etiquetas, decorando nomes e rostos; aperfeiçoando-me como um magnífico objeto decorativo a ser exibido.

E era exatamente isso que eu era nas festas em que o acompanhava.

Embonecada com camadas e mais camadas de roupas, cheia de quilos dos mais diferentes tipos de pós, cremes e fragrâncias por todo meu corpo. Cosméticos, esses que outrora causaram a mim e a tantos dos meus indescritíveis dores.

Era difícil apreciar minha figura no espelho, mesmo quando brilhante e meticulosamente arrumada pelas serventes, uma vez que eu conhecia em minha própria pele o preço da vaidade humana; uma vez que eu sabia da tortura e desespero que aqueles produtos traziam a tantos clones.

Mas é claro que isso não era importante.

O que éramos nós diante de um mundo tão grande, afinal?

O que eram as ignóbeis criaturas sem alma, diante das vontades e desejos dos seres humanos?

Não éramos nada.

Não merecíamos compaixão.

Não éramos dignos de nada.

As instruções de Sr. Muniz para as criadas que me arrumavam eram claras: eu não deveria chamar a atenção, mas deveria deleitar os olhos de todos aqueles que, porventura, se voltassem para mim.

E como todas as suas ordens, esta foi perfeitamente executada. Fui a perfeita boneca ao longo de uma semana toda de festas. Uma semana sendo Allie, a pequena e frágil afilhada de Sr. Muniz. Uma semana toda de apresentações e vestidos, sorrisos falsos e o asqueroso fim de noite que os sucedia.

Uma semana do que parecia a mais pura e simples drenagem da vida, da energia, por melhor dizer, que me restara.

Uma semana apenas existindo.

Até que a esguia figura de belos cabelos negros postara-se na minha frente, no oitavo dia.

– Tomáz! – seu nome escapara de meus lábios, para meu espanto.

– Sempre um prazer revê-la, senhorita Allie – disse, com uma curta reverência que me surpreendera ainda mais.

Precisei de alguns segundos para lembrar-me de que ali, e somente ali, eu não era um simples clone.

Eu era uma deles.

Eu era de verdade.

Sorri um sorriso quase sincero e estendi a mão para cumprimentá-lo apropriadamente.

– O prazer é todo meu, senhor – disse-lhe.

E, com um sorriso que vagava entre a malícia e o mais puro deleite, ele beijou-me a mão, como fizera da primeira vez em que nos encontramos.

– Fico honestamente feliz que se lembre de mim, *mon chéri* – disse, mantendo o sempre deslumbrante sorriso.

Converso.

Não sei sobre o que, nem por que o faço, mas converso.

Converso como se fosse um deles.

Converso como se tivesse o direito de dirigir-lhe a palavra.

Converso.

Como se aquele homem pudesse se importar comigo, se ele soubesse quem realmente sou.

Converso, não porque sou obrigada, mas porque me dá prazer.

Converso.

Até que uma mão gélida toca minha cintura.

Fora jogada ao meu lugar pela mão que um dia estendera-se para mim, apresentando a esperança. Esperança essa que nunca pudera tocar.

– Tomáz – Sr. Muniz cumprimentara-o, tão frívolo quanto alguém poderia ser.

– Alec! Meu grande amigo – alardeou forçosamente o homem que, segundos atrás, me parecera extremamente espontâneo. – Estava aqui conversando com essa adorável criatura que o acompanha – ele prossegue, pegando minha mão uma vez mais, num movimento um tanto afetado, e totalmente desnecessário; mas o que...? – Não deveria deixá-la sozinha, você sabe. Alguém pode querer roubá-la.

– Não se preocupe – respondeu sério meu ~~dono~~ acompanhante. – Pretendo mantê-la para mim tanto tempo quanto possível. – E, com essas palavras, arrastou-me para longe do belo estranho. – Ele não é confiável.

– Começo a pensar que talvez nenhum humano o seja – as palavras escaparam-me os lábios sem que eu pudesse refreá-las.

Sr. Muniz engasga estupefato, e fita-me incrédulo.

Céus.

O que, pela Voz, eu fizera?

|10|

SANGUE E FÚRIA

Will

NÃO VEJO POR ONDE ANDO nem ouço os barulhos à minha volta.

Eu poderia jurar que presenciara a morte algumas vezes.

Talvez Taidra tenha me ajudado, talvez eu tenha tido sorte, não sei.

Não importava.

Talvez se eu sumisse, Cedrico e Ailena ficassem mais seguros.

Uma dor intensa em meu calcanhar jogou-me para a realidade.

Os dentes da peste listrada cravavam-se em minha pele.

Chutei-a inconscientemente.

– Porra, Taidra! – urrei, irritado.

– Para de reclamar e presta atenção, droga! – a pequena felina sussurrava em tom de reprovação. – Tem dois caras te seguindo desde que saiu da sala daquela mulher. – *O quê!?* Voltei-me para trás a fim de vê-los. – Não olha pra eles, droga – ela bronqueou.

Merda.

Doze não estava de brincadeira.

– Não adianta desviar, nem tentar despistá-los – constatei. – Todos os cidadãos são monitorados.

– Monitorados?

– Sim. Não nos falam como, nem nada do gênero, mas fazem questão de comprovar que tem plenos conhecimentos de nossa vida sempre que podem – expliquei, lembrando-me dos casos em que encontravam pessoas desaparecidas.

– Que horror!

– Nunca tinha pensando assim.

– Como não? – A felina me encarava.

– Ora, eles cuidam de nós para que nada de muito grave aconteça. O que mais seria, afinal de contas?

Taidra moveu seu rosto no que parecia um arquear de sobrancelhas, mas era difícil dizer.

– Sério?

– Sim, eu acho.

Taidra calou-se e se resignou a andar ao meu lado, no mais total e completo silêncio.

Apesar de seu silêncio, não pude deixar de pensar em suas palavras.

Será que aquilo era mesmo certo?

A dúvida martelava em minha cabeça, torturada pela impotência que a situação trazia.

Se aquilo estivesse errado, o que eu poderia fazer?

O que eu era, afinal?

Quer dizer, quais as chances de alguém como eu mudar alguma coisa?

Um pensamento cortou minha mente.

Um problema tangível, real e gritante.

Algo com que eu teria que lidar de imediato, gostasse ou não.

Albert.

Homem inútil.

Só sabia gritar, beber e reclamar.

Nada nunca estava bom.

Nunca estaria.

Um gosto amargo subiu-me aos lábios.

Não queria vê-lo.

Não queria vê-lo nunca mais.

Talvez essa fosse a resposta.

Talvez a morte o libertasse da vida que lhe dava tanto do que reclamar.

Respirei fundo, pedindo à Voz que permitisse que eu me acalmasse.

Céus.

Eu o desejava morto o suficiente para fazê-lo por mim mesmo?

Provavelmente.

Por que não o fazia?

Abrira a velha porta da sala apenas para desejar nunca tê-lo feito.

A prostituta jazia estirada ao chão, inconsciente por mais uma surra, enquanto o monstro mexia-se com ignóbeis e repulsivos movimentos sobre a mulher desacordada.

Porra.

Nunca soube descrever o nojo, a repulsa, o ódio e quaisquer outras coisas que passaram por minha cabeça. Assim como não soube descrever a parte de mim que morrera naquele exato momento.

E apesar de toda essa merda, fora a seguinte frase que mudara minha vida:

– Onde está sua Voz agora?

Minha bolsa escorrega de meus dedos e bate num som surdo contra o chão.

– Porra – o verme diz, surpreso. – Não aparece assim sem fazer barulho, caralho – ele brada, e eu ainda não tenho reação. – Sai daqui, seu pirralho inútil, nós estamos ocupados – diz, coçando a barriga desproporcional ao corpo.

Não sei bem como as coisas acontecem em seguida, mas, quando dou por mim, empurro-o para o outro lado da sala, pegando seu uísque barato do chão ao lado de sua poltrona e quebrando-o em suas costas.

É bom, né, seu velho de bosta?!

Ele xinga e tenta resistir, mas eu agarro seu braço por trás e puxo-o com força. Um golpe e o ouço quebrar. Chuto a parte de trás dos seus joelhos, e antes que ele se dê conta, já está no chão.

Jogo-me por cima do homem. Meu peso sobre o dele, um braço quebrado, o outro imóvel.

Ele é o inútil.

Dou-lhe o primeiro soco.

A sensação é majestosa, libertadora.

Deuses, por que não o fizera antes?

Eu o odeio.

Ele tenta dar-me uma cotovelada, mas não há força.

Patético.

Um soco depois do outro.

Quem é o moleque? Quem é o inútil? Eu não limpei sua bunda pra você me chamar de vagabundo, seu bosta!

Não limpei seu vômito e te dei banho pra que batesse em minha mãe.

Não botei comida em sua mesa para que amedrontasse meus irmãos.

Um soco depois outro, e mais outro.

Eu o odeio.

Não tenho culpa que sua vida seja uma merda.

Um soco depois do outro.

Eu o odeio.

Eu não pedi para nascer.

Eu não mereço a culpa de sua vida ser uma bosta.

Eu não sou o culpado por sua miséria.

Eu não pari seus filhos.

Eu não tive filhos.

Por que tenho que criá-los enquanto você chafurda na grande merda em que você mesmo transformou sua vida?

Eu o odeio.

Por que eu?

Por que eu não posso me livrar desse fardo que não me pertence?

Um soco depois do outro.

Sinto as primeiras lágrimas escorrerem pelo rosto, e não sei ao certo de quais sentimentos elas provêm. Tudo o que sei é que correm desenfreadas, e que não há nada que eu possa fazer para que sequem.

Um soco depois do outro.

Eu não mereço ter a vida transformada em trapos por sua incompetência.

Não mereço aguentar toda essa merda.

Um soco depois do outro.

Não vou deixar que me puxe para esse buraco negro de ódio, angústia, desesperança e amargor; especialmente cheio de amargor.

Essas são suas falhas.

Não as minhas.

Eu o odeio.

Um soco e mais outro.

Os dentes de Taidra se cravam em meu braço, mas eu a arremesso para longe.

Ninguém vai me atrapalhar.

Ninguém.

Eu o odeio.

Quero libertar-me desse fardo que deveria chamar de "pai", quero que ele suma, quero que desapareça. Quero poder nunca tê-lo conhecido.

Quero meus anos perdidos de volta, quero minha infância, e minha juventude. Quero a inocência que me fora roubada tão cedo.

Quero minha vida.

Minha esperança.

Eu quero tanto.

Mas o que eu quero, acima de tudo, é poder fugir desse poço sem fim que suga minha força de vida, que irradia problemas e deforma minha alma, que consome e destrói tudo o que há a sua volta.

Ele é radioativo, é a única definição.

Um soluço une-se às lágrimas.

Não quero ser conivente com esse monstro que engole a vida das pessoas ao seu redor, e continua fazendo-o como se nunca fosse capaz de ser saciado.

Não quero fazer parte disso.

Mas eu faço.

Sei que sim.

Talvez eu esteja fadado a cometer os mesmos erros desse homem.

Eu o odeio.

Um soco depois do outro.

O sangue pulsa em minhas têmporas enquanto descarrego a raiva há tantos anos cultivada na criatura que se debate debaixo de mim.

Ele grunhe alguma coisa, e o cheiro do álcool invade minhas narinas e inflama a doentia fúria cada vez mais.

Como o odeio!

Meus punhos se movem sozinhos.

Um soco depois do outro.

Um líquido quente pulsa em minhas mãos, espirra em meu rosto e escorre por minhas bochechas.

Sangue?

Lágrimas?

Ambos, talvez.

Tudo é vermelho.

Tudo é ódio.

Tudo é sangue.

Eu o odeio.

Eu o quero morto.

O líquido quente e viscoso em meus punhos é revigorante e traz um alívio ao meu peito que nunca nem ao menos achei ser possível existir.

Mas não é o suficiente.

Talvez nunca seja.

Descrença.

Eu sou um mar de descrença e medos.

Mas não hoje.

Pego sua cabeça entre as mãos e bato-a no chão com toda a força que resta em meus braços.

Eu o odeio.

Eu o quero morto.

Sinto um débil sorriso formar-se em meus lábios.

Eu o odeio.

Eu o quero morto

Eu...

– Will? – a voz de Ailena arranca-me dos devaneios e me atira de volta à realidade. – Will! – ela grita, horrorizada.

O que está acontecendo?

E então eu vejo.

Sob mim, um rosto disforme e ensanguentado descansa, inerte.

Olho minhas mãos.

Sangue.

Tudo é sangue.

– Eu... – eu não tenho palavras.

– O que... – Ela está assustada demais, apavorada demais.

O que você fez?

Os olhos dela berram em silêncio, e a garota corre se esconder como se tivesse visto seu pior pesadelo.

Como se eu fosse seu pior pesadelo.

Talvez eu seja.

Só então me dou conta do que de fato é aquela situação.

Eu, sentado sobre um corpo morto.

O corpo de um homem que eu matei.
Eu matei.
Eu matei o pai de meus irmãos.
Eu sou um assassino.
Eu sou um monstro.
Eu corro, sem nunca olhar para trás.

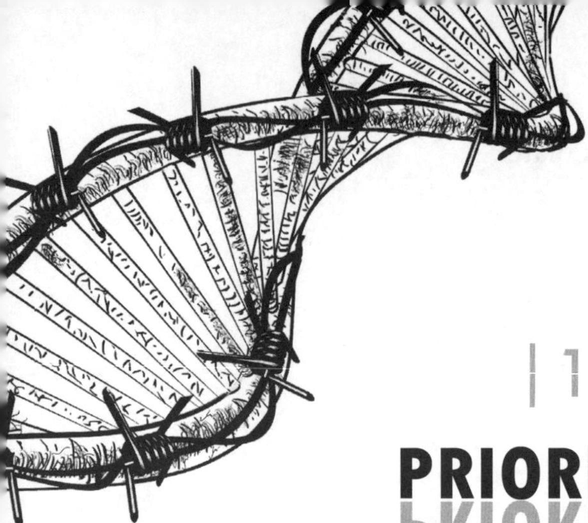

11

PRIORIDADES

A-LII

– SENHOR – EU TENTEI ME JUSTIFICAR, sei que não tenho direito algum, mas era mais forte que eu. – Eu não tive intenção. Não foi o que eu quis dizer.

– Nunca mais diga uma coisa dessas, você entendeu? – censurou-me, puxando-me pelo braço. – E se alguém te escuta, menina? Tem ideia do tanto de infrações que acabou de cometer?

– Não é como se eu tivesse muito a perder. – *Mas que diabos?*

“Ponha-se em seu lugar, clone maldito!”, algo gritava dentro de mim, e era tudo o que eu queria fazer.

– Ouça aqui, mocinha! – ele puxou-me para sua frente, parando de andar e fitando-me com os olhos mais turbulentos que eu vira em toda minha existência. – Você tem a menor ideia do que aconteceria se alguém te escutasse?

– Perdão, senhor eu não quis. – *Era com isso que ele estava preocupado?*

– Menina irresponsável! – esbravejou, passando as mãos pelo cabelo.

O chiado em sua garganta tornara-se mais intenso, e trazia pequenas faltas de ar.

Espera.

Ele não estava ofendido?

Ele estava... preocupado?

– Mas, senhor – arrisquei, incapaz de resignar-me ao silêncio –, somente Tomáz estava por perto.

– E não poderia ser pior!

Mas o que...?

– Senhor, eu não creio que ele iria...

Sua voz cheia de ódio me interrompia:

– Não iria o que?

– Nada, meu senhor – disse, encolhendo-me. – É só que Tomáz me parece uma boa pessoa e...

– Boa pessoa? – ele debochou, um tanto mais alto do que seria prudente. – Aquele homem é o mal encarnado!

– Perdão, senhor. – Eu estava realmente nervosa, podia sentir o leve tremor em minhas mãos; o que era aquilo? – Eu só quis dizer que ele tem sido tão gentil que eu...

– Oh, gentil, sim. – A voz jocosa fez com que eu me encolhesse ainda mais, preparando-me para a explosão que eu sabia que se sucederia. – Então você o acha gentil? Muito gentil, por certo. Você deve achá-lo encantador também, muito provavelmente – ele continuou, o rosto tornando-se vermelho, o chiado em sua voz tão intenso que o esforço de seu peito para manter o ar entrando e saindo era visível, mas ele estava demasiado exaltado para ligar. – Você gosta dele, é isso? Não é de surpreender, não é? Afinal de contas, um homem atencioso como ele por certo é uma boa pessoa, não é? O que foi, Cinquenta e Dois? Acha que ele gosta de você? O que acha que ele faria se soubesse o que você é?

Eu não sou nada.

– Com licença – um dos muitos homens a serviço de Sr. Muniz pedia. – O seu carro está pronto, senhor.

– Ótimo – limitou-se a dizer, apertando sua mão em meu braço e jogando-me no carro como a uma trouxa de roupas velhas.

– *Outch* – não pude evitar a pequena reclamação.

– Oh, aposto que o querido Tomáz não seria tão rude – alfinetou.

Mas que droga!

– Senhor – tentei uma vez mais, com uma impaciência que não deveria possuir. – Tudo o que eu quis dizer foi que Tomáz...

Um tapa atinge minha cara antes que eu possa dizer algo mais.

– Não diga o nome dele, porra! – ele urra.

Levo a mão ao rosto, tão chocada quanto um ser em minha condição poderia estar.

– Só estou dizendo, *porra*, que o senhor está distorcendo as coisas – digo, a petulância transbordando em minha voz, o tom levemente alterado.

Eu o odeio.

Outro tapa atinge-me o rosto, forte o suficiente para que eu o sinta em chamas.

– Cala a boca! Cala a boca! – bramia, o rosto vermelho pelo ódio e falta de ar, engasgando-se na tosse seca que o desafiava a respirar, intensificando o sempre insistente chiado. – Você é minha! – ele balbuciava à medida que se recuperava. – Você é minha – repetiu diversas vezes, até que o sussurro fraco tornara-se, uma vez mais, um grito cheio de fervor. – Você me pertence. Você é minha – prosseguia num delírio lúgubre. – Eu criei você! Eu paguei por você. Quem você acha que é? – rugiu numa possessão insana que me causava nada além do mais puro e simples asco.

Tentei sentir pena daquele ser arrogante, como fizera infindáveis vezes antes dessa, mas eu não era capaz, pois tudo o que eu conseguia ver era uma carcaça sem vida, tomada pela mais extrema das solidões, regada à insegurança e com uma pitada de insanidade.

Seus olhos pareciam saltar para fora, mas não havia nada neles.

Eu não conhecia aquela pessoa.

Eu não queria conhecê-lo.

A visão periférica me permitia ver o motorista encolhendo-se a cada novo vociferar de meu dono.

Por algum motivo, aquilo o incomodava.

Mas por quê?

Não importava.

Pois ambos sabíamos que ele não faria nada.

Ele não podia fazer nada.

Aquela não era sua luta.

Então, por que se importar?

Resigno-me a mais uma de minhas pequenas mortes, a fim de evitar maiores constrangimentos àquele senhor.

Aquele é meu fardo, e somente meu.

* * *

O sempre crescente ódio fomenta a insana vontade que me assola, a vontade de esviscerá-lo. De rasgá-lo aos poucos e vê-lo sangrar, agonizando até que a morte o abrace.

Mas a desatinada realidade volta a se chocar contra mim quando seus dedos imundos roçam minha pele.

O inferno não tem fim.

Nada pode ser pior do que isso.

O inferno é aqui.

* * *

Seus braços me envolvem, mas não sinto nada.

Toda vida que pudesse, talvez, habitar em meu corpo parece ter se esvaído.

Estou cansada.

Não só porque aquilo é exaustivo de todas as formas possíveis, mas porque simplesmente não tenho vontade de abrir os olhos.

É isso.

Eu simplesmente quero poder não acordar.

É preciso muito esforço para que me lembre que eu não deveria ter desejos.

Meu antebraço cobre meus olhos, para que ninguém precise ver as lágrimas que escorrem de meu rosto até a cama.

– Temos uma festa importante para ir amanhã – a voz de Sr. Muniz causa-me insistentes calafrios de terror. – Precisarei que se comporte, ou será extremamente perigoso – ele diz, passando a mão pelas maçãs de meu rosto. – Você entende? Pode fazer isso por mim?

– Sim, senhor – limito-me a dizer, sem mover-me.

Não era como se eu tivesse uma escolha.

* * *

Quando acordo de uma série de pesadelos quase tão desastrosos quanto a própria realidade em si, estou na cama que chamam de minha.

É estranho ter algo para chamar de meu, mas há tantas coisas estranhas em minha existência que muitas delas começavam a passar despercebidas.

A bela cena da janela chama mais a atenção do que as inúmeras peculiaridades de minha vida.

O sol se põe ao longe e, no horizonte, uma cidade arde em chamas.

Há certa beleza naquilo. Uma beleza intrincada e muito particular.

Uma beleza única, que nunca mais poderá ser vista.

Talvez o inferno não seja tão ruim assim.

* * *

A camisola de seda branca tremeluzia fantasmagoricamente com meus movimentos, e a cada passo dado eu era capaz de ouvir o burburinho elevar-se. Por certo não passavam de sussurros, mas definitivamente estavam discutindo.

Levei meu copo d'água aos lábios e senti a sensação de alívio preencher minha garganta. Como estava seca!

Os primeiros degraus da escada fizeram-se ver por entre a escuridão noturna, e, num arrastar sonolento, silenciado pelo macio carpete que acariciava meus pés, recostei-me ao corrimão e continuei a bebericar o delicioso líquido insípido.

Uma pequena bolinha de luz flutuante iluminava o rosto de Sr. Muniz e de sua convidada; pairava, como que boiando em uma bacia de água. Os lábios grossos da visitante moviam-se frenéticos, mas eu pouco podia ouvir de sua preocupada voz suave, e, em resposta, Sr. Muniz apontou-lhe o dedo na cara. Uma ação que me fez inclinar a cabeça.

Sr. Muniz nunca o fizera para mim, mas de algum modo o gesto não me era de todo estranho.

Curioso.

Onde o havia visto?

Uma vaga memória dizia-me apenas que não era algo de todo amigável.

Eles estavam brigando?

E o que era aquela coisa escura que manchava a visita?

– Misericórdia! – exclamei, ao notar a vermelhidão do líquido que se espalhava por sobre a estranha. – A senhora está bem? – perguntei, apressando-me em descer as escadas.

O breu noturno impediu-me de ver claramente, mas ainda agora posso jurar que a mulher fitara-me com o espanto de quem via uma alma penada.

E talvez o fizesse.

– Não pode ser – ouvi-a sussurrar com uma voz rouca.

Os olhos verdes arregalados cravaram-se nos meus como se garras o afixassem ali. Os lábios entreabertos não escondiam, em absoluto, a surpresa da mulher que eu poderia jurar ser muito bonita por debaixo de todo aquele sangue.

Olhei-me, procurando o que diabos haveria de errado comigo, mas nada pude encontrar. Nada que causasse tamanho assombro.

Ela deveria estar preocupada consigo mesma, afinal, pela Voz, o que era todo aquele sangue?

Voltei minha atenção para Sr. Muniz, que me encarava com um olhar severo. Por certo eu fizera algo errado, mas o que?

Engoli em seco.

– O que está fazendo aqui, Allie? – indagou.

– Acordei e vi que o senhor não estava na cama – expliquei, fitando meus pés; não tinha direito a argumentos, sabia disso. – Estava com sede, por isso bebi sua água. Estava a caminho da cozinha para encher o copo novamente, quando ouvi sussurros...

– E quem lhe deu o direito de participar da conversa? – perguntou, ríspido.

– Peço perdão, senhor, mas pensei que sua convidada precisasse de ajuda – tentei uma vez mais, voltando-me à estranha; o que diabos eu estava fazendo? E, antes que percebesse, já estava diante do senhor.

– Alec – a mulher de rabo de cavalo ensanguentado chamou, ainda incapaz de tirar os olhos dos meus. – Alec, você não... – mas as palavras se perderam no caminho. – Isso não é possível.

– Cinquenta e Dois, volte para o quarto – Sr. Muniz ordenou, e eu obedeci, imaginando o que aquela mulher teria feito para banhar-se tão grandemente em viscoso líquido escarlate.

|12|

ASSASSINOS

Will

A PERNA AOS INCONTROLÁVEIS SOLAVANCOS torna impossível esconder o nervosismo que me toma por inteiro.

E como não?

Eu tinha sido avisado.

Batidas contra a madeira chamam minha atenção para uma desconhecida porta do lado oposto ao que encaminha à sala de Doze.

O silêncio retorna.

Burburinhos.

Silêncio.

E depois de longos segundos, um grito rasga o ar e se fixa ali.

Sinto um retorcer em minha espinha que se transforma num calafrio horrendo.

Fito meus pés.

O que diabos está acontecendo?

– Fala, vagabunda! – um grito gutural perpassa a porta em meio a barulhos indistinguíveis. – Como não sabe de nada, porra? – O conhecido barulho de um tapa faz-se ouvir.

Porra.

A voz era alta, mas vinha de longe.

Se eu era capaz de escutar o tabefe que a mulher levara...

Que merda acontecia ali?

– Para! Para! – a mulher implorava, entre ganidos quase ininteligíveis.

– Conta, caralho! – a voz grotesca berrava. – Conta ou você vai se arrepender.

– Para! – a sua voz esganiçada mesclava-se à do homem num emaranhado de dor, desespero, ódio e necessidade.

– Fala, porra! – ele urrava.

– Não vou falar, eu não vou falar.

– Fala logo, anoma de merda – ele insistia, cada vez mais impaciente.

– Se você não falar vai apanhar mais! – outra voz junta-se aos berros.

Quantos havia?

– Para! Para! – sua voz desesperada arrepia-me a perna.

Mordo o lábio inconscientemente, e sinto Taidra enrolando-se em minhas pernas. Tremendo. Amedrontada.

E quem não estaria?

Minha vontade é de levantar-me dali e sair correndo.

Mas de que adiantaria?

– Fala logo! – um deles brada. – Fala onde vocês estão!

– Para! – o grito se prolonga, parado no ar.

E com cada parte do meu corpo, eu quero abrir aquela porta e ajudar aquela mulher, independente de quem ela seja, ou do que tenha feito.

No entanto, algo dentro de mim urra e se contorce, implorando para que eu vá embora, e eu anseio por obedecê-lo.

Barulho de madeira contra a pele. O barulho de algo cortando o ar e ardidas batidas, intercalado com penosos ganidos. Uma vareta?

Um grito amargurado, longo e contínuo, que parecia conter toda a dor e desespero do mundo.

– Fala quem contou sobre o conselho! – um deles ordena, mais berra do que manda, mais monstro do que gente.

Um zumbido faz-se ouvir. Um pequeno motor foi ligado.

O que diabos?

– Conta agora!

Mas ela se nega.

Encolho-me quando o barulho molhado é abafado por mais um urrar da mulher cujo rosto nunca vi, cujo rosto nunca verei.

– Eu não vou falar! Eu não vou! – ela brada, ensandecida.

Eu ouço gritos e ameaças, ouço ordens e negação, ouço um ideal; ouço uma mulher que o mantém até o último momento. Eu ouço engrenagens. Eu ouço a dor.

Porra.

A porta se abre e mais um grito ecoa pela sala.

Doze sorri inexpressivamente para mim.

– Não te fiz esperar muito, não é? – Eu nego com a cabeça, tentando parecer despreocupado. – Ótimo. Podemos? – Ela aponta a porta de seu escritório.

E, enquanto me encaminho para o outro lado da sala, tudo em que eu sou capaz de pensar é na mulher do outro cômodo.

Quem é ela?

O que ela teria feito?

Aposto que não tinha matado um homem.

Aposto que não tinha matado o próprio pai.

O que seria feito dela?

O que seria feito de mim?

* * *

"Você foi avisado", as palavras ecoavam em minha mente enquanto eu caminhava para minha casa.

Aquilo fora uma ameaça.

É claro que sim.

A Voz não cometia erros.

Eles não me deixariam ouvir aquele interrogatório se não fosse para me amedrontar.

E eles tinham conseguido, é claro.

A questão era: até que ponto aquilo era uma ameaça?

Um insistente helicóptero sobrevoava a área e impedia-me de pensar.

Mas que merda.

Apertei o passo, pois tudo o que eu desejava era chegar em casa.

Tudo o que eu queria era pedir desculpas para minha monstrinha e ver se Cedrico estava bem.

Rogara aos céus que Ailena não tivesse permitido que ele visse o terror no tapete da sala.

Andei tão rápido quanto podia, e quando já quase era capaz de sentir o cheiro do uísque barato que impregnava minha casa, Taidra pulou, com uma força desproporcional para seu tamanho, em cima de mim, jogando-me de costas ao chão.

Minha cabeça batera contra o concreto, e eu, lento pelo choque e pela dor, demorei a praguejar.

– O que foi isso? – perguntei, pondo-me sentado, apoiado sobre meus cotovelos.

E, antes que qualquer resposta pudesse atingir-me, eu vi. A pequena esfera prateada, com luzinhas piscantes que brilhavam contra o céu crepuscular. A pequena bolota caindo do céu, exatamente sobre minha casa, uma bolinha metálica.

Inofensiva.

Como eu desejei que o fosse.

O que era aquilo?

E então o pequeno objeto se chocou contra o telhado.

O estrondoso estouro me ensurdece.

A luz ilumina a noite que se ergue.

O vento quente corta meu rosto e me joga para trás com força.

Fagulhas, areia, pó, sujeira, cheiro de queimado.

Todos batem contra mim com o peso de um prédio.

Meus olhos permanecem abertos e vidrados, apesar do ardor crescente da matéria que colide contra ele.

– Will – Taidra chama.

– Não – minha voz é um sussurro entrecortado.

– Will, fica calmo – ela diz, mas eu não a escuto.

Não quero.

Não posso.

– Não! – a palavra escapa-me dos lábios outra vez, enquanto tento levantar-me, mas minhas pernas parecem não obedecer. – Não pode ser.

– Will, para! – Taidra insiste, entrando em desespero, mordendo minha camisa, puxando-me, chacoalhando-me, implorando para que eu volte a mim.

– Não. Não é verdade – eu digo, sorrindo debilmente enquanto as lágrimas escorrem pelo rosto sujo.

"Você foi avisado", ela disse.

Eu fora avisado.

Tento pôr-me de pé, mas minhas pernas parecem não querer me atender.

Não importa.

Arrasto-me pelo chão tão bem quanto posso, as mãos na terra, as unhas cravadas no chão, meu braço puxa meu corpo para frente, mas não parece ser o suficiente. Taidra morde minha perna, implorando para que eu mantenha a calma; para que saiamos daquele lugar, mas eu simplesmente não a ouço, não a sinto.

Tudo o que eu quero fazer é chegar àquele lugar maldito.

Arrasto-me por sobre a fuligem, por sobre a poeira e os escombros que voaram para todos os cantos, arrasto-me, até que minhas dormentes pernas fazem-se úteis.

Ou quase.

Eu meio ando, meio me arrasto, empurrando-me para frente com tudo o que meu corpo permite.

Preciso do auxílio das mãos, muitas vezes, para que não dê de cara com o chão.

As pernas parecem mingau, derretendo, escorrendo, dissolvendo.

São quase líquidas.

São quase inúteis.

Mas são mais rápidas que o rastejar de meu corpo débil pelo chão poeirento, portanto eu persisto.

Persisto na esperança de não encontrar nada.

Meus pés se arrastam pelo chão empoeirado e cheio de fuligem.

Há fogo por toda parte e, por algum motivo, mais estouros fazem-se ouvir ao longe.

Mas eles não me dizem respeito.

Nada mais me diz respeito.

Eu só preciso vê-los.

Pela Voz, como eu desejo vê-los.

Ou melhor, como desejo não fazê-lo.

Alguém, por favor, me diga que eles não estavam lá.

Eu caminho sem me importar com os arredores, eu empurro meu corpo insistentemente rumo à casa desintegrada.

Eu entro pela porta.

Nada sobrou dela.

As paredes, reduzidas a pequenos muros irregulares, marcam as divisões daquele espaço em que nada mais vive.

O vômito brota sem aviso prévio, e sou obrigado a olhar para o chão.

Ao meu lado, o corpo carbonizado do monstro em meu guarda-roupa jaz, desfigurado.

Somente a poça de sangue seco no tapete chamuscado permanece intacta.

Eu limpo minha boca com o braço e cambaleio pela casa.

"Eles não estavam em casa", eu repito para mim mesmo, tentando manter a última esperança que me resta.

Eles não estavam.

Saíram pra jantar.

Elene tinha ido trabalhar e os levara, num flash de consciência.

Qualquer coisa.

Qualquer coisa.

Céus, apenas permita que eles estejam bem.

Mas as preces não são suficientes.

Minhas pernas movem-se sozinhas para a desgraça que meus olhos fitam.

Eu arfo, incapaz de acreditar no que meus olhos me dizem.

Ando em meio aos destroços do que há poucos minutos fora minha casa, escalando os amontoados de paredes e pedras caídas, até que caio de joelhos na frente dos dois pequenos cadáveres encolhidos.

Os pequenos braços sem vida envolvendo um ao outro.

A cena rasga meu peito e dilacera o que resta de minha alma.

Meus braços envolvem o amontoado de ossos e carne queimada que fedem à morte recém-chegada, e um grito gutural perpassa minha garganta.

E eu tremo, balançando-os, ninando-os em meio ao choro convulsivo que faz tremer todo meu corpo.

Eu, que sempre ansiei pela liberdade, nunca imaginei que o preço cobrado seria tão doloroso.

Meu egoísmo trouxe a realização de um desejo obscuro, e a sua realização trouxe a mais profunda das culpas, arraigada em meu peito.

Talvez esse seja o preço dos sonhos.

Um preço que devo pagar em silêncio.

* * *

Horas se passam sem que eu me mova.

A noite cresce escura e fria ao meu redor.

Dias quentes e noites frias, tudo sempre muito seco. Era assim desde que eu me lembrava, mas a de hoje parece-me excepcionalmente gélida.

Aperto-me mais aos meus irmãos e deixo que as lágrimas corram soltas.

Se eu ao menos chegasse antes.

Levanto-me de súbito e viro para trás.

– É tudo culpa sua! – urro, olhando para o que sobrou de Elene, meu rosto contorcido na mais amargurada expressão que uma criatura pode ter. – Eu te odeio! – insisto, como se ela pudesse ouvir. – Vadia de merda.

Um calafrio me atinge e morre na volta do chorar convulsivo e irrefreável.

O zunido da explosão ainda grita em meus ouvidos.

O desespero toma-me por completo enquanto minhas mãos acariciam os pequenos dedos sem vida.

Eu soluço, tremo e grito, grunhindo.

Eu tusso até vomitar o que resta dentro de mim, um líquido escuro e amargo.

É quase como se a bile mostrasse que é isso tudo o que restou de mim; em mim.

Eu peço e imploro que eles acordem.

Eu grito, urro e rogo que me desculpem.

Quero voltar atrás.

Quero que estejam bem.

Mas a carne carbonizada insiste em lembrar que não há volta.

Que nunca haverá.

Outro arrepio faz-me convulsionar.

Eu os odeio.

Com toda minha alma, eu os odeio.

Eles são os culpados.

Eles devem ser mortos.

Mortos.

A palavra alavanca um desespero ainda mais incontrolável do que tudo que eu já sentira.

Se ao menos eu não tivesse matado Albert.

Agarro-me aos pequenos corpos e os balanço como alguém que nina uma criança aos prantos. A verdade é que essa criança sou eu.

– Acordem – eu imploro outra vez –, acordem. Por favor. – Os soluços não cessam. – Voltem pra mim.

Taidra deita-se ao meu lado, esfregando o rosto em meu braço, ainda implorando que saiamos de lá, dizendo que não é seguro, mas o torpor impede que eu pense em qualquer coisa. Racionalidade não é algo que o momento me permite. Não é algo que eu queira agora.

Mas ela estava certa.

Rádios fazem barulho e passos delatam cerca de cinco homens se aproximando.

Talvez eu devesse ficar ali e esperar que terminassem o trabalho.

A felina pede-me que nos escondamos, que eu fique quieto, mas é impossível manter o silêncio agora, pois os mais ininteligíveis urros rasgam minha garganta já rouca e vazam de meus lábios, olhos e nariz.

Eles sabem que estou aqui, e não há nada que eu possa fazer.

Não há nada que eu *queira* fazer.

Era simplesmente incapaz de ver um motivo para continuar de pé, e, especialmente, para continuar seguindo sempre à frente.

Essa não era a liberdade que eu queria.

Isso não é liberdade, em absoluto.

Uma bala atinge a testa do monstro desfigurado na sala, e Taidra morde minha mão com força, e o sangue escorrendo traz-me de volta à realidade.

O líquido escorre por meus dedos e pinga no chão.

É isso o que vai acontecer comigo se eu ficar aqui.

É tudo o que eu serei, se não agir rápido.

E apesar de realmente não me importar com isso, sei que tenho algo a fazer antes.

Sei que, antes de ver seu sangue escorrer, eu quero ver o deles.

Limpo minhas lágrimas, ainda incapaz de conter os soluços, sentindo o ardor do sal contra a ferida.

E beijo a testa daqueles que significam tudo para mim.

Beijo-lhes a testa com lábios trêmulos, e sou atingido pelo mais profundo ódio que alguém pode sentir.

Um tiro alcança meu braço de raspão e um grunhido escapa-me dos lábios.

Taidra sai correndo rumo à cozinha e balas ricocheteiam atrás de cada novo passo.

Merda, Taidra!

Mas não há sangue, ou grunhidos, ou o som molhado do couro sendo rasgado, então me apego à esperança de que ela esteja bem.

Ouço um leve tilintar ao chão.

Uma bomba de gás.

Eles me querem vivos.

Um arrepio perpassa-me a espinha.

Eles são bons.

Eles têm armas.

Mas eu já escapei de surras nessa casa milhares de vezes.

Esgueiro-me pelo chão ao encontro de Taidra, a respiração presa, torcendo para que aguente tempo suficiente.

Tudo que eu preciso é de uma faca.

Que os céus permitam que alguma tenha permanecido intacta. Surpreendo-me ao ver que a cozinha permanece em estado quase perfeito.

Se ao menos eles estivessem aqui…

Um tiro acerta a janela da cozinha, e sou trazido para a realidade uma vez mais.

Tento abrir a porta, mas está emperrada. Bloqueada pelo lado de fora também, aparentemente.

Ótimo.

Taidra procura desesperadamente uma faca na pia semidestruída.

– Boa garota – digo-lhe aos arfares, enquanto improviso uma barricada com o que restou da mesa e cadeiras de metal.

Ah, como um daqueles antigos refrigeradores me seria útil numa hora dessas.

Mas toda comida agora é desidratada, até que a esquentemos com água suja para comer.

E, entenda, sobras não eram algo muito frequente aqui em casa.

Nunca houve tanta comida assim.

Um outro tiro alcança o fogão.

Porra.

Inúteis.

Não sabem que...

E de repente tenho uma ideia.

* * *

Longos minutos de calmaria se passaram antes que o homem passasse pela porta da cozinha e minha faca acertasse-lhe a cabeça.

Depois disso, o plano estava feito.

Pegara sua arma e, assim que eu e Taidra passamos para fora da janela, atirei na mesa.

Uma faísca, e a casa fora definitivamente pelos ares.

E tudo o que precisei fora um pouco de gás vazando das bocas do velho fogão.

Corro, apesar de minha perna levemente ferida.

Corro tanto quanto minhas pernas me permitem.

Tanto quanto meus pulmões aguentam.

Explosões ao longe fazem-se ouvir e um sorriso nada feliz apossa-se de meus lábios.

Com sorte isso vai atrasá-los.

Mas não importa, porque eu levaria isso até o fim.

Vocês me treinaram para ser como uma daquelas pessoas, atirando a sangue frio em inocentes e queimando crianças.

Vocês me treinaram.

E para quê?

Para bombardear a única coisa que eu tinha, em toda minha vida, quando não lhes fosse mais útil?

Vocês me treinaram. Agora era hora de devolver o favor.

|13|

MÁSCARAS

A-LII

Meu segredo, aquele mortal e eterno ao qual fora submetida, permanecia, é claro, cravado em minha pele. Porém, estava discretamente escondido sob as delicadas luvas de seda. Eu era, como todos ali, apenas mais um rosto escondido sob uma máscara.

Eu não tinha nada a temer.

A inusitada situação fez-me rir. Chegava a ser ridículo a forma como a metáfora se encaixava perfeitamente. Todos naquela sala escondiam-se em suas máscaras, isso era um fato. Interprete-o como quiser, eu não ligo.

De qualquer modo, é sabido que algumas coisas simplesmente não podem ser escondidas.

Sr. Muniz pegou minha mão, provavelmente impulsionado por meu breve sorriso, e, mesmo por sobre a luva, seu toque fez-me arrepiar. Eu queria correr e gritar. O desespero consumia-me num segundo.

Tudo o que eu fiz foi oferecer-lhe um sorriso.

O singular mal humor que meu dono possuía naquele dia não dava-me outra opção senão sorrir. Não tinha muita experiência com dias como esse, nem tinha quem me orientasse. Não havia vídeos educativos na casa de Sr. Muniz, mas eu supus que manter-me muda e livre de pensamentos, esbanjando sorrisos que não me pertenciam, parecia a melhor maneira de sobreviver a uma situação como aquela.

Talvez eu estivesse certa.

Talvez não.

Afinal, sensatez e eu não costumamos nos dar muito bem.

De qualquer modo, posicionamo-nos em um dos cantos do salão, e eu me foco na abóbada brilhantemente trabalhada que enriquece o salão. Não por meu interesse em arte ou arquitetura, que se esvanecera quase completamente nos últimos dias, conforme entendia que o luxo de uns era somente devido à segregação de outros.

Outros como eu mesma.

Não.

Eu olhava para o teto a fim de evitar os olhos daqueles que tanto me causavam repúdio. Em especial, para evitar os olhos daquele que me estendia o braço.

– Sempre bom ver que tão maravilhosa figura o acompanha, Alec – a suave voz diz, e eu sinto-me arrepiar.

Droga.

Que diabos faz aqui?

– Tomáz, sempre um prazer revê-lo, velho amigo – responde Sr. Muniz, sem o mínimo resquício de prazer em sua voz.

– Como vai Allie? – pergunta, a máscara de nariz proeminente repousando levemente em sua mão.

Allie.

A palavra causa estranho prazer sob minha pele.

Allie.

Um nome.

Uma pessoa.

Allie.

Será que posso sê-la?

– Sempre bem, e o senhor? – respondo, tão seca quanto a educação me permite.

– Especialmente bem essa noite – ele diz, total e completamente ciente de minha rispidez, droga. – Bom, espero que gostem da festa.

– Igualmente – meu dono diz, e Tomáz retira-se com um sorriso que reconheço como traiçoeiro no rosto.

– Eu vou, velho amigo – sussurra, afastando-se. – Eu vou. – consigo ouvir em tom jocoso.

Mas que diabos?

Será que Sr. Muniz estava certo sobre ele?

Não.

– Cobra peçonhenta – murmura Sr. Muniz entre outras reclamações, e eu divago sobre qual seria o significado daquilo.

Humanos são tão esquisitos.

* * *

Minutos se passaram antes que Tomáz batesse uma colher repetidas vezes em seu copo.

– Atenção, atenção – pediu, e somente quando o silêncio reinou no grande salão, continuou: – Como todos sabem, estamos aqui hoje para homenagear um grande homem. – *Claro*, pensei, incapaz de livrar-me do sarcasmo, *todos sabemos*. – Bom, sem mais delongas, apresento-lhes meu pai, Oswald Del'Adeuq. – E pôs-se a bater palmas, seguido de todos os presentes.

Um homem magro, de barriga levemente proeminente, cabelos negros como petróleo e barba quase totalmente branca, subia ao palco, batendo fortemente sua mão contra a de Tomáz, num gesto que eu não entendia bem, mas que terminara com um abraço.

Que gente esquisita.

Batiam-se com sorrisos nos lábios, e terminavam por se abraçar.

Sr. Muniz rangera os dentes quando o homem de pelos multicoloridos colocou-se a falar:

– Boa noite, meus queridos – dizia, com uma voz macia e imposta, doce e firme; como, pela Voz, alguém poderia alcançar tal tom? – É com muito orgulho que venho hoje tomar a posse do cargo de Primeiro Ministro, eleito pelo Conselho Parlamentar.

– Porco imundo – cuspiu Sr. Muniz, entredentes, enquanto o homem sobre o palanque continuava a discursar.

* * *

Sr. Muniz passara boa parte da noite sussurrando sobre como estava tudo acabado, sobre como não havia mais esperança, e calando-se impreterivelmente toda vez que alguém se aproximava, até que Tomáz o fez com muito afinco, dirigindo-se a mim para pedir uma dança.

Muitíssimo contrariado, Sr. Muniz cedeu, e entregou-lhe, por fim, minha mão.

Entre rodopios e passadas que eu decorara sem nenhum prazer, os finos lábios do belo rapaz aproximaram-se de minha orelha, e, com um sussurrar, fizeram-me arrepiar.

– Eu sei o que você é – confidenciou em meu ouvido, e eu senti todo meu sangue gelar. – Se você fosse minha, não precisaria suportar um homem que despreza... – e, deixando a frase no ar, afastou-se.

Outra mão pegara-me para os rodopios e piruetas, mas nem ao menos vejo seu rosto.

Estou tonta.

Estou enjoada.

Estou pesada.

Meus passos arrastam-se pelo chão, conduzidos por meu par sem rosto.

Eu vou vomitar.

Deuses, não permitam que eu o faça.

– Com licença – diz a voz de meu anjo da guarda, que pega meu braço com força –, posso roubá-la?

Sr. Muniz arranca-me do salão de festa, praticamente carregada, meu peso todo apoiado em seu corpo enquanto me conduz rumo ao ar livre.

Ar.

Anseio por ar.

– Água – sibilo, uma vez que chegamos à varanda, e ele, sem hesitar, dirige-se para dentro do salão uma vez mais, a fim de cumprir meu capricho.

Sua mão está em minha cabeça e a água em meus lábios.

Ele impede que eu me deite até que o copo esteja vazio, e então me toma em seus braços, sentando-se num banco afastado.

Minha cabeça repousa em seu colo, suas mãos em minha testa e pescoço, o rosto franzido numa carranca de preocupação.

Ele não está bravo.

O ar volta a correr por meus pulmões.

Volto a sentir meu corpo como eu conheço.

– Você está bem? – ele pergunta com certo desespero encoberto em sua voz. – Pela Voz, Cinquenta e Dois, não me assuste desse jeito!

Seus dedos delicados nas maçãs de meu rosto, os olhos, demasiado abertos, correndo ligeiros por todo meu rosto. Um sulco incrustado entre as sobrancelhas.

Preocupação, identifico.

A mais simples e genuína preocupação.

– Peço perdão, meu senhor – digo, meu embaraço transpassando minha voz.

Ele suspira, aliviado.

– Vamos pra casa – diz simplesmente, enquanto me ajuda a recompor-me e me por de pé.

– Como quiser, senhor – digo, alisando o pomposo vestido azul-acinzentado, como se ele precisasse, desesperadamente, ser desamassado.

Sr. Muniz estende-me o braço e, por algum motivo, o gesto faz-me sorrir.

Mundo estranho, este.

Pego-lhe o braço, tão delicadamente quanto posso, como se a ação por si só fosse capaz de afugentá-lo, e, quando ele me dirige um sorriso e voltamos para o salão uma vez mais, a jovem figura esguia aparece prostrada diante de nós.

– Já vão? – pergunta Tomáz, com olhos subitamente astutos demais para alguém de bom coração. – Tão cedo! – finge desapontamento.

– Minha acompanhante parece passar mal, querido anfitrião – Sr. Muniz diz, tentando, tão bem quanto pode, suprimir o conhecido desprezo por Tomáz. – E sabe como é, antigo cavalheirismo, as damas em primeiro lugar.

– Oh, sim, claro – assente o homem, bastante pensativo. – Velhos hábitos tardam a morrer – concorda, mas levanta uma sobrancelha como se lembrasse de algo muitíssimo importante –, mas, como um membro da Voz, deve concordar comigo que devemos nos desprender de seja lá o que tenha acontecido no passado, não é?

Ouço Sr. Muniz engolir em seco.

– Mas é claro.

– Bom, se já estão indo, creio que devam ao menos cumprimentar o homenageado da noite, não? – sugere, muito ardiloso, o homem de sedosos cabelos negros.

– Com toda certeza, velho amigo – diz Sr. Muniz, incapaz de perder o ás do momento.

Tomáz sorri um sorriso em que não há graça nenhuma.

Um sorriso frio e calculista, que parecia, por si só, devorar-nos ambos.

Nenhum detalhe passa em branco.

Não entre esses homens.

Humanos são intrigantes.

Se pudesse escolher um material para ser estudado, com toda certeza seriam esses homens à minha frente.

E que material.

Dirigimo-nos rumo ao sempre cercado, paparicado e bem servido homem de pelos multicoloridos.

Apesar da barba branca, dificilmente passara dos cinquenta.

Não com aquela aparência.

O homem possuía uma elegância e um rosto invejáveis.

– Alec, meu bom amigo – cumprimentou de braços abertos e com forçada simpatia.

– Meus parabéns, Ministro Del'Adeuq. Digo, Primeiro Ministro – retificou Sr. Muniz, curvando-se.

Gesto esse que tratei de repetir assim que o vi, bem menos naturalmente do que meu senhor, devido ao espartilho e excesso de pano com que insistiam em cobrir-me.

Sr. Muniz abafou o riso com meu leve desequilíbrio.

– Mas o que temos aqui? O jovem Alec sorrindo! – disse o senhor. – A quem devemos essa graça? – perguntou, pondo as unhas pontiagudas dos dedos compridos sob meu queixo, puxando-o para cima. – Pela Voz! – exclamou, com um pulo para trás que trouxe a atenção de muita gente para nós.

Gente demais, eu diria.

– O que foi, meu pai? – perguntou Tomáz, preocupado.

– Anika! – alardeou. – É Anika!

O que diabos era Anika?

E por que cada vez mais pessoas falavam aquilo?

– Não, senhor – a voz centrada de Sr. Muniz dizia. – Essa é Allie.

– Mas ela...

– Sim, senhor – assentiu simplesmente, o que não fez, em absoluto, que senhor Oswald se acalmasse.

Tomáz pigarreou.

– Meu pai, creio que esse não seja o momento para grandes sustos – aconselhou.

– Sim, sim, claro – concordou, ajeitando o cabelo e tomando novamente o tom suntuoso que o regia. – Bom, meu amigo, é um prazer que tenha vindo – concluiu, deixando-nos.

– Não é incrível, Alec? – perguntou Tomáz. – Trinta anos e já sou parte do Conselho da Voz – exultou. – Mais que isso, aliás. Sou parte do Conselho Interno. Maravilhoso, não? Mais do que você um dia sonhou alcançar, creio eu. – Eu podia ver, de canto de olho, os ombros de Sr. Muniz encolhendo-se.

Acuado.

Ele estava acuado.

Impotente.

Covarde.

Não.

Covarde não.

Ele realmente não podia rebater o discurso daquele homem.

Não que não tivesse argumento.

É fato que eu não sabia se o tinha, e nem entendia muito bem do que se tratava, mas não era esse o ponto.

Assim como os humanos na casa de Sr. Muniz o obedeciam sem contestar, Sr. Muniz devia respeito àquele homem.

Mas por quê?

Enquanto o jovem de cabelos negros continuava a inflamar seus soberbos cargos, Sr. Muniz encolhia-se, olhando cada vez mais para nada além de seus pés, e resignando-se a assentir com a cabeça, enquanto os lábios se retorciam numa careta do mais puro ódio.

– Vejo que está lutando arduamente, Sr. Tomáz – ouvi as palavras pularem de minha boca sem aviso prévio, sem que eu pudesse repreendê-las –, mas uma vitória pode ser considerada como tal quando um dos concorrentes está com as luvas cheias de pedras? – O rosto de Sr. Muniz fitava-me pasmo, numa incredulidade regada à admiração e certo deslumbramento; céus, o que diabos eu estava fazendo? – Sei que não me diz respeito – minha voz soava imposta como nunca antes em minha existência –, mas gostaria de pedir para que, na próxima batalha, lute de mãos limpas com seu adversário. – E com essas palavras, estendi a mão para Sr. Muniz, e, juntos, demos as costas a Tomáz. – Passar bem – disse, por sobre ombro.

Pela Voz.

O que eu tinha feito?

* * *

Quando a porta do carro se fecha, uma gargalhada histérica irrompe da garganta de Sr. Muniz.

– Você – ele diz, entre um ataque de riso e outro. – Você realmente... – ele tenta dizer, mas a risada rouba-lhe o ar.

– Peço perdão – digo, olhando minhas mãos cobertas pelas luvas. É como se escondessem o que eu realmente sou.

Céus.

Eu precisava aprender meu lugar.

– Por que está se desculpando? – perguntou, ainda divertindo-se, mas já capaz de manter certa compostura. – Foi simplesmente genial!

– Perdão? – indaguei, incrédula.

– Você viu a cara dele? – ele pergunta, voltando a rir. – Aquilo foi impagável. A melhor coisa que vi em anos!

– Fico feliz de tê-lo agradado, senhor.

Que diabos?

Ele estava bem?

Quer dizer... Talvez estivesse tendo alguma alucinação, não sei.

Aquilo simplesmente não fora sensato.

Ele poderia perder o cargo.

E eu a cabeça.

Não que alguém se importasse muito com a minha cabeça.

– Diga-me, criança, já viu um filme? – perguntou, demasiado alegre.

– Mas é claro, senhor – respondi, perguntando-me como uma autoridade nos Centros como ele não sabia de algo assim. – Sempre os víamos nos Centros.

Ele riu.

– Não, não, querida. Já viu um filme com história? Enredo? – explicou.

– Sim, senhor, sobre como a Voz nos salvou – respondi, com certo desdém transpassando meus lábios.

Repreendi-me assim que o fiz, mas Sr. Muniz apenas franziu o cenho.

– Tem que tomar mais cuidado com esse excesso de espontaneidade política, minha querida.

– Peço perdão – articulei, olhando para baixo, e senti seus dedos encontrarem meu queixo, insistindo que eu o fitasse nos olhos.

– Aqui você pode ser quem quiser – explicou. – Mas, diga-me – ele mudou de assunto enquanto descíamos do carro –, gostaria de assistir a algum desses filmes comigo?

– Quais filmes, meu senhor? – falei, enquanto nos dirigíamos para dentro da casa.

– Dois de meus filmes favoritos – ele alardeia, guiando-me para uma das muitas salas de sua enorme casa. – Filmes propícios à noite de hoje, eu diria. Os protagonistas usam máscaras e deixam rosas vermelhas em situações importantes – ele disse, puxando um quadro da sala para o lado, revelando um pequeno buraco na parede, repleto de caixinhas pequenas.

– O que são, senhor? – a curiosidade me vence.

– Filmes, criança. Mas como muitos dos livros de minha coleção, esses filmes não são exatamente bem vistos.

– Oh, entendo – sussurro.

– Vamos, tenho o que precisamos para assisti-los em outra sala – disse, dirigindo-se para fora, enquanto segurava duas caixinhas.

Que homem curioso era aquele.

| 14 |

ENCURRALADOS

Will

AS CHAMAS ARDEM AO LONGE e as lágrimas escorrem pelas minhas bochechas. Taidra rosna, e com minha visão periférica consigo ver para onde ela rosna.

Um tiro depois outro.

As armas da Voz são extremamente eficazes, e o homem está no chão.

Ouço rádios.

Hélices.

Ouço passos.

Ouço tiros.

Merda.

Eles são muitos.

Aproximo-me de minha mais recente vítima e roubo sua munição.

Roubar dos mortos parece-me meu mais novo passatempo.

Mas não é como se eu tivesse muitas opções.

Pego tudo o que posso.

Arma, faca, munição, bombas de gás, o capacete.

O rádio toca.

A voz arrouqueada pelo pequeno círculo de metal.

– Nós os achamos, nós os achamos – eles dizem.

Merda.

Não espero que digam o resto.

Ouço os tiros.

Eu corro.

Taidra me segue.

Pulo pelos escombros de uma Londres destruída.

Pelos escombros do que um dia fora meu lar.

Corro, até que um tiro acerta meu pé.

Eu urro e ouço Taidra lamentar-se.

– Will! Levanta, Will! – ela insiste, enquanto tenta me empurrar para cima.

Eles estão por todos os lados.

São dezenas.

Centenas.

Milhões.

Se multiplicam e brotam do chão. São muitos, são tantos, são infinitos.

Balas de metal fundido, granadas e bombas de efeito moral e gás são distribuídas, voando e zumbindo por todo lado, mas eu não sou nenhum tolo; não sou nenhum perdido.

Eles me ensinaram bem.

Eu me sento e um grunhido de dor escapa de meus lábios.

A poça de sangue empapa meu sapato velho.

Merda.

Como vou fugir agora?

Puxo uma das minhas recém-adquiridas bombas de gás e a arremesso onde suponho que há mais homens.

Tosses e confusão se fazem ouvir.

Um e outro grito próximos dizem que foi mais efetivo do que eu pensara.

– Estão por toda parte! – Taidra reclama.

– Não por muito tempo – eu digo, apesar de não ter, realmente, um plano.

Mas sei que, enquanto não tiverem laser de íons livres, nós temos chances.

Agarro-me a essa ideia enquanto tento pensar em uma solução.

Mas ela simplesmente não existe.

O que eu posso fazer contra dezenas de homens armados? Especialmente quando tenho um gatinho do qual preciso cuidar?

Quero dizer, é claro que ela é bastante inteligente e pode se virar, mas não era como se ela pudesse carregar uma arma, ou atirar.

Tiros e mais tiros fazem-se ouvir, mas não são direcionados para mim.

O que é isso?

Arrisco um olhar por entre os escombros em que me escondo, e, por um momento, não posso acreditar no que vejo. Agentes da Voz atiram uns contra os outros.

A inebriante cena é, além de surpreendente, de um prazer particular para mim, mas não tenho tempo de apreciá-la.

Eu preciso aproveitar a distração.

Arrasto-me para longe tão rápido quanto posso, com Taidra a minha frente, procurando caminhos pelos quais sejam mais fáceis seguir, enquanto torcemos em silêncio para que o levante se prolongue.

Estou ficando para trás e sei que não chegarei muito longe.

Taidra precisa voltar toda hora para verificar se estou bem.

A verdade é que não estou e ela sabe, mas ela também sabe que eu não serei capaz de admitir que não posso mais continuar.

– Will! – ela chama, empurrando-me para frente. – Há mais deles alguns quilômetros à frente. Nossa melhor chance é nos esconder.

Tantas variáveis.

Ficar pode ser suicídio.

Se eles nos encontrarem num lugar fechado, não existe a menor chance de sairmos vivos, mas a simples ideia de continuar traz fortes dores a todo meu ser.

Não posso continuar me apoiando, me arrastando e pulando por entre as ruínas desse lugar.

Não nesse estado.

– Certo – eu concordo.

– Há uma casa com uma única entrada a menos de cinquenta metros daqui – ela sugere. – A entrada está parcialmente bloqueada pelo teto desmoronado.

E dentro da pequena casa nós esperamos, enquanto o mundo lá fora desaba.

* * *

Parar é infinitas vezes pior que manter-se em movimento.

A dor bate e se alastra a cada batida do coração, como veneno pela água.

Lembranças ecoam por todo lado.

Gritando, urrando, ferindo, sangrando.

Procuro nas gavetas do pequeno casebre algo que possa me servir.

Panos e álcool.

É o que preciso por ora.

Encontro uma garrafa de vodca e alguns panos velhos e imundos.

Não é como se eu tivesse muitas opções, então dou-me por satisfeito e encolho-me no chão.

Um dos panos na boca, o líquido de cheiro forte por sobre os ferimentos.

Eu quero gritar, mas não o faço.

Apenas mordo o pano amarronzado.

Passo a bebida em minhas mãos e enfio o dedo no buraco da bala em minha perna.

A dor é agonizante, e Taidra vomita ao meu lado, mas eu não paro. Não posso parar.

Enfio meu dedo mais a fundo, e quase consigo pegar a bala por entre a carne viva.

Prendo minha unhas sujas no pequeno objeto de metal e o puxo, com um grito abafado pela toalha, ou seja lá o que aquilo seja.

O pedaço de ferro sai e o sangue põe-se a escorrer.

Cuspo o pano e jogo o que resta dentro da garrafa na ferida aberta. É impossível evitar o grunhido que irrompe por entre meus dentes.

Enrolo o menos imundo dos panos em volta do ferimento e aperto tão forte quanto eu posso, e pego outro para enrolar em meu braço.

E tudo o que posso fazer é torcer para que seja o suficiente.

Mas não há muito tempo para pensar, pois já batem na porta.

– Tem um aqui – ouço-os dizer.

Merda.

Pego a arma, mas é tarde demais.

Cinco deles já adentraram o casebre.

Merda.

À porta eu vejo mais dois deles mantendo um refém. Um garoto de mais ou menos minha idade.

Seus olhos transbordam ódio, mas ele está sereno.

Talvez se eu...

Mas não há tempo para pensar.

O primeiro tiro ricocheteia ao meu lado, e eu me jogo atrás de um sofá mofado.

Tiros são distribuídos, e dessa vez eles não parecem querer evitar minha morte. O sofá está cheio de buracos.

Merda.

Arremesso uma granada de contato e torço para que pelo menos dois tenham ido pelos ares.

Mas pelo som das tosses que se seguem à explosão, só um foi atingido.

Eu preciso de ajuda.

Não parece plausível que eu acabe com sete homens sem a opção de explodir toda a casa. E, mesmo que eu conseguisse explodi-la inteira, o que não parecia provável devido aos poucos recursos, não teria como sair vivo daqui.

E isso não era justo.

Não com Taidra ao meu lado.

Preciso de ajuda.

Mas como?

– Will – Taidra me chama. – O menino.

– Mas como? – pergunto.

Como se eu não tivesse pensado nisso, gato idiota.

E então ela me empurra um pedaço de espelho quebrado.

– Boa garota – respondo-lhe.

O pedaço de vidro é pequeno, mas é tudo o que temos.

Preciso confiar que aquilo é o suficiente.

Tento, por algum tempo, focalizar o menino, tomando cuidado para que não vejam o que estou fazendo.

Os tiros pararam, mas eles com certeza estão pensando como me pegar.

Um homem aparece ao meu lado do sofá.

Eu largo o pedaço do espelho, que se parte em dois ao cair ao chão, mas não era como se eu tivesse muitas opções.

Preciso atirar no homem antes que ele atire em mim.

E eu o faço.

Agora sabem que ainda estou vivo.

Os tiros voltam a ressoar pela minúscula casa, ensurdecendo e agarrando-se ao sofá.

Pego um dos minúsculos pedaços do espelho e me apresso em encontrar o menino.

Miro e atiro.

Surpreendo-me ao acertar a testa do homem que o segura.

Mas agradeço imensamente que o tenha feito.

Aproveito o rápido momento de distração dos homens para acertar mais outro no peito.

Tento partir para o terceiro, mas eles já estão atentos a minha estratégia, e tudo o que eu consigo é acertar o braço direito do homem.

Tento ver o menino, mas ele simplesmente não está mais lá.

MERDA.

Pirralho de merda.

Eu te soltei, como diabos você me largou?!

– Conseguiu? – pergunta a pequena tigresa.

– Sim, mas o menino sumiu – digo, entredentes, arfando, pela mistura de adrenalina e dor que me invade, e voltando a me encolher atrás do sofá.

– Como assim, sumiu? – ela pergunta, a surpresa óbvia em seus olhos azulados.

– Sumiu, ué, só sumiu – digo, irritado.

– Pra onde?! – insiste, os pelos de sua nuca eriçando-se.

– Era o que eu queria saber! – vocifero, e ela se retrai.

– Quantos são?

– Cinco ainda, eu acho, mas um deles está com o braço direito ferido.

– Se eu distraí-los você pode pegá-los.

– Você tá maluca? Eles são homens. Cinco deles. Com armas!

– Sim. E eu, como sua Escort, deveria protegê-lo.

– Não mesmo! – Eu bem sabia o que acontecia com homens que perdiam seus Escorts.

Se ela fosse, eu iria junto.

E, antes que ela tenha tempo de pensar em algo mais, eu me jogo para longe do sofá, distribuindo tiros aos soldados remanescentes.

Um cai, depois outro.

Minha clavícula é atingida, e eu sei que esse será meu fim, mas continuo atirando.

Talvez Taidra tenha alguma chance se eu continuar persistindo.

Continuo atirando, caído ao chão, incapaz de mirar decentemente, mas ao menos eu os estou atrasando.

Outro deles vai para o chão, agonizando de dor por algum dos tiros que levou.

De algum lugar surge Taidra, mordendo a canela de um dos homens restantes, mas ela rapidamente é arremessada para longe.

– Taidra – seu nome escapa por meus lábios, e num surto de fúria vendo o pequeno corpo da única criatura no mundo que me resta jogado, desacordado, ao chão, eu acerto a testa do homem que a chutou.

Mas não fora o suficiente.

Um deles ainda estava de pé, e acerta meu braço direito.

A arma voa longe com o impacto e não há mais nada que eu possa fazer.

Ele se aproxima e chuta a arma para o outro lado da minúscula casa.

Eu me recuso a olhar em sua direção.

Tudo o que posso ver é Taidra, o único laço que me ata ao que um dia fora minha vida.

Ouço o barulho da porta abrindo, e essa é a última coisa de que me lembro.

* * *

O saco preto em minha cabeça.

Eles tentam me prender sobre uma superfície alta.

Há pelo menos três homens.

Mas eu não vou.

Não vou, não vou.

Nunca mais vou me submeter de forma tão ridícula e fácil.

Eu não vou sem lutar.

Eu grito e esperneio e ouço grunhidos em protesto.

Eu acertei alguém.

Ótimo.

Posso ouvir Taidra rosnando e grunhindo e rugindo.

Pelo menos ela está viva.

Eu me debato e xingo e sinto um talho ser aberto em meu antebraço.

Eu urro e esperneio e sinto o sangue quente escorrer enquanto tentam me atar a uma espécie de mesa que está em algum lugar abaixo de mim.

Uma maca, talvez.

Taidra foi mais eficaz que eu, pois posso ouvi-los dizer "Pega, pega! Peguem o tigre!".

Talvez, com um pouco de sorte, ela fuja com vida.

Torço com todas minhas forças para que ela o faça.

Para que me deixe.

Alguma coisa gelada toca meu braço, e depois cutuca o talho em meu braço.

PORRA!

Eu urro.

Mas não peço.

Nunca.

Eles não farão com que eu implore.

Eu luto e consigo libertar o braço que permanece intacto.

Agito-o tanto quanto posso e sinto-o bater contra alguém, ao mesmo tempo em que ouço as reclamações.

Resultados.

É disso que preciso.

Permaneço inquieto, e luto com tudo que posso.

O sangue escorre por meu braço e respinga por todo lado. Em minhas mãos, rosto, pernas e pés, mas, mais do que isso, ele ensopa minha camisa.

Eu luto.

Luto com tudo que posso.

Puxam algo de dentro da ferida, e eu não consigo evitar o urrar.

Eles insistem e puxam e, pela Voz, como aquilo dói.

Eu luto e me debato e grito.

Eu luto com todas minhas forças.

Mas não é o suficiente.

Não sou o suficiente.

Algo bate contra minha cabeça, e isso é tudo.

* * *

Meus olhos se abrem e tudo é branco.

O branco embaçado se mescla com o branco infinito e se confunde com o branco inerte.

O barulho do lugar é amortecido pelo insistente zumbido que martela em meus ouvidos.

Minha cabeça dói.

Tento me pôr sentado, mas meus braços me puxam para baixo.

Mas que merda é essa?

Insisto, tentando puxar meus braços para cima, mas estão fortemente atados em seja lá o que for. Ergo a cabeça para tentar enxergar, mas é quase impossível.

Meus olhos estão embaçados e não vejo nada além do branco.

Algo prende fortemente meus pulsos, mas eu simplesmente não consigo vê-lo.

Fito o lugar onde sei que minhas mãos deveriam estar e espero nervosamente até que meus olhos se foquem, e então eu vejo as amarras negras que me prendem contra uma espécie de mesa metálica.

Olho para o outro lado e vejo um rasgo em meu braço.

Uma ferida que não foi feita por bala, nem por nada do tipo.

Que merda era aquela?

|15|

FANTASMAS

A - L I I

QUE FILMES INCRÍVEIS.

Dois filmes sobre homens brilhantes e incompreendidos. Ambos usando máscaras para encobrir deformidades externas que os classificavam como "monstros".

Mas qualquer monstruosidade que pudesse, talvez, existir naqueles homens, nada mais era do que o resultado do mundo vil e hipócrita que os cercava, moldando-os como os monstros que eram acusados de ser, e os afastando da genialidade muitíssimo óbvia que lhes transbordava a alma.

Ambos eram considerados loucos.

Eram bastante excêntricos, de fato. Mas não loucos. Não. Loucos jamais. Eram gênios.

Nada além de gênios.

Uma coisa extremamente chamativa em ambos os filmes era a notável repulsa do ser humano ao diferente.

O diferente os assustara desde sempre.

Mas por quê?

Humanos eram de fato um mistério.

– O que achou? – ele pergunta enquanto os créditos de um dos filmes corria pela tela da antiga televisão.

– Perdão? – pergunto, distraída, ainda pensando nas histórias.

– Dos filmes – ele explica, rindo.

– Muito bons – digo simplesmente.

Ele fita-me por um segundo, mas eu não tenho coragem de tirar os olhos da televisão.

– Uma resposta apropriada para salões de bailes e festas, mas não para quando está comigo.

– Peço desculpas, senhor, eu simplesmente não sei o que dizer dos filmes.

– Qual deles mais lhe agrada?

– O segundo, senhor – respondo, corada.

– Por que? – ele indaga, com um sorriso em sua voz.

– A esperança, a liberdade, eu não sei – digo, e, por um momento, o mais profundo silêncio se faz. – Senhor – eu arrisco –, por que me mostrou tais filmes?

– Imaginei que fossem de seu agrado. Eu estava errado?

– De forma alguma – intervenho depressa. – Quer dizer, eu gostei muito, é só que o primeiro de fato se encaixa na descrição de "máscaras e rosas", as músicas maravilhosas, o romance, é incrível, mas o segundo filme, foi muito mais que isso.

– Muito perspicaz, mas por que o diz?

– Bom, primeiramente, eu vejo muito de mim na personagem.

– Em qual delas?

– Nele. Sei que parece muito egocentrismo, e que eu não tenho o direito de me comparar com uma personagem sequer, uma protagonista. Mas pareceu-me tão nítido. O fato de eu ser somente um número – eu digo, e sinto minha garganta se fechar, o amargor em minha voz. – As experiências, o...

– O ódio – ele completa.

– Sim, senhor – afirmo, olhando fixamente para meus pés.

Um par de braços envolve-me, levanto os olhos, surpresa, e o homem está me abraçando, doce e suavemente.

Quase como se eu fosse algo precioso.

Quase como se eu fosse humana.

– Desculpe – ele diz, reverente, culpado, incapaz de soltar-me.

– O senhor está bem? – pergunto, confusa.

– Sim – ele diz, a voz por um fio. – Só me deixe ficar assim por um minuto.

– Foi alguma coisa que eu disse? – procuro saber enquanto tento esconder meu nervosismo.

– Só... fique quieta, sim? Eu preciso de um minuto.

Um tempo dolorosamente longo se passa sem que eu saiba o que fazer, sem que ele se mova. E então, para não entrar em pânico, eu conto.

Somente conto, enquanto meus dedos passeiam por seus cabelos.

Estou no mil duzentos e sessenta e quatro quando ele desafoga o rosto de meu ombro a fim de beijar minha testa.

– O senhor está melhor?

– Sim, obrigado – ele responde, com um sorriso fraco permeando-lhe os lábios. – Eu só – ele começa, a insegurança transbordando de seus lábios – queria lhe pedir desculpas.

– Pelo que, senhor? – pergunto, genuinamente confusa.

– Só me perdoe, sim? – ele diz, perigosamente perto de meus lábios.

E surpreendo-me ao perceber que eu quero tocá-los.

Que eu quero beijá-los.

Que eu quero aquele homem.

Engulo em seco, e tento colocar palavras para fora de minha boca, mas antes que eu o faça, seus lábios estão contra os meus.

Ele me beija como tantas outras vez, mas dessa vez nada é igual.

É um beijo diferente de todos os anteriores.

Não há necessidade, agressividade ou desespero.

Dessa vez só há calor. Seu toque está carregado de carinho e certa devoção.

Eu estou ansiosa e receosa, meu estômago se embrulha e meu peito se aperta.

Eu me afasto.

– Perdão – eu digo, a voz falha.

Seus olhos encontram os meus e o fraco sorriso volta a se contorcer em seus lábios.

– Não há nada para pedir desculpas – ele diz e se afasta para tirar o filme da televisão e pô-lo de volta na caixinha. – Não terei nenhuma reunião ou festa para comparecer nos próximos dias, então pode ficar à vontade na casa. A biblioteca...

Ele para de falar e fita-me nos olhos, incrédulo.

E só então percebo que seguro sua mão.

– Perdão! – profiro, afastando-me depressa, total e completamente ciente da gravidade de minha gafe. – Desculpe, senhor, eu não tive a intenção! Eu...

Eu não termino a frase, porque seus lábios estão nos meus uma vez mais.

E, dessa vez, eu não o afasto.

* * *

Os sentimentos que surgiram em mim naquela noite eram simplesmente indescritíveis.

"Excitação", "amor" ou "admiração" nem mesmo aproximar-se-iam da emoção que, naquele momento, ecoava em meu peito.

Ciúmes. Inveja. Impaciência. Medo. Uma miscelânea de sentimentos conturbados que, juntos, acometiam-me de forma crua, cruel e violenta. Eu sabia que não tinha direito de senti-los, mas era inevitável, eles estavam ali, e rasgavam-me com uma selvageria doce que não poderia ser impedida.

Todos esses sentimentos acompanhados da luxúria.

Aquilo que nunca passara de uma simples palavra tomava forma dentro de mim, mordendo-me, arranhando-me, corroendo-me por dentro como uma lenta chama que ardia inconstante.

Sentia meus lábios secos e uma leve torção em meu abdome. Borboletas no estômago, acho que alguns diriam.

Naquele delicado instante, porém, sucedido das mais sediciosas sensações, tudo o que eu sentia era o supercilioso desejo.

Eu queria aquele homem.

Não me dava o luxo de querer que minha vida fosse como um conto de fadas, como ouvira naquela casa, com as princesas que nada tinham a ver com política.

Ouvira certa vez algo sobre uma tal de moura torta, e uma garota que se transformava em pomba.

Eu não queria ser uma pomba.

Queria ser uma mulher.

Uma mulher para completar aquele homem.

Seus lábios entreabriram-se e seus olhos fitaram os meus, inebriando-me, hipnotizando-me, embriagando-me, puxando-me para si.

Sentia-me insegura, temerosa, rogando em silêncio para que tudo aquilo não fosse apenas um sonho, mas a verdade é que nada disso dependia de mim.

Eu simplesmente não tinha o direito de ter tais esperanças, muito menos de agarrar-me a elas.

Talvez por isso tenha sentido que, por mais que eu me esforçasse, jamais seria capaz de alcançá-lo.

Eu não era humana, afinal.

Eu nunca seria parte de seu mundo, e essa era a verdade.

Sentia, dentro de mim, que não poderia pertencer a um lugar como este.

Não poderia ser feliz.

Mas, naquele instante, e somente nele, nada daquilo importava.

Pois eu era dele.

E ele era meu.

* * *

Sr. Muniz fitava-me nos olhos com um incessante sorriso bobo que me deixava nervosa. A felicidade transpassava seu rosto, mostrando-o feliz como eu nunca tinha visto alguém em toda minha vida.

Seus olhos brilhavam em infantil excitação.

Senti-me corar, e pude jurar que estava tão vermelha quanto a camisola de seda que trajava.

Naquele instante, a felicidade que eu sentia era plena.

Não me importava se eu era alguém ou não.

Se o mundo estava um caos ou não.

Se esse tipo de pensamento era errado ou não.

Tudo o que eu sabia era que pertencia àquele homem, de cada e toda forma que uma pessoa poderia fazê-lo.

E tudo o que eu queria era que ele fosse meu.

E, naquele momento, ele era.

Mas a felicidade não é uma constante, eu aprendera.

E como tal, ela, por certo, seria arrancada de nós.

E assim se fez.

Breve como o cair da noite, ela nos foi tirada.

A garota em quem eu tropeçara semanas antes adentra o quarto arfando.

– Eles estão aqui, os Silenciadores! – ela exclama, o desespero claro em sua voz.

– Merda! – reclama Sr. Muniz. – Angie, tire Olga da casa. Cinquenta e Dois, se esconda debaixo da cama.

Pisco diversas vezes, confusa, como se o fechar repetitivo de minhas pálpebras fosse me trazer alguma resposta.

Do que eles falam?

Silenciadores?

De armas?

Que coisa antiquada.

– Allie, agora! – grita Sr. Muniz, e eu obedeço.

* * *

Prendo a respiração enrolada em mim mesma, tão espremida à parede quanto meu débil corpo me permite.

As paredes e o chão são gelados.

Especialmente contra meu corpo seminu.

Batem à porta e Sr. Muniz abaixa-se, levando o dedo indicador até os lábios.

Balanço a cabeça e volto a me encolher.

Ouço o insistente chiado que acompanha sua respiração, a cada passo dado, que meus olhos fitam inconscientemente.

[...]

Um tiro, e um corpo vai ao chão.

Seguro a respiração com toda a vontade que resta em meu ser, para evitar que um ganido escape-me da garganta quando vejo a cabeça ensanguentada de Sr. Muniz batendo no chão.

Fitando-me com os olhos sem vida entreabertos.

[...]

Uma mão agarra-me pelo pé.

Um grito rasga minha garganta.

Eu urro e grito e luto, mas outro par de mãos agarrou meu tornozelo.

Cravo minhas unhas no chão.

[...]

Agarrada ao pé da cama, dou uma rasteira no homem que, provavelmente, foi o primeiro a me puxar.

Ele cai e eu me arrepio.

Ponho-me de pé, desajeitadamente, e desfiro um soco no maxilar do ser que ajudara a me arrastar para fora de meu esconderijo.

Desloquei-o, com certeza.

Um sorriso apossa-se de meus lábios quando o líquido rubro lhe escorre dos lábios. A surpresa está presente, é claro.

Não sabia que ainda podia lutar assim.

Mas fora treinada para tanto.

Eu era, além de tudo, uma arma, afinal de contas.

E agora, depois das semanas sendo bem cuidada na casa de meu intercessor, eu estava saudável, forte. Era capaz de lutar novamente.

Um soco no abdome do homem que permanece de pé, e ele cai de joelhos, a mão para trás de suas costas. Quebro-lhe o pulso, e antes que deixe a arma cair, eu a pego.

Um tiro no homem que começa a levantar-se, recuperando da rasteira, e ele cai ao chão, ensanguentado, um tiro no dono da arma, e o quarto está sem vida.

Não por muito tempo.

Passos apressados pela casa.

Armas fazem barulho, afinal de contas.

Por isso sempre gostei mais de asfixia.

Não que faça diferença agora.

Pego a arma de meu outro amigo e desvio de seus corpos, saindo do cômodo nauseabundo.

Não ouso olhar para trás.

O rosto desfigurado do homem sem vida não merece minha atenção.

Há certa repulsa latente que me espeta a cabeça, mas eu a ignoro.

O alívio e a sensação de liberdade que sinto são suficientes para ofuscá-la por hora.

Depois, bem, eu nem ao menos sei se haverá um depois.

Eu corro e fujo e me escondo.

Mas não é o suficiente.

Não é o suficiente.

Nunca é o suficiente.

Eu não sou o suficiente.

Eu estou no chão.

Eu sou deles.

Eles me pegaram.

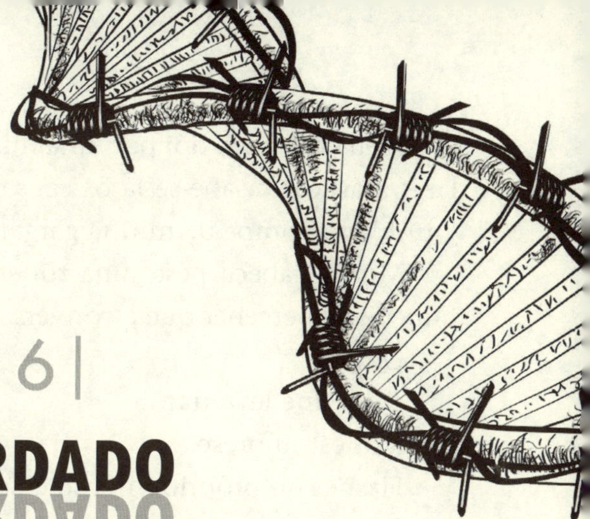

|16|

ACORDADO

Will

– ELE ME SALVOU! – reclamava uma voz desafinada.

– Você não pode simplesmente trazê-lo para cá – respondeu uma voz rouca, um senhor, provavelmente. – Você pode colocar todos nós, todo o movimento, tudo pelo que lutamos em perigo!

– Ele é um dos nossos – insistia a voz, que parecia ser de um garoto com pouco menos idade que eu. – Ele atirou num Silenciador! Pra me soltar!

– Ele tem um Escort! Recém-criado! – o senhor dizia, a voz elevando-se. – Ele não é um de nós!

Quem eram aquelas pessoas?

– Ele sabe atirar! – insistia o menino. – Sabe o quanto nós precisamos de gente.

– Ele é perigoso. – *Quem era perigoso?* – Se ele sabe atirar, estava sendo treinado para ser um Silenciador. Não há salvação para ele.

Não há salvação para mim.

Mas de quem eles estão falando?

Meu estômago dói por uma mistura bagunçada de dores musculares, náuseas e sabe-se lá os céus o quê. Tento abrir os olhos e um grunhido irrompe de minha garganta pelo excesso de luz.

Minha cabeça pesa uma tonelada e a dor que sinto quase me impede de perceber que a conversa cessou.

Quase.

Tento me levantar.

Mas estou preso.

Flashes do próprio inferno assolam minha mente.

Não foi um sonho.

Engulo em seco e sinto a água quente escorrer por minhas bochechas.

Eu tento me controlar.

Mas os soluços irrompem de meus lábios, de qualquer modo.

Eu estou fungando e chorando e soluçando e arfando e mordendo meus lábios para evitar os gritos da dor que rasga meu peito.

– Ele está bem? – pergunta a voz que racha, e sei que está falando de mim, mas eu o ignoro, fechando os olhos tão forte quanto posso, como se isso fosse esconder minha vergonha, como se isso pudesse diminuir minha dor.

Como se o meu silêncio fosse arrancar-me desse sonho ruim.

Um doloroso suspiro faz-se ouvir.

– Ele viu demais – diz o senhor. – Vamos, Tony, ele precisa descansar.

* * *

Algo estranho e molhado acariciava meu nariz.

Reclamei, tentando afastá-lo com as mãos, mas elas não me obedeceram.

Permaneciam presas.

Suspirei e senti uma profunda dor.

Em meus olhos, ossos, estômago, cabeça, em tudo.

Abri os olhos para ver um felino deitado em meu peito.

– Taidra? – perguntei, a voz falha.

– Bom dia – ela me respondeu, pondo-se sentada em mu peito.

Vi os pontos em sua pequena pata e soube que a cortaram também.

Mas por que?

– O que está acontecendo? – joguei as palavras para fora de meus lábios.

– O menino voltou – disse, como se fosse óbvio; minha cara de interrogação a fez se apressar em continuar: – O menino que você soltou.

– O que tem ele? – perguntei, fazendo uma careta pelo esforço que falar exigia.

– Ele voltou e te tirou de lá antes que nos matassem – explicou, dessa vez de maneira quase plausível. – Brigou com os outros para que pudéssemos ficar. – Seu rabo se balançava de maneira divertida pelo ar.

– Que outros, e onde diabos estamos? – pergunto, tentando me desamarrar.

– Você está num acampamento da Rebelião, menino – chamou-me uma voz não completamente desconhecida.

– E quem é você? – perguntei, sentindo os músculos tensionados e a adrenalina sendo bombeada por meu sangue; eu estava de volta.

Eu tinha que estar. O instinto de sobrevivência se sobrepusera a qualquer luto ou desespero que eu pudesse sentir.

Eu precisava estar alerta. Precisava de um jeito de escapar.

Mas como?

– Sou Walt – disse o homem de voz rouca e cabelo desgrenhado. – Bom, Walter, mas ninguém me chama assim – ele acrescentou, dando de ombros. – E você, criança?

– Por que eu te contaria? – alfineto-o. – Vocês vão me torturar de qualquer maneira, não vão?

O homem ria, sarcástico.

– Não somos sua querida Voz, menino – ele zombava.

– Não sou um Agente, se é isso o que acha – respondi, indignação passando de leve por minha voz.

– Sei que não – ele explicava, sem nunca deixar o tom de escárnio ir embora. – Mas estava sendo treinado para se tornar um.

– Como sabe? – perguntei.

– Tony disse que você atirou nos Silenciadores que o pegaram.

– Quem diabos é Tony? – indago, tentando me mexer. – E, caralho, vocês poderiam me soltar?

– Claro, nós vamos – uma nova voz surgira. – Assim que eles tiverem certeza de que você não é um fantoche da Voz, você estará livre.

Vi o rosto do menino e soube que me era familiar.

O que fugiu! Reconheço.

– Você! – eu resmungo. – Você me deixou pra morrer! – protesto, movendo-me bruscamente na mesa.

– Ei, ei, ei – chama o senhor, enquanto o menino faz uma careta em minha direção –, ele foi buscar ajuda. Por que arriscaria o pescoço por um estranho?

– Eu me arrisquei por ele – grito.

– Só porque precisava de ajuda – retruca o velho. – Claramente.

– Ajuda que não chegou, claramente – rebato.

– Você está vivo, não está?

Bom, ele estava certo, mas e daí?

Qual era o ponto?

Eu não estava morto, de fato, e graças àquele menino.

– Eu... – tento dizer, mas o meu tempo em silêncio já fora demais, eu sei disso, e não me surpreendo quando a voz de Walter corta a minha.

– Você não tem nada a dizer, menino – ele diz, a voz imposta, o tom elevado, perfeitamente centrado, de alguém inabalável. – Sabe disso. Sabe também que tem muito a aprender. E que talvez possa fazê-lo aqui, então, me diga, quem é você, e como diabos veio parar nesse inferno?

* * *

A conversa sobre "quem sou eu" dura horas, e antes mesmo que ela chegue à metade, o homem solta minhas mãos. Ainda estou preso à mesa pelos calcanhares, e ele mantém uma distância segura, mas não importa, pelo menos posso me sentar.

A cada palavra que me escapa dos lábios as sensações me atingem em cheio.

Ódio, dor, desespero e o medo.

Principalmente o medo.

Minha garganta se fecha do início ao fim pela exasperação das sensações que insistem em engolir-me.

Céus, como eu desejo sumir.

Como eu quero chorar.

Mas não posso.

Não aqui.

Não na frente dessas pessoas.

Eles são minha única chance.

Eu preciso provar que não sou fraco.

Preciso provar que não sou um Agente da Voz.

Se eles são mesmo os sanguinários rebeldes contra quem fui treinado para lutar, eles serão extremamente impiedosos.

Mas, se é assim, por que ainda estou vivo?

Forço-me a falar tanto quanto posso, escondendo o ódio dos assassinos de minha família pela hipótese de que isso seja apenas um truque.

De que eles sejam a Voz.

Taidra roça sua cabeça em meus braços e mãos cobertos de curativos, mas seu cuidado é tamanho que mal sinto suas carícias, então ponho-me eu mesmo a acariciar seu pelo, e ela ronrona sob meu toque.

Que tigre, que nada.

Aquilo nada era além de um indefeso gatinho.

Aproveito-me de seu colo, focando-me nele para que as lágrimas não surjam de meus olhos vermelhos.

– Nossa... – solta o menino cujo nome não consigo me lembrar, em meio a um de meus prolongados silêncios.

– Como eu disse, Tony, o menino viu demais – comenta Walt.

– Todos nós vimos – eu digo, arrepiando-me com a memória da sala de espera de Doze.

– De fato – responde Walt. – Alguns o fazem jovens demais, mas é o preço da guerra.

– Guerra? – pergunto, sentindo meus olhos pularem dos globos oculares.

O homem franze o cenho.

– O que foi, filho? – ele pergunta, certo deboche transpassando a voz.

– Senhor, com todo respeito – digo, medindo minhas palavras tão bem quanto o som daquela palavra permite. – A guerra acabou há mais de trinta anos.

Uma risada histérica, isenta de qualquer diversão ou alegria, corta o ar, e Walter demora a recuperar-se de seu pequeno ataque.

– Filho, não falo de uma guerra mundial – o homem diz, num tom que não sei classificar. – Não há mais um mundo para tanto. Mas dizer que não estamos em guerra é fechar os olhos. Uma guerra civil de um povo que se ergue contra uma ditadura, nada de muito novo, na verdade. – Ele dá de ombros. – É só como as coisas são desde sempre.

– O que você quer dizer? – pergunto, receoso.

– Bom, é o ciclo natural das coisas. Quando você aperta uma mola, ela tende a se expandir, e o mesmo acontece com homens oprimidos – ele explica, como se fosse óbvio; de que diabos aquele louco falava? – Toda força provoca uma reação igual e oposta. Física básica.

– Entendo que alguns ideais tenham se deturpado, mas isso me parece meio exagerado.

– Exagerado? – o homem pergunta, claramente ofendido. – Você tem ideia de quantos de nós já passamos pelas mais inimagináveis torturas? Quantos de nós já perderam tudo?

– Eu perdi tudo, senhor – digo, no tom mais centrado e desprovido de emoção que consigo. – Posso entender o motivo da raiva de vocês, mas não é como se todos fossem ruins. – Sinto a exaltação crescente em minha voz e em meu peito, mas simplesmente não consigo contê-la. – Sei que muita coisa horrível foi feita, mas eles nos trouxeram de volta quando estávamos descontrolados, à beira da extinção. – Eu vejo seu sorriso, mas não vou parar, não posso parar, não consigo parar. – Eles trouxeram uma solução quando tudo mais estava perdido. Dizer que são todos... – eu procuro uma palavra – maus – mas não encontro nada melhor que isso –, isso é mesquinho, é cruel, e...

– O mundo é cruel, filho, as pessoas simplesmente fingem não enxergar. Elas escolhem não enxergar – ele diz, e sua voz fria faz arrepiar até meus ossos. – Você fica aqui, filho, até termos certeza de que não é um Agente da Voz – continua, dando-me as costas. – E reze para que tenhamos. Ou, bom – ele ri –, você vai descobrir.

E com essas palavras ele some de minha frente. Deixando-me com Tony, ou seja lá qual fosse seu nome, e com Taidra a fitar-me.

– Parece que somos só nós dois agora – eu digo, e o ouço engolir em seco.

|17|

DE VOLTA AO INFERNO

A - L I I

MINHA CABEÇA BATE CONTRA O CHÃO FRIO, e eu tento resistir, mas estou tonta.

A agulha em meu braço no meio do caminho com toda certeza fora alguma espécie de droga.

Meus ouvidos zunem e zumbem e chiam.

Ouço uma pesada porta de metal ser fechada, e acho que estou sozinha.

Mas não tenho como saber.

Não com minha cabeça coberta por um saco de estopa e minhas mãos presas nessa corda áspera.

E eu espero.

Espero, porque é a única coisa que posso fazer.

* * *

A consciência está de volta e o ódio grita e espuma em meu peito.

Eu os odeio.

Eu grito e urro e choro e me debato, chocando meu corpo contra as paredes de meu maravilhoso quarto.

Eu arfo e vocifero e me contorço e urro e choro; eu choro. Pela Voz, como eu choro.

Não de dor.

Não de tristeza.

Não de pena.

Não porque eu sou fraca.

Mas porque eu os odeio.

Eu os quero mortos.

Eu continuo.

Bradando ameaças e pragas e simplesmente gritando com todo o fôlego que me resta.

Eu o faço por horas, até que uma risada me interrompe.

– Pela Voz – diz o timbre aveludado inconfundível. – Eu simplesmente não pude acreditar quando me disseram – Tomáz diverte-se.

– Tomáz – eu chamo, esperando que ele me ouça, que ele me ajude. – Tomáz, socorro!

Mas tudo o que recebo em retorno é uma gargalhada histérica e um bater de palmas excessivamente alto.

– Eu? – ele pergunta numa surpresa afetada. – Ajudar você? – Posso ouvir certo asco e sei que ele não está ali para me ajudar.

Merda.

Ouço passos, seguidos de um dobrar de joelhos, e o saco nojento é arrancado bruscamente de minha cabeça.

O rosto conhecido de Tomáz se contorce numa máscara de insanidade, vitória e diversão. O homem é louco.

Ele é louco.

E adora aquilo.

Seus dedos esguios acariciam meu rosto e acabam por agarrá-lo quando tento afastar-me.

Suas longas unhas cravam-se em minhas bochechas, contorcendo meu rosto numa careta gorda.

– Quem você acha que é, Allie? – ele pronuncia vagarosamente o nome.

Meu nome.

Eu suspiro e ponho-me a encará-lo nos olhos, fitando-o, enfrentando-o, e posso ver sua surpresa, sua revolta. O pavor que a ideia da igualdade, que a mera semelhança a um ser como o que eu era, causava àquele homem, mas eu continuo.

Eu mantenho meus olhos nos dele.

Meu cenho franzido.

Seus olhos assustados.

Mas o sorriso permanece em seu rosto.

Ele não vai perder a compostura.

E seu orgulho me tira um sorriso.

O inseto tem compostura.

Ele me arremessa ao chão e anda pela sala; apesar da dor, não sou capaz de tirar o sorriso de meus lábios.

– Quem você acha que é, clone? – ele urra. – Você é só uma cobaia. Você não é gente. Não aja como se fosse.

– O velho Muniz ficou tanto tempo com ela que seu lugar quase foi esquecido – diz uma voz cujo dono desconheço.

Não importa, não vou tirar meus olhos de Tomáz.

– Alec sempre teve um gosto estranho mesmo – diz outro homem.

– Pois é – diz Tomáz. – Talvez possamos descobrir o que Alec viu na cobaia antes de pô-la em seu lugar de novo. O que acham, meninos?

Os homens riem e concordam, e eu me apavoro quando percebo o que aquilo significa, mas já é tarde demais, eu já fui jogada ao chão.

Eu grito com todos os meus pulmões.

Grito para que céus e inferno ouçam.

Eu peço socorro e grito por ajuda, mas não vou implorar para aqueles vermes.

Eu me recuso.

Eu luto com todas minhas forças e consigo chutar o rosto de um dos homens, cujo nariz e lábios sangram após o impacto de meus pés.

Ele xinga e pragueja e uiva, mas eu não tenho tempo de regozijar-me, pois seus esforços para me conter parecem redobrados.

Eles tentam me segurar, mas eu não posso permitir.

Eu não posso.

Eu luto.

Eu preciso lutar.

Eu preciso.

Mas não há nada que eu possa fazer.

Não existe uma alma sequer nesse mundo que esteja disposta a me ajudar.

Eu sei.

Eu bem sei.

Eu sei que, apesar de todo meu esforço, de toda minha luta, eu sou somente um objeto feito por mãos humanas.

Eu não tenho o direito de contrariá-los.

Eu sei que, independentemente de quantos homens eu faça sangrar, mais virão atrás de mim.

Mais irão me odiar e desprezar.

E não era de se esperar que fosse de outra maneira.

Eu não sou nada.

Eu não sou ninguém.

Sinto a esperança e o desejo de lutar esvaindo-se por entre meus dedos. Minha força vai embora como o sorrateiro fio d'água deixado por uma torneira entreaberta.

Minha vontade é pó.

Não como água que escorre entre os dedos.

Não.

De grande valor é a água da qual falo.

A água límpida e translúcida.

Eu não sou como a água.

Eu não tenho valor.

Eu não tenho utilidade.

Eu não sou límpida.

Todo meu ser é um amontoado de desejos profanos, fossem eles meus ou não, que turvam minha mera existência.

E com esse pensamento eu simplesmente cedo, chorando em silêncio enquanto sou partilhada por aqueles monstros que se dizem tão superiores a mim.

Eu os odeio.

Eu os odeio.

Eu me odeio.

O nojo invade cada e toda parte de mim. O nojo deles. O nojo de mim. O nojo de meu corpo que parece pertencer-me cada vez menos.

Mas eu espero.

Espero até que acabe e que eles me deixem sozinha.

Espero, até que seus repulsivos risos e gemidos e gargalhadas estejam longe.

Espero até que eu possa me concentrar.

Mas, céus, como é difícil.

Passo a mão por meus braços e rosto e barriga e pernas, esfregando-os como se eu pudesse tirar a presença, a memória daqueles monstros de dentro de mim.

Eu preciso me concentrar, digo a mim mesma, entre os arfares que o choro convulsivo me provoca.

E eu espero.

Espero até que a névoa causada pelo asco seja mandada embora.

Até que eu seja capaz de pensar.

E então eu percebo.

Percebo que eu não estou disposta a enfrentar um destino tão infeliz.

* * *

Tento respirar fundo, mas falta ar em meus pulmões.

Inalo o cheiro fétido e pútrido de sangue seco e carne morta, misturados à podridão dos corpos deixados ao léu, que eu sei que entopem as celas ao meu redor.

A comida escrota não tem exatamente um cheiro, mas sua mera imagem me enoja, e a sua consistência provoca-me vômito cada vez que eu a tento engolir.

Talvez fosse a intenção.

Nunca se sabe.

Humanos são sempre tão imprevisíveis. E indescritivelmente estúpidos, vez ou outra.

Tento trazer ar para dentro de meus pulmões.

Não é o suficiente.

Mas eu sinto o cheiro.

O cheiro da desgraça.

O cheiro da desesperança.

O inferno seria melhor do que isso.

O barulho das barras de ferro no corredor fazem-se ouvir.

Eu tenho visitas.

Um calafrio perpassa minha espinha quando a pesada porta é aberta.

Tomáz.

O sempre belo Tomáz.

Sua imagem me traz uma nova série de ânsias de vômito.

– Bom dia, Allie – ele diz, o motejar transbordando de sua voz. – Como tem sido sua estadia aqui? – ele pergunta, está brincando comigo, e céus, como eu odeio o homem. – Bem melhor do que a casa de Sr. Muniz, não? Aliás, como te chamavam antes de te dar um nome?

Mas eu o ignoro.

Eu o odeio.

– Não? Não quer falar comigo? – ele insiste. – Que pena. Talvez você fale com um velho amigo seu, o que acha? – sugere, batendo suas palminhas repetidas.

E da porta surge um homem engravatado, mais de dois metros e uma bandeja de prata nas mãos.

Em sua superfície reluzente jaz meu pior pesadelo.

Nela, a cabeça de Sr. Muniz descansa, decapitada.

A boca roxa, semiaberta, com a língua inchada para fora, a pele pálida como nunca, um dos olhos estourado pela bala que o perfurara.

O sangue a cobrir-lhe o rosto quase todo e a inundar a bandeja.

Não tenho tempo de assustar-me ou de levar as mãos à boca, pois o suco amarelado já explodira de meus lábios.

Seguido por mais uma golfada, e outra, e outra.

E, por fim, o líquido escuro, quase marrom. E sei que não há mais nada. Só o asco, o nojo, o ódio.

– Oh, desculpe – Tomáz diz, rindo. – Você não queria vê-lo? Por quê? Será que vocês brigaram? – continua, aproximando-se.

Algo automaticamente liga-se dentro de mim.

Aquele homem é perigoso, eu sei disso.

E, apesar de não entender bem o porquê, eu quero viver.

Eu quero, e não vou deixar que Tomáz interfira em meus planos.

Limpo o que resta do asqueroso líquido em meu rosto com o braço logo antes do homem se ajoelhar a minha frente.

A sorte dele é que minhas mãos e pés permanecem amarrados.

Ele aproxima o rosto do meu, e eu vejo ali uma oportunidade.

Tudo o que eu preciso é do momento certo.

– Sabe, Allie – ele diz, a voz macia. – Esse não precisa ser seu fim. Você poderia cooperar comigo. Poderia viver como gente. Ser minha. Eu poderia te embonecar como Alec fazia – ele sugere, seu hálito quebrando contra meu rosto. – Você gostava disso, não gostava? Pode ser tudo seu, outra vez. Tudo o que você precisa é...

Mas ele não consegue terminar.

Um rugido rasga sua garganta.

Meus dentes estão cravados em seu nariz, e o sangue escorre por meus lábios e queixo e pescoço.

Sua carne presa por entre meus dentes.

Seu sangue correndo por minha boca.

Minha pequena vingança tivera início.

Seus homens o puxam para trás e eu cuspo o tampo de seu nariz no chão.

O sangue escorre por seu rosto recém-deformado enquanto o homem urra e se contorce ao chão.

– Eu nunca – digo baixo, arfando, fitando-o –, eu nunca, jamais, vou pertencer a um homem como você. E marque minhas palavras, Tomáz – continuo, enfrentando o homem que me encara, caído ao chão, apesar de toda dor que devia estar sentindo. – Eu vou devolver a você cada momento de dor que me proporcionou com dez vezes mais sofrimento do que eu senti – digo, e ambos sabemos que aquilo não é uma ameaça vazia. – Eu vou destruir sua vida.

* * *

Longos minutos – horas, talvez – foram necessários para que pudessem conter-me, mas mais tempo ainda levou para que pudessem conter a ira de Tomáz.

O homem gritava e urrava, ordenando que me matassem. Que me decepassem. Que me decapitassem. Que me enforcassem.

Repetindo infindáveis vezes que queria minha cabeça; que queria minha cabeça assim como teve a de Alec.

Fazendo tudo o que lhe era de conhecimento e poder.

Mas suas ordens não eram o suficiente.

Mandou, então, que ligassem para seu pai.

Quão irônico isso soava?

Muito maduro, de fato.

Mas mesmo seu pai vetara suas ordens.

E essa era minha cartada.

Eles precisavam de mim.

Não me importava por que nem para quê.

A questão era: eu tinha tempo.

Eu não iria cair, apesar das incessantes ameaças de meu amigo sem nariz. E, mais que isso, se eu fosse cair, eu tinha tempo o suficiente para pensar em como levá-los junto comigo.

Eu não deixaria esse mundo sem sentir o doce gosto da dor daquelas pessoas

O asco, o ódio e o desprezo mesclam-se em minha garganta, e surpreendo-me com a vontade crescente em meu peito, vontade de pular no pescoço daquele homem, daquele homem em específico, e apertá-lo até que fique roxo.

Como eu o desejo morto!

Todos eles.

Eu os odeio.

A vontade de destruí-los é tão arrebatadora que me agarro à ínfima esperança de que seja real um dia; de que eu possa esmagá-los como os repugnantes insetos que são.

Eu os odeio.

Eu terei minha vingança.

|18|

A REBELIÃO

Will

HORAS SE PASSAM SEM QUE NINGUÉM me dê nenhuma informação, mas eu posso ouvir o burburinho lá fora.

E posso ver as crianças se empoleirando na janela para me ver.

Ou para ver Taidra, talvez.

O que, na verdade, parece bem mais provável, uma vez que nem Walter nem Tony tinham Escorts acompanhando-os.

Talvez por isso tenham se juntado aos rebeldes.

Afinal, eu, mais do que a maioria, sabia o que a perda de um Escort podia fazer a um homem.

Mas a dor de ver aqueles rostos, de ouvir aquelas vozes, era terrível.

Era desesperador.

A imagem de meus irmãos sendo trazida e arrastada para minha cabeça outra vez.

Sinto o nó na garganta apertar-se, mas não deixo que uma lágrima sequer escorra.

Taidra permanece ao meu lado, como sempre.

Pedindo carinho e dando-me consolo.

Até que não é de todo inútil.

– O que é ela? – o menino questionou, pegando-me de surpresa.

– É um Escort – disse simplesmente, como se fosse a coisa mais óbvia do mundo, e, para mim, era.

– Não! – o menino protestava. – Não sou tão burro assim! Só quero saber o que ela é.

– Como assim? – perguntei, sem entender.

– Sou uma tigresa branca – Taidra respondera. – E perguntas sobre mim podem ser feitas diretamente, obrigada.

– Oh, desculpe – dizia Tony. – Não estamos muito acostumados com Escorts aqui. Sabe, com dezessete anos as pessoas normalmente já foram corrompidas. Claro que aceitamos homens e mulheres com mais de dezessete, não foi isso que eu quis dizer, afinal, toda ajuda é bem-vinda – tagarelava o menino. – É só que, bom, Escorts são poucos, especialmente os que falam, vocês sabem. Há algum tempo atrás eles, inclusive, costumavam eliminar os que possuíam essa anomalia...

– Ele fica – gritou Walt da porta recém-entreaberta. – Cuide dele, Tony.

– Isso! – comemorou o menino, e eu não soube, ao certo, se eu estava feliz ou não por pouparem minha vida. – Você vai gostar, vai ver – ele incentivava. – Quer dizer, eu não sei que tipo de vida você tinha, mas vai gostar daqui. Assim que você passar pelo júri, podemos voltar a te treinar. Você não sabe atirar com nossas armas, sabe?

– Ei, ei – protestei –, espera aí, grande! Achei que Walter tinha acabado de dizer que eu vou ficar.

– Bom, sim. Mas há um período de observação seguido de um júri.

– Isso significa que eu sou um prisioneiro, certo?

– Mais ou menos – ele diz, acanhado. – Eu diria que é um convidado que precisa ser observado. Não podemos simplesmente trazer estranhos para nossa casa. E, depois que isso acabar, você vai ser enviado em sua primeira missão, e, caso se prove digno, nós aceitamos você. Entra pra família, sabe?

Não.

Eu não sabia.

Aquilo me soava errado de tantos modos diferentes que eu nem ao menos sabia como explicar, mas não era como se eu tivesse muitas opções.

– E Taidra? – limitei-me a perguntar.

– Bom, ela é parte de você, certo? Não ousaríamos tirá-la de você – explicou.

Justo.

Talvez não sejam os monstros que a Voz os pinta.

Tento pôr-me de pé, mas preciso segurar um uivo de dor quando me apoio sobre meu antebraço esquerdo.

– Desculpe sobre isso – pede Tony –, mas não podíamos te trazer aqui sem tirar o rastreador.

– Rastreador? – não posso evitar que a pergunta escape.

– É – ele diz, apontando pra o próprio antebraço. – Todos que nascem sob o domínio da Voz o tem.

– Mas você não...

– Eu nasci aqui. – Ele dá de ombros. – Tive a sorte de ter uma mãe bastante esclarecida politicamente.

Há algo em sua voz.

Não é sarcasmo.

Não é dor, muito menos diversão.

O que é aquilo?

Não ousei perguntar.

Não porque talvez fosse muito pessoal, ou porque não parecia sensato questionar a pessoa que me conseguira uma oportunidade naquele local, mas porque eu sabia que se perguntasse sobre sua vida abriria as portas para que ele perguntasse sobre a minha. E falar sobre isso era algo que eu, definitivamente, não estava disposto a fazer.

* * *

Tony apresentou-me o acampamento bastante eficientemente.

As estalagens, as barracas e mesmo as casas daqueles que inocentemente acreditavam que aquele seria um lugar seguro por tempo suficiente.

Apresentou-me o refeitório, os barracões e, por fim, a única coisa naquele fim de mundo que de fato me importava.

O centro de treinamentos.

Muito inferior aos da Voz em qualidade e tamanho, mas haveria de servir.

Teria de servir.

Aquele era meu bilhete de ouro.

Sabia que não teria como recuperar tudo aquilo que me fora tirado, mas a Voz roubara-me tudo o que um dia me pertencera.

Tudo o que um dia eu chamara de meu.

Tudo aquilo que me fora caro.

E eu certamente pretendia devolver o favor.

– É um guerreiro, eu vejo – a voz de Walter surge em meio ao nosso *tour*.

– Treinado para ser, pelo menos – eu digo.

– Espero que nem todos os ensinamentos tenham se arraigado.

– Creio que não, senhor.

– Bom – ele comenta, já distraído.

– Senhor, posso lhe perguntar uma coisa? – Praguejo mentalmente, por minha incapacidade de ficar em silêncio.

– Claro, filho – Walter diz.

– Por que intercedeu por mim? Quer dizer, eu soltei o menino, mas a dívida, se é que pode ser chamada assim, se resume apenas a ele.

– Pela troca – ele responde simplesmente.

– Perdão? – indago, confuso.

– Sempre acreditei nisso – ele explica. – Na troca. Você dá algo a alguém, alguém dá algo de volta. Sempre muito proveitoso. Surpreendente até, algumas vezes. Sempre bom travar novos conhecimentos.

Bastante prazeroso até, eu diria. – Ele parece divertir-se com sua própria explicação, mas seu semblante permanece intacto. – É simples. Justo. – Ele ri. – Não há mais justiça nesse mundo. Não há nada aqui que valha a pena.

– Por que diz isso, senhor? – procuro saber.

– Justiça é só um ponto de vista, filho.

– Como assim, senhor? – pergunto, desnorteado. – Se não por justiça, pelo que você luta?

– O mal está tão disseminado, tão enraizado no nosso cotidiano que as pessoas perderam a capacidade de distingui-lo, filho – explica. – As pessoas simplesmente não enxergam e não distinguem problemas de tão cotidianos que são.

– Isso significa que o senhor simplesmente não acredita na esperança? – insisto. – Simplesmente não crê que o mundo possa mudar?

– Ouvi uma vez que todas as vezes que o mundo mudou, foi pra pior. – Ele ri, bastante divertido. – Realmente, as mudanças que eu presenciei nesse mundo não foram de todo agradáveis.

– Elas nunca são.

– Tem razão, filho. Mas precisamos lutar. Não fazê-lo seria entregar o mundo nas mãos daqueles monstros. E, eu não sei você, mas eu não estou disposto a fazê-lo. Você está?

– Não, senhor – respondo, receoso, e sei que aquilo já é parte de meu teste.

Merda.

* * *

Ainda nem escureceu quando me chamam para jantar.

Um prato de comida desidratada é entregue a mim, e não tenho a opção de decidir do que gosto ou não, o que quero ou não.

Pergunto sobre a comida de Taidra, que me segue, sempre fiel, e morta de fome, mas tudo o que tenho como resposta é "cuidaremos dela depois", ou algo do tipo.

Aproveito a falta de informação para tirar um pouco daquela comida nauseabunda e jogo alguns pedaços por debaixo da mesa, para que Taidra coma.

Ela reclama, aquilo deve ser ainda pior do que a ração com que ela deveria ser alimentada, mas é o que temos, por ora, então ela simplesmente come.

Assim como eu.

Sento onde me mandam sentar, como o que me mandam comer, faço o que me mandam fazer, mas a verdade é que me dói a alma ter que obedecer a ordens uma vez mais.

Mas o que fere meu orgulho, em especial, é obedecer às ordens de pessoas que desconheço.

Meu devaneio é quebrado por uma bundada que atinge meu quadril.

Que diabos?

Eu encaro a menina que acabara de se jogar ao meu lado.

– E aí, Tony? – ela chama, mexendo em sua comida no prato.

– Oi, Louis – o menino responde, sem muito entusiasmo.

– Quem é esse? – ela pergunta, apontando o queixo para mim.

– É o novato que me ajudou no ataque ao antigo Congresso – ele diz, sem parar de comer sua deliciosa porcaria desidratada.

Espera.

Eles atacaram o Congresso?

Eles atacaram Londres?

Engulo em seco a comida emborrachada.

– Sério? Que pena, mais uma boca pra alimentar – fala a menina, com a maior naturalidade do mundo.

Nossa, aquilo sim era hospitalidade.

Eu quero perguntar sobre o ataque, mas sei que não posso.

Sei que não devo.

Então cerro os dentes e me resigno, uma vez mais.

Engolindo meu orgulho.

Acrescentando mais uma coisa à lista de coisas que provavelmente nunca saberei.

– Cala a boca, Louis – reclama Tony.

Ela dá de ombros.

– Tanto faz. Vão acabar sendo mortos uma hora ou outra – ela diz, levantando sua bandeja vazia; caralho, como ela já tinha comido tudo aquilo?! – Foi um prazer – ela encerra o assunto, sem ao menos olhar meu rosto, e dá as costas para nós dois, os cabelos loiros cacheados acenando mais educadamente do que ela jamais fizera.

– Céus, eu odeio essa menina – balbucia Tony, entre uma colherada e outra.

Não consigo lhe dar muita atenção. As ideias e rancores e medos se contorcem demais para que eu realmente pense em alguma coisa, mas algo me dizia que eu também o faria.

Que eu também detestaria a menina de cabelos loiros.

|19|

INFERNO SEM FIM

A-LII

AS COISAS NAQUELE LUGAR ERAM AINDA PIORES do que no antigo Centro de Pesquisas. Durante a primeira semana, meu corpo foi aberto em cortes e retalhos porque eu não era capaz de lhes dar as informações que precisavam. E depois submerso em uma solução de água e sal, porque eles sabiam que eu não as daria mesmo que tivesse. E, por fim, submetido a uma enorme quantidade de choques, porque eles tentavam me ensinar qual era o meu lugar enquanto clone.

Eles insistiam.

Mais e mais.

Sempre.

Até que eu não aguentasse mais e caísse, sucumbisse à inconsciência.

Prefiro não relembrar o que era feito de mim quando inconsciente, se não se importa.

Eu acordava enojada, arranhando minha própria pele.

Desejando poder arrancá-la.

Desejando que a própria morte viesse buscá-los.

Viesse buscar-me.

Mas sempre cuspia o pensamento para longe.

Eu não serei vencida.

Claro que uma ajuda seria bem-vinda, mas ela não viria.

Sr. Muniz não estava mais aqui.

Nem ao menos havia outra pessoa no mundo que soubesse de minha existência, pelo menos não alguém que se lembrasse dela, ou, pelo menos, ninguém que eu queria que o fizesse.

Tomáz visitava-me frequentemente.

Bom, não a mim.

Ele não se dignava mais a entrar em meu luxuoso metro quadrado de cimento e ferro.

Resignava-se a permanecer lá fora, lançando-me ameaças vazias e dando instruções para mais formas criativas de me torturar, tortura essa que ele, é claro, deleitava-se em assistir.

Monstro.

Eu o odeio.

Mas sei que não há nada que eu possa fazer.

A ideia faz-me arrepiar.

Eu provei do paraíso e fui jogada ao inferno novamente.

Sem piedade.

Sem compaixão.

Mas o que eu deveria esperar?

Eu ignorei os limites que me tinham sido impostos. Eu quebrei ordens e desafiei um sistema preciso. Eu havia esquecido meu lugar, e agora eu era arrastada de volta para ele.

Eu sempre estivera sozinha, a solidão era tudo o que eu conhecia.

Eu simplesmente não sabia o que era importar-se com alguém além de você mesmo.

Agora, no entanto, depois de experimentar a felicidade, depois de passar dias e mais dias ao lado do sol, a ideia de ser condenada à escuridão era absoluta e totalmente apavorante.

A solidão já não me era mais uma companhia estimada. Era um pesadelo inquietante que me rondava, rosnando baixo, ameaçando minha sanidade.

Eu precisava de alguém.

* * *

Sou encaminhada, coberta por coleiras e algemas, para um quintalzinho malacafento nos fundos do Centro de Concentração.

Eu precisava de sol, ou algo assim.

Surpreendo-me quando não tacam nada em meu corpo que me provoque intensa dor no sol. E me pego pensando, uma vez mais, que, por algum diabo de motivo, eles precisam de mim viva.

Por quê?

Não importa agora.

Mas devo admitir que seus esforços, apesar de parcos e deprimentes, são louváveis.

Mais deprimente ainda é o céu.

Nos vídeos de instrução era-nos mostrado um céu azul.

Límpido.

Claro.

Maravilhoso.

O que eu via, porém, era uma massa de gases marrons e cinzentos que cobriam um azul fraco e sujo.

Era como se tivessem roubado dele o que ele era.

Como se tivessem tirado sua liberdade.

Era deprimente.

Ouço berros enquanto sou encaminhada para minha cela pelo apertado corredor.

Tento virar o rosto, mas algo não me permite.

Não uma força externa como as coleiras e correntes e algemas e qualquer outra coisa que possa prender-me, mas algo que vem de dentro.

O medo de ser cegada por uma espécie de Ate,* talvez.

A identificação imediata e inevitável de que faço parte daquilo. Quer dizer, eu serei a próxima. Todos sabemos disso.

Eu simplesmente não consigo desviar a atenção.

Sinto que é errado ignorá-los; que não vê-los é traí-los.

E, quando meus olhos finalmente alcançam a porta da saleta de onde os gritos vem, sinto meu sangue urrar e girar e ferver.

Mulheres e homens e crianças e idosos, todos presos juntos em diminutas jaulas nas quais vapor ácido é liberado.

Uma criança em prantos tem as mãos esticadas para fora das grades e implora, aos berros, que a soltem.

A pouca carne visível das costelas sangra e solta uma espécie de muco.

O ódio borbulha em minhas veias e mordisca minha pele.

Eu os odeio.

Eu os quero mortos.

Eu dou-lhes uma rasteira.

Chuto a cara do homem gordo que segura a guia de minha coleira de ferro girando meu corpo 180 graus.

E dou uma cotovelada no homem que agora está a minha esquerda.

Não sei bem o que faço, nem o porquê, nem muito menos como o faço, mas eu o faço.

O gordo está caído no chão e aparentemente vai ficar ali, mas o outro vai se erguer, então pego desajeitadamente a arma do coldre em sua perna e atiro no meio de sua testa.

O sangue escorre do buraco em sua cabeça, e um calafrio percorre minha coluna.

A liberdade corre vermelha.

---

* Na mitologia grega, Ate ou Atea (em grego antigo, "ruína", "insensatez", "engano") é a deusa da fatalidade, personificação das ações irreflexivas e suas consequências. (N.E.)

O responsável pela saleta aparece à porta, e seu olho esquerdo some dentro de sua cabeça, juntamente com minha munição.

Sei que mais estão chegando, mas não consigo me importar.

Atiro nos trincos e cadeados e a criança ensanguentada corre em minha direção e me abraça, esfregando seu rosto nos trapos que eu trajo, e eu sei que a morte valeu a pena.

Sei que tudo valeu a pena.

Levanto os olhos e vejo que, apesar de fora das jaulas, os outros não se movem.

Permanecem em fila ao lado das celas das quais foram libertados.

– Por que não se mexem? – eu clamo. – Vamos, vocês têm que fugir! – grito inocentemente.

O silêncio reina e algo morre dentro de mim.

"A pior prisão não é física, mas mental", eu lera, e, céus, como a Voz nos aprisionara bem.

– Por que vocês não reagem? – pergunto aos berros e arfares, cheia de ódio, tão estupefata quando creio que uma pessoa possa estar. – Por que vocês não se erguem?!

Por que eles simplesmente não fazem nada?!

Uma risada interrompe minhas palavras rebeldes.

– Boa tentativa, garota – o homem gordo diz do chão. – Mas essas coisas estão mortas. Não há nada dentro delas – ele diz, limpando o sangue que escorre do canto de seus lábios. – Nunca houve. Nunca haverá.

– Você está enganado – protesto, a voz num vacilo que não permiti aparecer.

– Estou? – riu o homem gordo.

– O que existe aqui são homens oprimindo outros homens. São homens criando outros como se fossem objetos. Mas nós somos mais que isso – eu digo, e percebo que minhas palavras não convencem nem a mim mesma; engulo em seco. – Humanos. Nós somos humanos como você! Não é certo fazer isso com outros humanos! – brado, tremendo pelo nervosismo.

– Humanos? – ele transborda sarcasmo, e cospe um pouco de sangue no chão. – Você acha que é como eu?

– Não, eu não acho – digo, a voz centrada, mas incapaz de fazer-me parar de tremer. – Eu sou fruto de uma brincadeira de homens desonestos tentando suprir seus caprichos. Você é o monstro, eu a criação. Eu não pedi para nascer. O que há aqui são homens sem escrúpulos, brincando com a vida ao seu bel-prazer, homens guiados única e exclusivamente pelo desejo de sobrepujar uns aos outros.

– Homens? – Ele ri. – Menina, você está errada. Aqui só há monstros.

Algo espeta minha nuca.

Eu passo a mão e retiro seja lá o que tenha se alojado ali.

Tento trazê-lo perto do meu rosto, para identificá-lo, mas está tudo tão embaçado.

A arma escorrega de meus dedos.

Um dardo tranquilizante.

E só então eu percebo: eu estou sozinha.

| 20 |

SILÊNCIO

Will

NÃO TENHO IDEIA DE QUAIS ERAM OS PLANOS que aquelas pessoas tinham para mim, mas definitivamente eles mudaram quando, na manhã seguinte, Tony, curioso para saber se salvá-lo tinha sido apenas sorte, ou se eu realmente era um bom atirador, levou-me para um treino clandestino pouco antes do amanhecer.

Eu estava com sono e preocupado com Taidra, que chorava baixinho por causa de um início de infecção em sua pata mal costurada pelos rebeldes. Detalhe esse que também trazia-me certa raiva e grande desgosto.

Tony entregou-me uma Colt SAA12-86 roubada recentemente da Voz.

Uma arma com a qual eu estava familiarizado, apesar de não ser tão moderna.

Uma adaptação de um revólver antigo, ou algo assim.

Não me importava, serviria.

Atirei rápido e rígido, sem qualquer interesse.

Um, depois o outro, e mais outro.

Sem me mover ou mirar os alvos seguintes.

Só queria voltar para minha tenda e cuidar de Taidra.

Mas, para minha surpresa, os tiros foram razoavelmente bons.

Todos os alvos foram atingidos.

Não precisamente na testa, como eu costumava treinar, mas no pescoço, olho e peito.

Tinha que admitir, eu estava impressionado.

Talvez aquilo fosse só sorte.

Provavelmente era.

Eu era bom com estratégias e cercos, mas nunca fui um exímio atirador.

Era só razoável.

Por um momento deixo a surpresa transpassar meu rosto, mas, assim que percebo que aquilo pode ser proveitoso para mim, eu me calo, como se aquilo fosse a mais comum das coisas para mim.

Não pergunto se quer que eu atire novamente.

Não vou me dar ao luxo da exibição.

Eu não sei se terei a mesma sorte outra vez.

Então simplesmente viro-me e entrego a arma nas mãos de Tony, que fita-me boquiaberto, e volto-me em direção à tenda.

Mas não é ela que encontro.

Eu encontro Walter, acompanhado de mais cinco pessoas, todas de braços cruzados, encarando-me.

Eu me encolho, o desespero saltando de meus olhos.

Porra.

Eu estou quebrando as regras.

Eu já não sou bem-vindo aqui.

Eles vão me matar.

Eles não terão piedade.

Dou um passo para trás e calculo as chances de eu conseguir pegar a Colt e acertar os seis rebeldes prostrados de pé a minha frente.

Talvez eu até consiga.

Mas quatro deles estão com coldres amarrados pelo corpo.

São, no mínimo, quatro contra um.

E ainda tem o menino.

Se ele me pegar com uma chave de braço antes que eu mate os seis, estou fodido.

Pense, Will.

Pense!

Mas antes que eu o faça, Walter dá um sorriso.

– Você está dentro, filho – ele diz, e, acompanhado dos outros, dá-me as costas.

Que diabos?

* * *

– Você conseguiu! – comemora Tony. – Você realmente conseguiu! Quer dizer, claro que você conseguiria, não restava nenhuma dúvida, atirando daquele jeito! Mas... – ele continua, entusiasmado. – Caralho! Um dia. Um maldito dia! – Ele ri. – Isso é, oficialmente, um recorde.

Não consigo evitar um leve sorriso.

Chega a ser engraçado que alguém se divirta tanto com uma coisa dessas.

Infinitos dias se passaram com a mesma rotina: descarregar a raiva nos treinos, cuidar de Taidra, comer a comida sem gosto daquele lugar – veja, não é que eu esteja reclamando, nem como se tivéssemos muita comida em casa, é só que, apesar do pouco que eu conseguia colocar na mesa, nós sempre dávamos um jeito de que aquilo fosse saboroso, mas não se pode ter tudo, creio eu –, e, por fim, os pesadelos.

Noite após noite, Cedrico ou Ailena chamavam-me em meus sonhos. Gritando, implorando que eu os salvasse.

Mas, independentemente do que eu fizesse, eu não era capaz de chegar a tempo.

Eu abraçava seus corpos dilacerados e chorava e gritava noite após noite.

Vendo-os morrer de mil e uma formas diferentes.

Acordando com medo de dormir novamente.

E voltando a dormir para vê-los morrer, uma vez mais.

Vendo-os morrer por minha causa.

Odiando-me um pouco mais cada vez que eu acordava.

Querendo minha vingança mais e mais.

Em algum ponto, não sei bem quando, ódio se tornou tudo o que eu conhecia e tudo para o que eu vivia.

Eu acordava desejando livrar-me dele, e ia dormir cultivando meu desejo de vingança.

Era insano, eu sabia.

Eu precisava parar.

Precisava me libertar daquilo.

Mas nem todas as coisas podem ser controladas.

* * *

Acordo com um burburinho ao lado de minha tenda.

– Ela se foi, eu estou dizendo – diz uma voz cujo rosto desconheço.

– E se ela voltar? – pergunta outra voz, aflita. – Seremos acusados de traição!

– Ela foi pega pela Voz! – insiste a outra voz, mantendo-se baixa. – Ela não vai voltar.

– Walt não vai ficar contente com isso.

– O que um homem pode fazer? Não se muda o mundo sozinho, o velho Walt tem que aprender isso.

– Não deveríamos apoiá-lo, então? Quer dizer, toda aquela coisa de juntos somos fortes...

– Bobagem. Esse mundo não tem mais salvação. Tudo o que podemos fazer é conseguir nosso lugar nele.

– E como vamos conseguir?

– Primeiro, quando o dia amanhecer, nós...

Os burburinhos tornam-se cada vez mais baixos e o sono fechou minhas pálpebras.

Será que temos o poder de mudar as coisas?

Deus, permita que isso seja apenas um sonho.

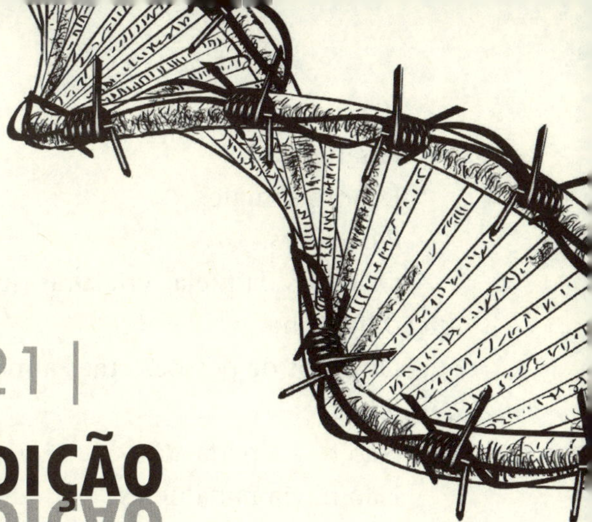

|21| RENDIÇÃO

A-LII

ACORDO SUSPENSA NO AR. O mínimo movimento de minha mãos provoca um longo tilintar de pesadas correntes.

Mover-me é difícil, quase impossível, na verdade.

Somente meu rosto encontra-se livre.

Como vim parar aqui?

Um flash de memória rasga minha mente.

Correntes e cadeados e tilintares e gritos.

É realmente uma memória?

As mãos e pernas amarradas raspam ardidamente nas correntes que os prendem.

Eu formo um x no ar.

O que está acontecendo?

Meu corpo todo dói – mais que o comum – e eu tento me lembrar por que estou ali, mas quando o faço, desejo que as memórias sumam.

Os gritos.

Os choros.

As lágrimas.

O sangue.

É tanto sangue.

E os olhos.

Os olhos daquelas criaturas que não acreditam na própria condição humana.

Os olhos de pessoas cujas almas foram real e permanentemente retiradas.

Não havia nada ali.

Não havia nada neles.

Não havia vontade, desejo ou esperança em nenhum deles.

Em nenhum deles, exceto…

A criança.

A criança?

Onde está a criança?

Ouço um grito e tento encolher-me, mas as correntes não permitem.

Ouço um grito.

Sinto um ferro em brasa ser puxado de minha perna e o urro intensificar-se. Assusto-me ao perceber que ele vem de minha garganta.

– Ela acordou, senhor – diz uma voz estridente.

– Ótimo – diz o homem barrigudo de antes.

Droga, penso, mordendo meus lábios até que sangrem.

* * *

– Tudo o que você viu aqui – o homem diz, a voz doce como vinho, como vinho envenenado –, tudo o que sentiu, podemos te ajudar a esquecer. Podemos te dar uma vida nova, Allie – ele utiliza meu nome, e sinto os pelos de minha nuca eriçando-se; preciso controlar o vômito, pela Voz, vou ter uma úlcera desse jeito! – Nós podemos consertar tudo. Você só precisa me dar os nomes, os lugares, ou os planos. Qualquer coisa, e você estará livre.

Livre.

A palavra traz um calafrio por todo meu corpo.

A palavra me seduz e dança por minha cabeça, deixando como rastro uma sensação divina que faz com que eu contorça meu corpo.

Contudo, apesar de tentadora, eu reconheço a verdade por detrás daquela curiosa proposta.

Eles me oferecem a morte no lugar da dor.

E, apesar do intenso desejo de que a dor cesse, eu não vou ceder.

Eu me recuso.

Eu cuspo em seu rosto.

Eu nunca vou me render.

Mantenho a expressão de desprezo quando sua mão acerta meu rosto, mas não posso evitar de urrar quando a próxima onda de choques atinge meu corpo.

Eu não vou me render.

* * *

Sinto que não sou mais capaz de manter-me acordada.

Não sinto minhas pernas nem pés. Nem seios nem dedos nem mãos.

Eu não sinto meus lábios.

Sinto como se meu corpo tivesse ido embora.

O que há ali é só um peso morto aos espasmos provocados pelo excesso de choques.

E a cada vez que meus olhos ameaçam fechar-se, uma nova onda de choques vem, e se, mesmo assim, pareço exausta demais para gritar, sou presenteada com gases ou feridas diretas.

– Conte-nos, menina – um dos homens de guarda reclama –, conte-nos para que possamos voltar a dormir bem.

– Shh – outro reclama com ele.

Eles querem que eu diga algo. Eles querem informações de guerra.

Sou capaz de entender isso.

Mas por que eles acham que eu as tenho?!

Eu deveria tê-las?

Pense, Cinquenta e Dois, pense!

– Shhh o caralho. Façam com que ela fale logo, ou simplesmente mandem-na para fuzilamento, como fizeram com a criança.

A criança?

Algo desperta dentro de mim e eu os fito.

Falam *daquela* criança?

Da pequena criatura sanguinolenta que me abraçara assustada?

– Que foi, menina? – um deles reclama quando eu começo a me contorcer.

Mas é inútil, eu sei.

Os protestos param, e uma lágrima escorre, deixando um rastro quente em meu rosto gélido.

– Acha que pode escapar daqui? – um deles zomba e eu sei que aquela é a única resposta.

Escapar.

Se eu não o fizer, estarei morta.

– Você vai morrer antes que coloque os pés para fora daqui – ele provoca, e eu me pergunto se de fato ainda estou viva, e o que exatamente isso significa.

Soltam-me as amarras e eu caio no chão como um saco de feno.

Mas eu não estou livre.

Oh, não.

A liberdade não é uma opção.

Há um balde de água alguns pés à frente, e eu tento me arrastar para bebê-la, mas antes que eu possa fazê-lo, minha cabeça é pressionada contra ela.

Eu me debato em desespero tentando entender o que está acontecendo.

Tentando entender por que estou respirando água.

Por que uma mão me agarra.

Por que meu rosto fora para baixo.

Eu engasgo e tusso e mais água entra em minha boca, e sinto a dor dela entrando em meus pulmões.

Arrancam minha cabeça do balde e eu estou tossindo e arfando e engasgando e doendo.

Vejo algumas gostas de sangue na água e acho que são do meu nariz e quero verificar, mas minhas mãos estão amarradas para atrás agora, e eu nem sei como isso aconteceu.

Minha ideia de que aquele sangue seja meu muda imediatamente quando vejo sangue pingar *em* meu nariz.

Olho para cima e uma cabeça mutilada pende sobre mim, pingando o rubro líquido férreo.

A cabeça da criança quase irreconhecível permanece imóvel no ar, segurada por um dos monstros que a agarra pelo couro cabeludo. O sangue pinga nas maçãs de meu rosto e eu estou enojada, desesperada, estarrecida, encarando aquilo que um dia fora um pequeno e delicado rosto, que agora nada mais era do que uma cabeça sem corpo, uma cabeça brutalmente arrancada do corpo e cheia de buracos por todos os lados.

O líquido viscoso e fresco pinga e coágulos caem na bacia de água.

Eu estou enjoada e enojada e *argh*, preciso vomitar.

Mas simplesmente não sou capaz de desviar meus olhos do rosto inerte.

E só então eu entendo, aquilo não é uma experiência.

Eu estou sendo interrogada.

Um riso histérico irrompe de meus lábios quando percebo a ironia disso tudo.

A tortura, quer dizer, o interrogatório.

Eles, de algum modo, tinham me considerado mais do que um clone, mais do que um objeto de exames experimentais. Agora eu era um humano que talvez cedesse sob as circunstâncias certas; que talvez cedesse diante da medida certa de dor.

Eu era mais do que um objeto.

Eles reconheciam isso.

Mesmo que inconscientemente.

Eu era mais.

* * *

– Ela é louca – eu os ouço falando.

Talvez eu seja.

– E quem não seria com tudo o que ela passou? – pergunta o outro, e eu me pego prestando atenção.

– Ela? – um deles dá uma risada nervosa. – Vocês estão brincando, né? Acha mesmo que essa coisa é humana? Quer dizer, ela foi criada em laboratório. Não tem alma – eu o ouço dizer, e sinto-me arrepiar.

A longa pausa me deixa nervosa, e odeio saber que anseio por ouvi-los.

Sou tão baixa quantos eles.

Ainda mais, talvez.

Talvez eu não mereça existir.

– Você realmente acredita nisso? – as palavras ficam no ar.

– Eu tenho que acreditar – responde. – Quer dizer, é tarde demais para voltar atrás.

– O que você quer dizer? – pergunta o outro. – Você a viu sangrar, gritar e chorar. O que pode ser mais humano do que isso?

– É exatamente esse o ponto – responde a voz subitamente soturna. – Com todo esse sangue derramado, o jeito como ela cresceu, como foi criada. – Faz uma pausa e suspira fundo. – Só existem duas opções, ou ela é o monstro, ou nós somos.

Um barulho alto interrompe o silêncio que segue as palavras do homem, e eu quase morro de susto com a sirene estridente.

Meu coração pula e saltita, e eu me encolho no chão como se estivesse dormindo.

– O caminhão de corpos? – pergunta um deles.

– Vieram retirar o lixo – diz o outro, e eu cerro os dentes.

– Aliás, o que o diretor tem com cabeças decepadas? – a conversa continua enquanto eles passam por minha cela, mas não lhes dou mais atenção, pois um vislumbre da liberdade passa por meus olhos, e creio que encontrei minha oportunidade.

Uma vez a cada quinze dias os corpos eram recolhidos de suas celas.

Se eu conseguisse me esconder no caminhão de corpos, poderia fugir antes que me enterrassem!

Mas como eu entraria no caminhão?

Eu era vigiada dia e noite, o tempo todo.

A não ser que eu conseguisse mudar meu horário de banho da semana, e o alinhasse com o caminhão.

Como eu o faria?

Engulo em seco quando percebo a única resposta e que, mais do que isso, minha chance é única. Se eu falhar, estarei morta.

|22|

PODER É PODER

Will

EU SEMPRE SOUBE QUE O SER HUMANO ERA PODRE, mas poucas vezes imaginei que chegaria a esse nível.

Quer dizer, uma rebelião que luta contra um Estado totalitário e opressor é o que se espera, parece natural que a liberdade seja almejada para aqueles que enxergam as correntes que os prendem, mas uma rebelião que luta entre si própria pelo poder?

Quão hipócrita isso soa?

A verdade era que as coisas eram muito bem organizadas.

Se um líder sai, é morto ou fica ausente por mais de dez dias, os conselheiros – 23 deles – se reúnem e votam para decidir quem é a melhor opção para assumir o posto.

Se o antigo líder volta, seu lugar é restituído.

Um sistema bastante parecido com o da própria Voz, pelo que eu ouvira falar.

Mas eu não entraria nesses quesitos.

Quer dizer, nunca entendera muito de política, de qualquer modo. Não era como se eu tivesse qualquer direito ou propriedade de julgá-los.

Mas eram tão ávidos por aquele status, pela ideia da liderança; era como se o poder os fizesse outros, os fizesse monstros. Criaturas sedentas de poder que só seriam saciadas com a vitória total, plena e inquestionável.

Mais uma vez, muito como a própria Voz.

As semelhanças eram assustadoras, para dizer o mínimo.

Mas o que alguém como eu poderia fazer?

Passo longe das incessantes reuniões que se arrastam dia após dia.

Eu não sou um deles. Nunca fui. Nunca serei.

Eu sou um peão.

Sei bem disso.

Admito que não é algo louvável, mas é assim que as coisas são.

Nem todos nós nascemos para fazer a diferença.

Eu sempre estive ciente disso.

A minha função é atirar.

Disparar tiros e seguir ordens.

Quando mais, bolar uma estratégia rápida e eficaz em batalha.

Pensamento rápido, sem grandes elaborações.

Treino meus tiros nos bonecos imóveis que não acarretam nenhuma dificuldade.

Sinto que estou ficando preguiçoso, e que meus treinos precisam, urgentemente, ser intensificados para que eu não perca a prática.

Mas como posso fazê-lo?

Como posso explicar para aqueles rebeldes sanguinários que o material de treinamento que eles me oferecem é fraco? E que não vou conseguir ter minha vingança pessoal contra aqueles que me tiraram tudo com o material que me proporcionam?

Não parece um assunto exatamente agradável.

Eu continuo atirando, tremendo, desesperado.

Sentindo todo o medo e o ódio e a mágoa e a dor sendo bombeados pelo meu corpo.

Sem saber bem quem são aqueles que desejo mortos.

– Ei, Will – a voz de Tony me arrasta de volta à realidade. – Eles estão nos chamando para uma reunião.

– Nós? – eu pergunto, a sobrancelha erguida. – Quer dizer, nós dois?

– Sim – ele diz, dando de ombros.

* * *

A reunião com a qual me deparo não passa de um bando de homens e mulheres gritando uns com os outros a céu aberto.

Mas tem alguma coisa que me chama a atenção naquilo.

Não a política ou a berradeira nem nada do tipo.

É algo esquisito, definitivamente fora do comum.

Cabelos ruivos, peles negras, olhos rasgados, mulheres vestindo turbantes, túnicas e burcas estão em meio àquelas pessoas.

Eu engulo em seco.

Eles sobreviveram.

A Voz não acabou com todos eles na Purificação.

Eu me ajoelho, ali mesmo, e cubro o rosto com uma de minhas mãos, escondendo o contraste de minha expressão por detrás dela. O sorriso lerdo e as lágrimas que rolam não podem ser contidos, então eu permaneço ali, em silêncio, ciente de que Anthony me olha, mas nada faço pois não vejo outra opção de como esconder meu rosto.

O alívio pelo qual sou tomado não tem precedentes. E não só porque nunca senti nada igual, mas porque eu simplesmente não sei de onde ele vem.

Pelos deuses, ainda há esperança.

* * *

A *idiocracia* lambe os pés dos monstros endeusados e beija a testa daqueles homens.

Porra, essa merda é tão igual à Voz que me enoja.

As pessoas gritam e urram sobre seja lá o que for mais proveitoso para elas mesmas.

Essa é a falta que um líder faz?

Aquilo é simplesmente uma bagunça, quase... anárquico.

Pergunto-me até que ponto a Voz está errada e engulo em seco.

– Já chega! – a grave voz de Walt sobrepõe-se às outras. – A questão aqui é uma e somente uma. O Conselho precisa decidir se vai ou não mandar o novato acompanhar Anthony em sua busca.

Eu acompanhar quem em quê?

– Qual é a missão? – pergunta Anthony, como se aquilo fosse a coisa mais normal do mundo.

Que merda é essa?

– Ei, ei, ei – eu reclamo. – Isso é um absurdo – eu digo, e todos me fitam. – Quer dizer, eu acabei de chegar aqui, e até agora eu era suspeito de ser um espião da Voz. Por que porra vocês me mandariam numa missão? Eu poderia matar Anthony se me deixassem sair daqui.

– O menino tem um ponto – diz um dos membros do Conselho, um homem alto, de pele escura e voz grossa.

Isso é incrível.

– Ele não nos contaria se fosse verdade – uma mulher usando uma espécie de lenço sobre a cabeça levanta-se para dizer.

– A menos que ele soubesse que não o ouviríamos – alguém grita.

– Isso é um absurdo – berro. – Vocês são todos paranoicos. Eu não sou um dos Agentes da Voz, mas não é possível que vocês queiram me mandar numa missão sozinho com um de vocês. E se eu for um assassino? Vocês estariam mandando Anthony para a morte. Ninguém se importa com isso? – eu arfo, os pulmões em chamas, e o silêncio me segue.

– Eu assumo o risco – diz Anthony atrás de mim, e eu sinto minha garganta fechar.

Não, menino.

Que diabos você está fazendo?

Você não quer sair daqui.

Não comigo.

Especialmente não comigo.

Eu sou um assassino, eu sou um monstro.

– Menino estúpido – ouço Walt dizer baixinho.

E eu tenho que concordar.

– Qual é a missão? – Tony pergunta, tanta inocência que não sei se sinto nojo ou inveja.

– Coletar informações em Londres – uma voz que eu conheço espeta meus ouvidos.

Eu a conheço, sei que sim.

De onde?

Mas o som da palavra Londres não me permite pensar, pois tudo o que vejo é fogo e sangue. O cheiro podre da carne queimada invade minhas narinas e eu cambaleio.

Uma mão toca meu ombro e, quando eu me viro, Walter não olha para mim.

Seu silêncio diz que devo permanecer firme, e eu tento.

Mas como?

– Precisamos descobrir se Thelma ainda está viva – diz outra pessoa, cujo timbre também me é familiar; porra, Will, vamos, lembre-se! – e se existe a possibilidade de ela voltar. – A lucidez turva espeta minha mente e sinto a memória enevoada da noite bater contra mim. – Caso contrário, outro líder deve ser eleito.

Não foi um sonho.

A corrupção humana não tem limites.

Eu cerro os punhos e ouço Tony arfar.

Foda-se a política.

Não quero voltar para aquele inferno.

E nem ele.

* * *

De fora da tenda, ouço Anthony suplicar para que não o enviem para Londres. Ele oferece mil alternativas. Oferece-se para ir para Brixton, Croydon, Basildon, Chelmsford, Watford, Northwood,

Harlow, Braintree, Greenford e mesmo Cambrigde procurar informações com outras células rebeldes, e eu me surpreendo com a grande quantidade dessa gente, todos tão perto uns dos outros.

Depois de muito implorar, e de eu finalmente descobrir que estamos em algum lugar entre Croydon e Crawley, fica decidido que vamos recolher informações em Ipswich, e de lá partiremos para Nottingham, devido a uma estranha mensagem criptografada de nossos irmãos nortenhos.

Pegar a estrada é horrível, e penoso, e eu não sei andar naquela coisa de duas rodas que eles chamam de moto.

Carregar armamento e ser discreto em cima daquilo parece real e verdadeiramente impossível.

Tony ri de mim e eu tenho vontade de passar com aquela coisa em cima do pé dele, mas descarto a ideia quando ele se oferece para me ajudar. Demoro para conseguir manter-me estável naquilo, mas é isso. Não há tempo para perfeição.

O razoável é mais que suficiente, e nós somos jogados para fora do acampamento imundo. Olhando da estrada, tudo o que se vê é um monte de galhos ressecados, e as ruínas de uma pequena vila destruída há quase cem anos atrás. Não é a toa que, mesmo estando tão perto de Londres, essas pessoas permaneçam anônimas.

Um inimigo orgulhoso como a Voz nunca sonharia que os rebeldes se esconderiam bem debaixo de seu nariz.

As procuras subterrâneas pareciam absolutamente engraçadas agora.

– Tony – eu chamo e o menino fita-me –, alguma das células rebeldes tem sua sede no subterrâneo?

– Acho que não – ele diz, pensativo. – Nas colônias, talvez; na América do Sul, eu acho, mas definitivamente não aqui – especula. – Por quê?

– Por nada – eu digo, um meio sorriso dançando em minha boca. – Vamos logo.

E Taidra põe-se a correr a nossa frente.

|23|

ROSTOS CONHECIDOS

A - L I I

O ÓDIO BORBULHA POR MINHAS VEIAS, trazendo-me arrepios de um calor intenso que exala sem motivo aparente, mas eu preciso mantê-lo.

Preciso mantê-lo.

Preciso mantê-lo.

Ódio, dor, desprezo, nojo.

Quais motivos justificam tamanha baixeza?

Mas o ser humano é isso. Execrável, nauseabundo, pernicioso e funesto por definição.

A podridão humana espalha-se como praga pelo ar e as crianças nascem acéfalas pela imundície no ar; ela interfere na formação das ideias e impregna a tudo e todos com o demiurgo pensamento comum de facilitação.

A ardência em minhas costas intensifica-se assim como a necessidade mórbida de coçá-la.

Mas isso justifica o que pretendo fazer?

Não! Eu urro em silêncio.

O ódio.

Eu preciso mantê-lo.

Preciso mantê-lo.

Preciso mantê-lo.

Sinto minhas unhas cravarem-se em minha pele e arrastarem-se por entre a carne viva e a pele morta, o abjeto cheiro do pus faz-se presente, mesclando-se ao sangue quente que volta a correr por minhas costas; a dor e o alívio mesclam-se num grunhir que me escapa dos lábios, mas não é ali que se concentra minha raiva, não é ali que a dor se esconde.

O calor está em minha nuca, em minhas orelhas, em meu pescoço.

Sou um brinquedo.

Um brinquedo mudo, imundo, inóspito, ignóbil, irrelevante. Nunca fora considerada gente, isso era um fato, mas, aos olhos deles, era-me arrancada, também, a condição de ser vivo. Eu era um objeto, e só.

Eu era irrelevante.

Eu sorrio.

Eu era um museu.

Uma memória morta a ser revivida por aqueles que ousassem ler-me.

Mas ninguém ousaria.

Não nesse mundo imundo onde uma coleção de livros pode te matar.

Não.

Eu era uma doença estagnada.

O mundo externo deixara de existir.

Eu estava ali.

Apenas estava; não era.

Ser era algo permanente demais para uma coisa como eu.

Eu, mais do que nunca, não era ninguém.

E isso era perfeito.

* * *

O dia amanhece preguiçoso enquanto estou presa no pau de arara.

A criatividade humana não tem fim.

Mas é claro que estar amarrada numa barra pelos punhos e joelhos não é o suficiente.

"Brincadeira de criança", acho que diriam, então os eletrochoques, palmatória e afogamento são os acompanhamentos perfeitos.

Mas o torpor é tanto que nem sinto mais.

– Conta, caralho! – um deles berra e eu me pergunto o que a palavra significa.

Minha cabeça parece tão leve, e tão pesada.

É engraçado.

– Conta, porra! – ele insiste, do que está falando? – Onde estão os mapas?

Mapas?

Do que esse homem está falando?

– Responde, porra! – ele urra, e meu corpo se contorce com uma nova onda de choque; acho que estou babando, isso é normal? – Onde estão a porra dos mapas?! – há certo desespero em sua voz, e, por algum motivo, isso me diverte.

Seu pequeno pedaço de merda!, eu grito em minha cabeça, mas meus lábios não tem força para se moverem, não voluntariamente.

Eu cuspo em seu rosto e sorrio logo antes de um tapa acertar-me na orelha.

Que barulho é esse?

Por que está tudo zunindo?

Wow, acho que estou mais tonta que o comum.

O gosto de sague volta à minha boca.

Eu tenho certeza de que preciso fazer algo importante, mas o que era mesmo?

O interrogatório continua sem que eu saiba o porquê, sem que eu ao menos saiba o que procuram, mas agradeço por isso.

Se não fosse por ele, provavelmente estaria morta, a essa altura.

Eu tenho que agradecer ao Sr. Muniz.

Eu engulo em seco, subitamente consciente de minha situação.

Um arrepio, as lágrimas brotando, ouço risos.

Sr. Muniz.

Eu daria minha vida de bom grado para vê-lo uma vez mais.

Não que eu tenha muito controle de mim mesma agora, mas sinto as lágrimas embaçando tudo e escorrendo por minha testa, indo de encontro ao meu curto cabelo asqueroso.

Eles batem.

Eu grito.

Eu choro.

Eles batem. Mais e mais.

E o estertor se instala.

Droga, tantas horas de tortura, e é agora que o desespero se instala.

Mas a gorda figura, cujo nome não me importa, prostrada à minha frente, me traz de volta à realidade.

É isso!

Mas de onde ele veio?

Não importa.

Um resfolegar é todo tempo que eu tenho antes que ele me dê outro tapa, e é tudo o que eu preciso para voltar a mim.

A agenda.

Olho para seus bolsos.

Onde está a agenda?

Ele fala, mas eu não ouço.

Eu procuro. Eu procuro.

Eu preciso encontrar.

Eu procuro, eu procuro, e eu procuro.

Se ao menos meus braços estivessem soltos! Droga.

Mas meus olhos revistam tudo. Desde a enervante braguilha aberta até o pedaço de comida entre seus dentes. Ew.

Ouço meu estômago roncar e mordo os lábios.

Pela Voz! Cale a boca!

Mas eles ouviram, e eles riem e se divertem, e eu sei que se aproveitarão dessa informação preciosa que acabei de lhes dar. E eu percebo que talvez essa seja a resposta. Mas não há como saber.

Tudo o que posso esperar é que tudo ocorra num momento propício, e que eu possa me beneficiar disso tudo.

E que os deuses permitam que eu o faça.

Eu procuro, e continuo procurando, e quando o monstro gordo e fétido levanta um pouco o blazer ao pôr, presunçosamente, as mãos na cintura, rindo-se do estrebuchar de meu corpo imundo, eu o encontro.

Isso!

É tudo o que eu preciso.

O pequeno dispositivo que tudo controla, que tudo comanda.

Agradeço em silêncio a Sr. Muniz e a minha existência no antigo Centro de Pesquisas. Acho que todo inferno tem suas vantagens, afinal de contas.

E é isso.

Tudo o que eu posso fazer, por enquanto, é esperar que termine.

E, deuses, como eu quero que termine!

* * *

É madrugada outra vez e não me deixaram dormir. Nem por um segundo sequer.

Estou com tanto sono que eu dormiria de pé, se me deixassem, mas cada vez que eu o sinto chamar, um balde de água suja e fria me atinge.

Pelo menos não estou mais amarrada.

Torço para que, pela manhã, eu receba a visita de meu carrasco gordo e asqueroso. Talvez, se tudo der certo, eu possa sair.

Isso.

É isso.

Talvez ainda haja esperança, e é nisso que eu devo me segurar. E, apesar de não acreditar nisso nem por um segundo, preciso me agarrar à possibilidade.

E eu o faço.

Com tudo o que tenho.

Com tudo que posso.

Apesar dos jatos d'água contra meu rosto, rasgando minha pele, apesar das navalhas, dos gases e do sangue, eu permaneço forte, e eu aguardo nesse inferno, na esperança de que tudo dê certo.

* * *

Dessa vez, quando o sol desponta por entre as barras de ferro, eu estou encolhida em minha cela, pronta para eles, apesar da exaustão.

Pronta para eles.

Eu estou pronta.

Pronta para eles, ou assim eu espero.

Ou pelo menos é disso que eu tento me convencer.

Não.

Sem dúvidas dessa vez.

Eu estou pronta, tenho que estar.

Não existe outra opção, e não haverá outra chance.

Eu sei disso.

E então eu me preparo.

E, tanto quanto eu posso, eu estou pronta.

Algumas horas depois um cheiro esquisito chama minha atenção e faz-me salivar, as dobradiças rangem, e lá está ele, o homem gordo e nojento cujo nome nunca saberei, com um maravilhoso e estranho pedaço de carne.

Engulo a saliva.

Concentre-se, Allie, eu digo a mim mesma. Concentre-se.

Eu me preparo, assim como fui ensinada.

E, apesar da adrenalina que percorre minhas veias, eu estou calma, serena e centrada.

Eu tenho um trabalho a fazer, e não vou me retirar até que meu objetivo seja cumprido.

Olho para o monstro que carrega em sua mão um pedaço da carne que nunca vi, mas que cheira excessivamente bem.

Ele a morde e ronda pelo cômodo nauseabundo, sorrindo, avaliando-me, divertindo-se às minhas custas.

Eu o odeio.

Eu tento me segurar, mas não consigo, e antes que ele possa me chantagear ou mesmo me comparar àquilo, eu o derrubo, e minha corda improvisada de lençóis está em seu pescoço.

E ele grasna, e ele está sem ar, e ele está roxo, e eu aperto ainda mais os lençóis em torno de seu pescoço, e ele está se debatendo e tentando respirar, e ele está imóvel.

Os olhos abertos para a eternidade; um filete de saliva vazando de sua boca.

Eu me posiciono de costas para a câmera na cela e pego a agenda tão rápido e suavemente quanto posso, escondo-a em meio aos meus trapos e então me deparo com o pedaço de carne.

Meu álibi, meu motivo, minha desculpa.

Eu sorrio e estendo minha mão para pegá-lo.

Ainda está quente.

Eu levo meu cúmplice até meus lábios e o mordo.

É perfeito.

* * *

Tudo começa com o grito de uma moça da limpeza.

Logo guardas entram e gritam e me estapeiam e amarram minhas mãos uma na outra.

E tudo o que eu faço é rezar para que não encontrem a agenda.

Um tabefe encontra o lado esquerdo de minha cabeça e eu estou no chão.

Estou zonza e está tudo embaçado.

Não sei quanto tempo se passa antes que Tomáz apareça na porta e sua voz me traga de volta.

– O que está acontecendo? – ele brada, mas cala-se assim que vê o corpo do homem morto ao chão; um segundo se passa antes que uma risada estrondosa irrompa de seus lábios. – Dessa vez você assinou seu atestado de óbito, clone – ele sibila. – Obrigado por tornar tudo tão mais fácil.

E eu percebo que devo ter não mais do que um dia ou dois para sair daqui.

O caminhão passa amanhã. Se eu tiver sorte, estarei viva até lá.

Eu me mantenho serena enquanto o homem ruge ordens e dá telefonemas enquanto programa minha morte, mas não consigo conter-me ao ver o rosto que passa pelo corredor.

– Chefe, o que devemos fazer com essa aqui? – pergunta um guarda parado à porta, segurando as algemas que prendem as mãos de uma mulher cujo rosto eu sei que conheço.

– Ela não é importante, joguem-na em uma cela qualquer – ele diz, desinteressado.

Mas ela não é uma pessoa qualquer.

Não.

Eu sei que não.

Fito a mulher ensanguentada nos olhos e meus lábios se descolam a fim de chamá-la, mas, antes que eu o faça, seu dedo indicador toca discretamente seus lábios, e eu me calo instantaneamente.

Eu preciso falar com ela.

Mas como?

E eu entendo que tudo o que fiz foi em vão.

E eu me odeio por isso.

E eu sinto o cheiro da morte por isso, mas não importa.

Não se eu puder falar com ela.

E, em minhas mãos, eu tenho o poder de fazê-lo.

Mordo os lábios evitando o sorriso que se força contra minha boca.

Nada foi em vão.

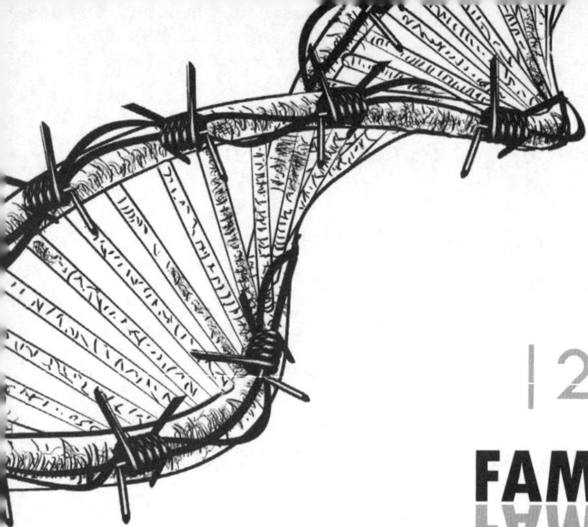

| 24 |

FAMÍLIA

Will

– FINALMENTE CHEGAMOS – Tony arfa.

De primeiro momento, não vejo nada além do nada.

Sério, eu juraria pela alma de meus irmãos que não havia nada ali. Mas, quando Taidra põe-se de pé, cravando suas garras afiadas em minhas coxas, percebo algumas nuances na beira da estrada e vejo algo brilhar.

Uma arma.

– PORRA! – eu urro, sem saber se pela dor ou pelo susto, e ao passo que desacelero a moto, Taidra pula e corre para o mato baixo e ressecado à beira da estrada.

– Não deixem que nos calem – Anthony sussurra e quase uma dezena de pessoas simplesmente brotam do mato.

Que diabos?!

– Ei, Tony – uma mulher extremamente magra e de cabelos alaranjados diz. – O que faz por aqui?

– Ei, Marine – Anthony cumprimenta, descendo de sua moto.

– Viemos falar com o Theo – ele diz, indo em direção à garota e abraçando-a. – Sabe onde podemos encontrá-lo?

– Claro – ela diz, sorrindo, mas, quando seus olhos me encontram sua expressão se fecha. – E quem é esse?

– Ah, perdão – Anthony diz. – Esse é Will. – Ele dá de ombros. – Só mais um renegado.

– Ah, sim – ela diz lentamente, avaliando-me e, um momento depois, estende a mão. – Seja bem-vindo à Rebelião.

– Não deixem que nos calem – eu repito a frase que acabei de ouvir, e vejo seu rosto dobrar-se num sorriso orgulhoso ao passo que ela se apressa em apertar minha mão.

Andamos por um caminho sinuoso entre mato seco, que começa a poucos metros da estrada.

É engraçado ver a Voz desse ponto de vista.

Quer dizer, é tudo tão óbvio. Eles parecem tão absurdamente estúpidos que me pergunto se não há algo errado; pergunto-me por que a Rebelião ainda não tomou pelo menos um pequeno território para si.

Claro, tudo bem que talvez eles não soubessem alguns detalhes mais íntimos da Voz, ou que não fossem extremamente numerosos para derrubar um governo, mas, a partir do momento em que não são mais somente uma célula isolada, esse povo ganha força!

Por que diabos eles não a usam?

Até que ponto um povo pode temer seu governo?

Talvez eu perguntasse para Tony, talvez não.

Mas não o faço, usando a desculpa de que não deveria interrompê-lo, uma vez que ele caminhava à frente com Marine, que claramente se sentia atraída pelo garoto. Mas provavelmente aquilo era mais para convencer a mim mesmo do que qualquer outra coisa.

Um riso nervoso e abafado me escapa.

Que grande covarde.

De qualquer maneira, quantos anos a menina de cabelos rubros deveria ter? Dezenove, talvez?

Carregava Taidra em seu colo, o que fazia com que parecesse ainda menor do que era. Não era alguém que eu chamaria de delicada, mas tinha certa suavidade em sua figura magrela, e no modo brusco e espalhafatoso.

Não importa.

Taidra sabe se cuidar, e é só com ela que eu deveria me preocupar, afinal de contas.

Solto um suspiro que eu não percebera estar segurando.

Há algo vazio, mas não sei dizer o que é.

Não me preocupar, talvez.

A leveza é assustadora, como se eu pudesse sair do chão e ser levado da terra.

Não tenho algo a que me prender.

Não tenho em que me segurar.

Eu mordo os lábios até que sangrem para evitar as lágrimas.

Taidra me olha por cima dos ombros de Marine.

Droga, olhe para lá.

Olhe para qualquer lugar, pela Voz, mas não olhe para mim.

Não agora.

Engulo em seco.

Eu sinto falta.

Eu sinto falta da minha família.

* * *

Anthony senta-se ao meu lado no chão do grande pátio do acampamento rebelde de Nottingham enquanto esperamos Theo.

É errado querer que ele vá embora?

Porque eu quero.

– Agora nós esperamos – ele diz.

– Agora nós esperamos – eu confirmo, fugindo de qualquer assunto que possa surgir.

Mas ele não quer silêncio, e continua:

– E aí, o que está achando da primeira missão?

Não consigo evitar um suspiro antes de responder:

– Menos turbulenta do que imaginava – eu digo, e ele ri.

– A vida normalmente é – vagueia, encostando-se à parede.

E um longo silêncio se sucede, finalmente.

– O que estamos exatamente fazendo aqui? – acabo perguntando. E nem sei se realmente estou tão curioso assim.

– Buscando algumas informações sobre a líder da Rebelião.

– Ela é uma boa líder?

– Melhor líder do que mãe – ele solta, mas, antes que eu possa perguntar sobre isso, ele se põe de pé. – Theo! – chama apressado, acenando e correndo em direção ao alto homem barbado que aparece ao longe.

– Tony! – o senhor chama, animado. – Há quanto tempo, menino!

– Tomada do Rio de Janeiro – diz Tony. – Bom saber que você ainda está vivo, e na ativa.

Sinto meus lábios descolarem-se.

Tomada do Rio de Janeiro?

Seja lá onde for isso, mas significa que eles reclamaram um lugar, certo?

Significa que eles têm força, não é?

Isso é incrível.

Eu quero saber mais.

Que preciso saber m...

– Ei, Ei! – O homem ri. – O que isso quer dizer?

– Você sabe como é – brinca Anthony –, a idade chega, as juntas doem. Acabamos perdendo alguns recrutas assim.

Não sei descrever a surpresa que toma conta de mim.

Essas pessoas falam da morte como se fosse algo trivial e cotidiano.

Não que não seja, mas...

Em que tipo de inferno aquelas pessoas vivem?

– Ora menino! – O homem gargalha estrondosamente. – Venha cá – ele diz, enquanto esfrega a mão em punho no cabelo de Tony.

E, por algum motivo, eu não consigo evitar um sorriso.

Aquilo é tão... familiar.

Quase consigo ouvir Ailena e Cedrico rindo e correndo pela casa.

O nó em minha garganta se fecha uma vez mais.

Porra, William.

Para com isso!

Esfrego o rosto nas mangas do moletom, torcendo para que pensem que é sono. Já é tarde, afinal; mas Taidra fita-me.

Ela sabe a verdade.

Mas tudo bem. Enquanto ela for a única, está tudo bem, eu tento convencer-me, nervoso.

– Will! – Tony chama. – Vem cá conhecer o Theo!

– Há! – diverte-se o homem. – Então esse é o novo recruta? Ouvi dizer que você salvou o pequeno Tony dos Silenciadores! Obrigado, filho.

– Não foi bem assim – eu digo, estendendo-lhe a mão, mas ele me devolve um abraço.

– Não seja modesto, filho! – ele continua, praticamente me esmagando. – Precisamos de todas as vozes que tivermos.

Eu tinha que admitir, eles tinham criado um conceito interessante. Toda aquela coisa de "Silenciadores" e "não deixem que nos calem".

Era basicamente um "não deixem que a Voz nos tire aquilo que lhe dá o nome". Um *grandessíssimo* "Sintam toda essa hipocrisia".

Eles eram bons.

– Ei, Theo, tem ouvido alguma coisa sobre minha mãe? – Anthony pergunta, mas a expressão do truculento homem se fecha como que forçando Tony dá um passo para trás. – Theo?

– Veja, Tony... – o homem começa, e eu me arrepio.

Ninguém nunca está pronto para essas informações.

– Ela não está morta, está? – Anthony pergunta, nervoso, engasgando-se em suas próprias palavras. – Se ela não estiver morta é o suficiente. Me diz, Theo! Me diz onde ela tá!

– Tony, você sabe que ela é importante pra todos nós – o homem se perde em suas palavras; é o tipo de assunto sobre o qual ninguém quer falar. – Ela é uma das maiores vozes da Rebelião e tudo mais, provavelmente é a maior cabeça disso tudo nos últimos tempos, também, mas não podemos simplesmente arriscar tantas pessoas numa missão como essa. É suicídio.

Eu não sabia com o que estava mais impressionado.

Com a conversa toda em si, ou com o fato de Tony ser filho de uma das maiores líderes da oposição à Voz. O que significava que eu tinha salvado o filho de um dos maiores líderes rebeldes.

Uh, se Doze soubesse disso.

Estremeci.

– Conta pra mim, Theo! – Anthony clama, agarrando a camisa do homem. – Conta pra mim onde ela tá! Por favor, eu preciso saber!

– Não sei ao certo, Tony. Levaram uns prisioneiros pra Loughborough, mas não sei se sua mãe está com eles – ele diz, tentando desencorajar o garoto. – Não tivemos grandes informações.

– É isso! – exclama Tony, puxando-me pela mão. – Obrigado, Theo!

E enquanto eu sou arrastado pelo garoto, Theo protesta ao fundo, dizendo que nós vamos acabar nos matando.

E eu acho que ele está certo.

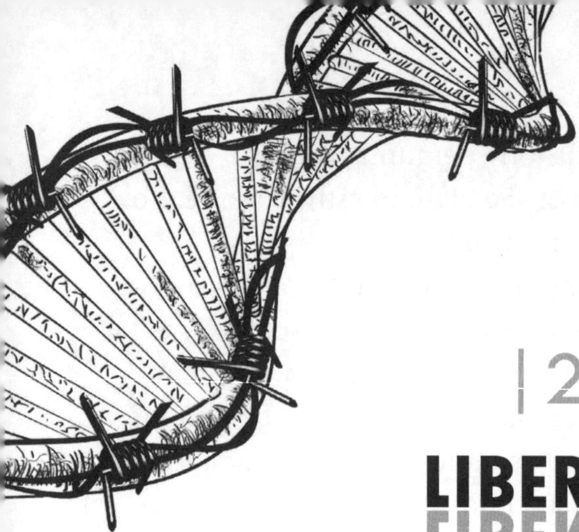

25

LIBERDADE

A - L I I

ACORDO COM UMA EXPLOSÃO que acompanha um tremor no chão.

A poeira cai do teto e me faz espirrar.

Droga de espelunca.

Eu deito-me outra vez.

Mas o tremor volta, com barulhos e gritos e bombas e desespero.

O que está acontecendo?

Talvez estejam se livrando de nós.

De todos nós.

Engulo em seco.

Será que eu realmente tracei o destino daqueles pobres coitados?

Será que eu era a culpada por sus mortes?

Eu só queria que eles fossem livres.

Só queria que fossem gente.

Se ao menos eu pudesse não existir.

As sirenes começam a tocar, urrando com gritos insistentes. E só então eu entendo: estamos sob ataque.

Os gritos estridentes e constantes.

Os soldados e cuidadores passam rápido, com olhos assustados como bichos encurralados.

Penso como é divertido vê-los correr como os animais que tinham destruído. Repreendi-me ao notar o pensamento que me assolava. Ainda agora, à beira do corredor da morte, essas ideias insistiam em enrolar e desenrolar na minha cabeça.

Como era possível que tão terrível sentimento se apossasse de mim? De ondem diabos vinham essas coisas?

Talvez eu fosse somente um erro.

Um erro que deve ser destruído.

Na verdade, eu não me importava. Não só porque eu não tinha tempo para isso, e porque era um destino inevitável, mas porque era um pensamento sincero, provavelmente causado pelo ódio da covardia dos homens que passavam por mim e mantinham-me presa.

Ódio.

Ódio era a palavra.

Ódio, apenas.

Por que a vida deles valeria mais do que a minha?

Eu queria viver.

Eu queria sair daqui.

Dezesseis anos de existência me preparando para nada.

Aquilo não era o suficiente.

O que eu significava, afinal?

A Voz tinha me criado para *nada*?

O que eu era? Nada além de uma arma biológica para ser usada somente, e tão somente, quando conviesse à Voz?

Apenas uma cobaia de proveta?

Éramos apenas aberrações da natureza, criadas para encobrir o que os caprichos humanos já haviam destruído.

Eram piores que nós.

Outro tremor faz-se presente, tão forte que caio sentada ao chão.

Mais homens correm pelos corredores, deixando-nos para trás.

– Covardes! – eu grito, agarrando-me às grades. – Assassinos!

Criaturas vis e dissolutas todos eles.

Mentirosos, egoístas.

Desprezíveis, todos os humanos e seus semelhantes. Inclusive nós. Cópias pobres e sem consciência.

Senti nojo de mim mesma.

Quase tanto quanto sentia deles.

Eu olho para minhas mãos, agarradas às grades.

As marcas deixadas pelos testes eram a prova de minha submissão, prova de sua arrogância e da completa inferioridade a qual me tinham.

Eles eram parasitas, e nós seus hospedeiros.

Não era justo.

Mas aquelas marcas eram também a prova de minha existência.

Eles eram meus criadores.

Talvez fosse, afinal, justo que nos usassem, não? Uma vez que nos deram origem.

Repreendo-me e grito em fúria.

Minha cabeça doía, com várias ordens da Voz passando repetidamente.

Com várias instruções bombardeando-a.

O que sou eu?

As sirenes continuavam berrando enquanto os homens corriam feito baratas, cada vez mais desesperados e atordoados.

Caos.

Aquilo era o caos.

E era maravilhoso assisti-lo.

A desordem crescente.

O medo.

O receio.

Tão vulneráveis.

Um forte cheiro de enxofre fez-se presente, tornando-se rapidamente mais ácido e denso.

Só então notei a neblina que se formava e cobria os corredores.

Os homens começaram a tossir, e alguns já caíam ao chão.

Droga!

Eu saio de perto da porta, levemente tonta, e olho ao redor.

Alguma coisa, qualquer coisa. Por favor!

O cheiro tornava-se cada vez mais forte, e, tossindo, peguei o resto de meus cobertores, enfiando-os no vaso sanitário, deixando que a água encharcasse os panos para que, úmidos, cobrissem meu nariz.

Amarrei-o sobre meu rosto e obriguei-me a respirar por ente aquela mistura de água imunda e restos de sangue.

Eu preciso sair dali.

Não preciso pedir duas vezes.

Uma bomba estoura metade de minha cela e me joga contra a parede.

Eu estou tonta, eu estou machucada, eu estou dolorida, mas eu ponho-me de pé.

Eu preciso sair dali.

Mas, mais do que isso, eu preciso tirá-los dali.

Caminho para o corredor e debruço-me sobre um guarda morto cujo molho de chaves pende de sua cintura.

Eu abro as portas.

Cela após cela.

E apesar de a maior parte dos clones estar vivo, eles não se movem.

Fitam-me com os olhos vazios.

Eles não são nada.

Eles não são ninguém.

Mas eu persisto.

Preciso dar a eles a oportunidade, e torcer para que a agarrem.

Eles protegem os rostos com os panos assim que me veem.

Eles protegem a mercadoria humana, mas poucos conseguem ter um ligeiro vislumbre de vida.

De controle sobre si mesmos.

Dezenas de clones correm pelos corredores.

O que seria maravilhoso, se centenas deles não permanecessem parados em seus lugares.

Mas eu continuo.

Eu preciso.

E finalmente, quando a última das celas é aberta, eu ponho-me a correr.

Tanto quanto posso.

Tanto quanto minhas pernas aguentam, tudo para ver todo o setor que eu conhecia desabar.

Tantos clones.

Tantos clones mortos.

Eu mordo os lábios por debaixo do pano imundo.

E eu trombo em alguma coisa, sendo arremessada ao chão.

É ela.

Mesmo com o rosto coberto por seu pano imundo, eu reconheço aqueles cabelos castanhos.

– Corra! – ela berra, atirando em Agentes da Voz que correm em nossa direção. – Corra, agora! – ela ordena quando eu não me movo.

– Mas você...

– Eu disse agora! – ela insiste, chutando-me para longe, e eu não tenho opção além de obedecer.

Então me levanto, desajeitadamente, e tento correr uma vez mais.

Mas o pano está secando, e o gás deve estar fazendo efeito.

Eu tusso e tusso cada vez mais, mas isso não me impede de continuar.

Não.

Eu vou sair daqui.

Eu vou ser livre.

Eu quase posso ver a luz.

Eu continuo.

E quando atravesso a porta, a luz que eu vejo não é o sol.

É fogo.

Não existe liberdade.

Não existe esperança.

A guerra está por todo lugar.

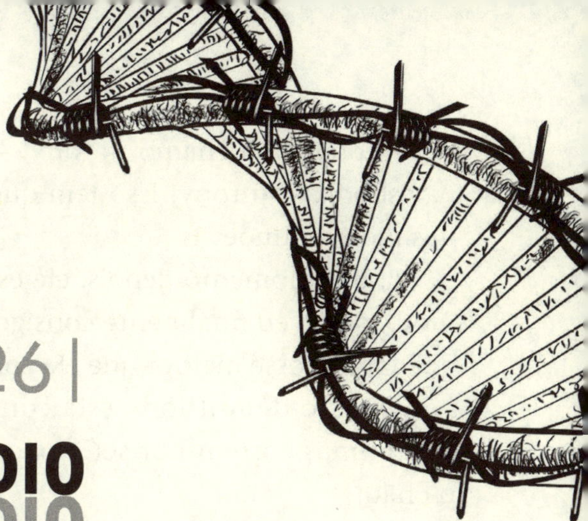

|26|

ÓDIO

Will

ANTHONY ESTÁ DIRIGINDO a mais de 200 km/h e eu não estou certo por quanto tempo posso acompanhá-lo.

Taidra está em meu colo, suas garras enganchadas no coldre em minha cintura.

Ela definitivamente está grande demais para isso.

Será que esse é o crescimento normal desse tipo de bicho?

Eu tento acompanhá-lo, mas permaneço sempre pra trás.

Pela Voz.

Tony vai acabar nos matando.

– Will – Taidra grita e eu mal posso escutá-la por causa do vento.

– Que é? – eu grito em resposta.

– Ele tem que parar! – ela berra.

– Eu sei, mas como?

– Fale com ele.

Eu concordo com um aceno de cabeça e acelero para alcançá-lo.

– Tony! – eu chamo. – Tony! – insisto, mas ele continua fixado na estrada. – Antony! Isso tem que parar! – berro com toda a força dos meus pulmões.

E, um momento depois, ele está desacelerando, mas, quando a moto para e eu finalmente consigo descer e ficar ao seu lado, penso que talvez fosse melhor que ele continuasse acelerando.

O rosto de Anthony está contorcido numa máscara de dor, e as lágrimas correm por seu rosto como se apostassem corrida até o chão.

– Ela não é a melhor mãe do mundo, eu sei – ele diz, fungando –, mas ela é minha. Ela é minha mãe, Will – ele soluça –, ela é minha, Will, eu preciso salvá-la. Eu preciso. Eu preciso – ele se lamenta, escondendo o rosto em suas mãos.

– Nós vamos, Tony – digo, colocando a mão em seu ombro, porque essa é a melhor maneira que eu encontro de consolá-lo. – É por isso que eu estou aqui – continuo, tão calmo quanto posso estar, depois da corrida insana a que ele nos expôs. – Mas, pra isso, precisamos chegar lá vivos – digo, e ele esfrega seus próprios olhos.

– Ela estava sempre tão ocupada com a Rebelião, com o que poderíamos ser – ele vagueia, ainda soluçando. – Eu nunca nem ao menos disse que a amo, Will. Ela só queria o melhor pra gente. Eu sei disso, mas, Will, eu não quero perdê-la.

E aquelas palavras caem como um prédio sobre mim.

– Nós vamos salvá-la, Tony. Eu prometo.

E sei que vou cumprir essa promessa.

Não porque eu sou capaz de fazê-lo, ou porque estimo sua mãe e seus ideais.

Eu o faço porque aquela é a única forma de me redimir.

Eu o faço porque aquela é a única forma de dizer a Elene que eu a amo.

* * *

Muros e cercas altas se erguem até onde a vista alcança.

É tanto arame farpado que eu nem posso acreditar.

Como entraremos nesse lugar?

Tony diz que em algum lugar à nossa esquerda há uma falha no sistema, onde o arame pode ser cortado, então é para lá que nos direcionamos, e, à medida que nos movemos, um cheiro podre e nojento nos alcança, e, alguns metros depois, eu posso ver por quê.

Uma montanha de corpos se ergue no que um dia fora uma vala.

Metros e mais metros de corpos empilhados.

Sejam eles recentes ou já em decomposição.

Pela Voz, como fedem.

– Merda! – reclama Tony. – Merda! – ele urra, a voz trêmula.

– O que foi? – eu pergunto, levemente chocado com seu estado de fúria.

– Como assim o que foi, William? – ele brada. – Você não tem olhos? – Um silêncio se faz presente, pois eu simplesmente não consigo abrir a boca para responder. – Pois eu acho que não tenho – ele diz.

Mas o que quer dizer?

– Como assim?

– Todas as missões... – ele engole, tentando dissolver seu próprio ódio. – Todas as missões das quais participei eram sempre busca de informações, ou qualquer coisa do gênero. Mas isso... Veja isso, Will! Olhe o que estão fazendo com as pessoas. É desumano. Isso é...

Ele simplesmente não tem palavras para descrever, mas em minha cabeça eu ouço "É pelo bem maior", "É para a segurança do povo" e todas as outras frases feitas usadas tantas vezes pela Voz.

– Eu ouvi dizer uma vez que o preço da revolução é pago em sangue – digo –, mas nunca imaginei que fosse tanto sangue assim.

– Vamos – ele me ignora –, temos que tirar Thelma daqui.

Thelma é a mãe dele?

* * *

Nós testamos a voltagem da grade e quando confirmamos que a força está desligada, nos aproximamos para cortá-la.

Não há câmeras nesse ponto.

É um ponto cego.

Definitivamente é, porque a grade possui marcas claras de que foi cortada e remendadas às pressas várias vezes.

Os rebeldes são, realmente, incríveis.

Nós abrimos um buraco na rede e, antes que entremos, uma mão tapa a boca de Anthony e o puxa, derrubando-o ao chão.

– Anthony! – eu grito.

– Shhh – Theo repreende-me –, está querendo matar-nos todos?

– Theo! – comemoro ao vê-lo.

Toda ajuda é preciosa.

– Você não vai nos deter! – protesta Tony. – Não vai! Eu vou tirar Thelma daqui, custe o que custar.

Custe o que custar, incluindo minha vida, eu penso, sorrindo.

Mas era de se esperar.

Eu não faria diferente.

– Não estou aqui pra te deter, menino estúpido – Theo diz, batendo na cabeça de Tony, e aquilo me faz rir. – Nós estamos aqui pra ajudar.

– Nós? – ele pergunta.

– Pelotão três e quatro da divisão Londres-Norte. Mais um pelotão do Sul deve estar chegando.

– Obrigado, Theo – Anthony agradece, depois de um longo minuto absorvendo a informação.

– Não há de quê. Apenas faça a missão valer a pena.

– Onde ela deve estar?

– Prisioneiros ficam na Ala Oeste, então atacaremos a Ala Leste, de experimentos, e assim que toda a atenção estiver voltada para nós, vocês entram. Nos encontramos à beira da estrada duzentos quilômetros ao norte.

– Perfeito. – Eles dão as mãos em um cumprimento. – Boa sorte.

– Não deixem que nos calem.

E com essas palavras Anthony me puxa para dentro da cerca, e eu nem ao menos tenho tempo de pedir que Taidra fique fora disso.

* * *

Apesar das bombas sendo jogadas do outro lado da base, tudo vai bem.

Nós estamos quase entrando no Centro quando vejo o primeiro soldado e eu explodo.

Não é medo o que sinto ao sacar a arma e dar-lhe um tiro no meio da testa.

É ódio.

Eu o odeio.

Eu os odeio todos.

Mais homens chegam, e tudo o que eu faço é atirar em um, depois no outro, e depois no outro.

Anthony avança, mas eu não dou a mínima.

Qualquer promessa que eu tenha feito perde seu valor quando colocada ao lado de minha vingança.

Vingança.

É a única coisa que eu quero.

Que eu desejo com todo meu coração.

– Para! – Taidra grita. – Will, para!

Eu estremeço e volto a mim.

Deve haver cerca de uma dúzia de homens mortos ao chão. Chão esse que nem pode ser visto depois de tomado pelo mar de sangue daqueles homens.

Eu os odeio.

Eu os quero mortos.

Eu quero botar fogo em seus corpos, assim como fizeram com a minha família.

– Vamos, Will – Tony chama.

– Will. – Taidra arranha minha perna para me segurar. – Isso não é quem você é. Como vai ser capaz de proteger qualquer pessoa se tudo o que você respira é ódio? – Tudo o que eu faço é pegar um isqueiro do bolso de um dos homens e atear fogo em suas vestes antes de seguir Anthony.

Eu não dou a mínima para aqueles monstros.

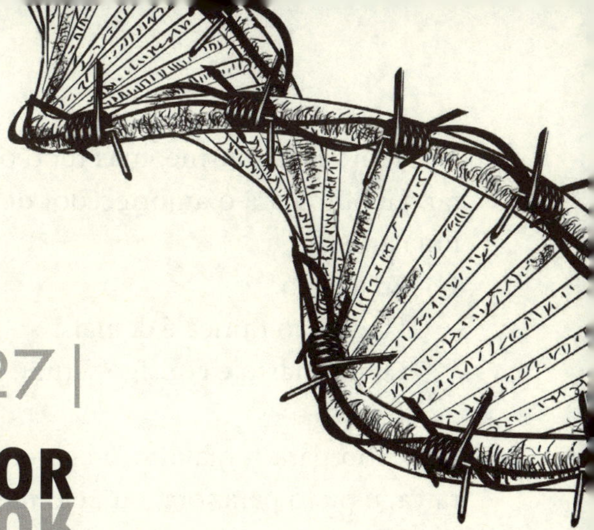

|27|

DOR

A - L I I

EU CORRO, MESMO QUE O CÉU SEJA FOGO.

Eu corro, apesar de todos os corpos no chão.

Eu corro tanto quanto meus pés e pulmões permitem.

Eu corro e eu corro e eu corro e eu forço meu corpo a correr.

Eu escalo a grade de arames farpados e ignoro os rasgos em minha pele.

Não são grande coisa.

Quando eu pulo no chão, em compensação, um prego perfura meu pé.

A ponta do metal aparece sobre a parte de cima, cheio de sangue, e, droga, como isso dói.

Eu não grito.

Não posso atrair mais atenção.

Mas eu me contorço.

E me ponho a pular para longe do Centro, mas tropeço em um homem morto, e caio abraçada sobre o corpo imóvel.

Tento levantar-me, mas tudo o que eu consigo fazer é me arrastar. Eu olho para o amortecedor de minha queda e vejo que ele tem uma arma.

Eu a pego.

Precaução nunca é demais.

Eu me afasto e consigo sentar.

É o fim.

Olho para o maldito prego enfiado em meu pé e, tomada pela raiva, o puxo para fora, ou pelo menos tento.

Não consigo conter o grito de dor dessa vez, e tiro o pano de minha cara e o mordo. Isso não vai ser bonito de se ver.

Tenho que o tirar dali de uma vez só.

Antes que eu perca a coragem.

E eu puxo.

E eu berro.

E ele sai.

E eu me forço a levantar, utilizando a nova onda de adrenalina.

Mas eu acabo por cair alguns pulos depois.

Droga.

Cuspo a areia em minha boca e rolo, ficando de barriga para cima.

Milhões de Arlequins dançavam no céu acima de mim.

Eu não ouvia. Eu não me movia. Eu não respirava.

Estava atônita.

Ao longe, em minha visão periférica, podia notar as explosões tomando dimensões maiores. Mas eu estava deitada. Imóvel. Estática.

Simplesmente estava ali.

Em minha cabeça, os tambores rufavam como naquela noite. Agora, porém, Sr. Muniz não segurava minha mão.

O céu arlequinal foi invadido por uma massa pesada de Pierrots que lhes interrompiam a dança graciosa e divertida.

Mas os Pierrots que contemplava agora não eram inocentes e tímidos como aqueles que conhecera outrora. Esses pequenos palhaços tristes e sem cor eram violentos e pareciam sufocar-me.

Eram do tipo de Pierrot que gozaria com o prazer de devorar o coração de Arlequim.

A Colombina em mim protestava. Ciente do querer de Pierrot, preocupada com o meu amado e querido Arlequim. Por que Pierrot não podia simplesmente ir embora?

Vá embora, ressoou meu coração.

Algo estava errado. Alguém mais entrara em cena.

O vingativo Brighelle estava ali. *Oh, não*, pensei, exasperada. O mascarado tomou conta de todo o palco. Berrava algo por detrás da máscara, mas meus ouvidos ainda zuniam com o barulho das explosões.

Arlequim e Pierrot haviam ido embora.

– Volte – sussurrei –, volte pra mim.

Mas era tarde. Brighelle tomava-me em seus braços, e corria do caótico cenário onde se compunha meu teatro imaginário.

Tão real.

Tão súbito.

Passei meus braços pelo pescoço de meu cruel salvador. A dolorosa fumaça de Pierrot insistia em machucar-me os pulmões. Uma tosse forte e Pantaleon veio me visitar. Cuspia os refluxos de Pantaleon. Manchava minhas roupas com as mentiras de Pantaleon.

Era tudo tanto sangue.

Brighelle praguejou e apertou-me mais contra si. Era tão doce. Pensei que talvez fosse apenas uma personagem incompreendida, como o pobre Pierrot.

– Por que não lhe é concedido seu valor, Brighelle? – sussurrei entre um refluxo e outro.

Mais uma bomba estourou atrás de nós. Jogando-nos ao chão.

Tudo era sangue.

O chiado surdo intensificou-se. Infinito. Insuportável.

Meus olhos fechavam-se vagarosamente, e tudo o que pude ver antes de adormecer, foi o rosto de um menino, meu honorável Brighelle, contorcendo-se com a dor.

Pobre coitado. Nada conhecia sobre a dor.

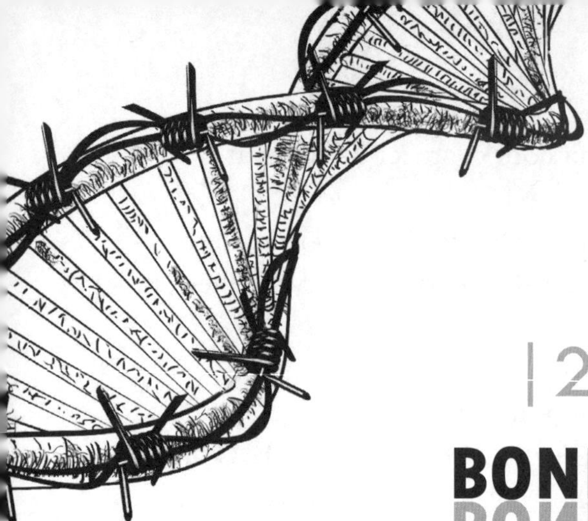

| 28 |

BONDADE

BONDADE

Will

– VOCÊ NÃO PODE LEVÁ-LA, WILL! – brada Taidra. – Eles mal aceitaram você! Não vão aceitá-la.

– Eles vão.

– Por que você acha isso? – ela segue me perturbando.

– Porque eles não vão ter opção.

– William, não é como se você mandasse em qualquer coisa naquele lugar! – ela diz, enquanto se apressa para seguir meus passos.

– Eles vão me ouvir.

– Não, eles não vão – ela insiste. – Você quer, por favor, me fazer o favor de colocar essa coisa no chão?!

– Você me disse que eu não deveria ter ódio e deveria cuidar das pessoas – eu digo, virando-me para trás para encará-la. – Pois bem, é o que eu estou tentando fazer. Ser uma boa pessoa. Será que você pode me deixar fazer isso? – pergunto, e um silêncio se instala. – Ótimo.

Eu me viro e continuo andando.

– E o que vai fazer sobre a mãe do Tony? – ela pergunta. – Você prometeu ajudá-lo.

– Não é culpa minha que o andar todo desabou – eu digo, sem parar de seguir em frente. – Ele estava na Ala certa, disse que estava bem, deve ter encontrado a mãe dele.

– William, você percebe que, se chegar ao ponto de encontro sem Tony, eles provavelmente vão te matar?

– Eles não...

– Eles iriam, sim! E você sabe.

– Eu não tenho outra opção. Eu tenho que tentar.

E ela sabe que eu estou certo.

Somos desgarrados.

Não temos para onde voltar.

Não temos para onde voltar.

Tudo o que nos resta é encontrar um motivo para seguir em frente.

Nem mesmo que seja para lutar uma guerra que não nos pertence.

Liberdade, eles diziam.

Eu poderia ter uma boa vida se não fosse aquele merda daquele homem repugnante.

A questão toda era que aquela não era minha luta, eu sabia; mas se eu não me levantasse pela causa, quem o faria?

Afinal, não me parecia certo simplesmente fechar os olhos para um problema, somente porque ele não me dizia respeito; porque não me afetava diretamente.

Não me parecia certo que aquelas pessoas tivessem que sofrer, ou mesmo morrer porque acreditavam em coisas diferentes. Ou por causa da cor de sua pele, da cor dos olhos ou mesmo da cor do cabelo.

A Voz nos dizia que era um mal necessário.

Mas era mesmo necessário eliminar toda e qualquer diferença?

Que tipo de pessoa faria uma coisa dessas?

Que tipo de pessoa poderia descansar à noite sabendo que aceitou o injusto e calou-se perante o errado?

E, de súbito, dei-me conta de quantas vezes vira tal abominação diante de meus olhos.

O mundo era, de fato, um lugar odioso.

E eu não estava livre disso.

Eu não era uma exceção.

* * *

Quando chegamos ao lugar marcado não havia nada.

Mas dessa vez eu já estava avisado.

– Não deixem que nos calem – eu sussurro, e Marine sai de uma vala à beira da estrada.

– Will, que bom que você veio! – ela diz, sorridente. – Não achamos que fosse sobreviver – ela diz, e se repreende. – Sem ofensas.

– Tudo bem – eu digo arfando. – Agora podemos entrar? Tenho que deixá-la em algum lugar – digo, apontando a garota em minhas costas com o queixo.

– Ah, temos convidados! – ela diz, batendo palminhas. – Perfeito! Toda voz é preciosa. Vamos, vamos – ela diz, mostrando o caminho.

* * *

– Will! – Anthony chama animado, pulando e fugindo das mãos que cuidam de seus ferimentos. – Você está vivo! Graças aos deuses! – ele diz, empolgado, enquanto se aproxima, mas ele se refreia a alguns metros de distância. – Você parece péssimo – zomba. – E o que é que você tem aí?

Eu mordo os lábios e olho para Taidra.

Ajeito a menina em minhas costas e tento falar:

– Eu pensei em fazer por alguém o que você fez por mim – as palavras saem extremamente rápidas e não tenho certeza se ele me ouviu.

– Maravilha! – ele comemora. – Mais vozes. – A animação, porém, traz uma careta de dor ao menino. – Acho que não estou pronto para isso ainda.

Eu rio um pouco.

– Que missão, hein? – Nós rimos, e depois de um momento eu finalmente consigo perguntar: – E sua mãe?

Sua expressão de fecha e ele balança a cabeça.

– Não consegui encontra-la – ele diz. – Ela estava mesmo lá, eu pude ver nos registros, mas simplesmente não conseguimos encontrá-la.

– Eu sinto muito – digo, a voz baixa.

– Tudo bem. – Ele sorri um sorriso fraco. – Por enquanto vamos apenas esperar que ela esteja bem, e que apareça por aqui.

– Claro – eu digo, arrumando a garota em minhas costas, sem querer arrancar as esperanças de Anthony, apesar de acreditar que elas sejam total e completamente inúteis.

– Vem, vamos cuidar dos seus machucados e da sua convidada – ele diz, acenando pra uma das muitas pessoas que cuidam dos feridos.

E, pelos céus, como existem feridos.

Eu me aproximo de uma das muitas macas improvisadas e deito a garota nela.

O machucado em seu pé parece feio, e, apesar da impressionante quantidade de sangue sobre suas roupas e corpo, aquele parece ser o único machucado recente sério.

Passo os dedos pelas inúmeras cicatrizes que cobrem seus braços.

O que diabos fizeram com essa menina?

Afasto o cabelo da garota de seu rosto e percebo, pela primeira vez, quão bonita ela é, apesar de tudo.

Afasto-me um pouco da menina e balanço minha cabeça.

– Por que diabos eu a trouxe, Taidra?

– Não tenho ideia.

– Eu não deveria ter feito isso – digo, levemente nervoso.

– Eu sei – Taidra responde com uma casualidade tamanha que me irrita. – Foi o que eu disse.

– Mas se eu não a trouxesse ela iria morrer – argumento, mais para mim mesmo do que para ela. – Você ia querer isso?

– As pessoas morrem todos os dias – divaga, e eu sei que ela está certa, mas algo em mim não quer admitir.

– Acho que foi porque ela me lembra um pouco Ailena – comento.

– Ela não se parece em nada com Ailena, William – repreende-me.

– Não disse que se parece, eu disse que lembra – protesto. – Acho que foi isso, e o fato de que ela parecia estar tão perdida quanto eu.

– Baboseira – reclama. – Você deve ter batido a cabeça forte demais. Isso sim.

Reviro os olhos.

Que criatura irritante.

– Pobre criatura – diz uma mulher que vem cuidar dos ferimentos da menina. – O que fizeram com você?

A mulher limpa a ferida e enfaixa o pé da garota, depois põe-se a passar um pano úmido em sua pele.

Primeiro o rosto, depois o pescoço, e então os braços.

Mas quando a mulher toca a mão esquerda da menina, um berro rasga sua garganta.

– O que foi? – pergunto, preocupado.

– Clone – ela diz, exibindo a mão da garota, onde uma marca descansa em sua pele.

A-LII.

* * *

Eles estão todos gritando e se empurrando e eu não posso chegar perto da garota.

Uns querem matá-la, pois ela pode ser perigosa.

Outros querem cortá-la e estudá-la.

Pode ser uma boa arma contra a Voz.

A questão toda é que aquilo é absurdo e desumano.

Eles lutam pela liberdade, por seus direitos, e querem um governo que não os explore, ou que decida seus destinos sem consultá-los, mas lá estão eles, discutindo se matam ou dissecam a pobre criatura.

Lutam pelo direito de terem suas diferenças, mas oprimem aquilo que não conhecem.

É ridículo.

Vamos, Will, eu me forço a pensar.

Como podemos ajudá-la?

– Onde a levaram? – pergunto a Taidra.

– Levaram-na para tirar os chips e rastreadores.

– Ah, sim – minhas palavras se perdem no ar.

Eu olho para meu próprio braço e vejo a longa ferida, ainda não totalmente cicatrizada, que o rasga grandemente.

Como se a garota não tivesse cicatrizes o suficiente.

Eu passo por entre as pessoas e tento me aproximar de Tony, que está de cara amarrada no canto mais longe de onde os líderes debatem o futuro do clone.

– Como são hipócritas – ele reclama, assim que eu chego suficientemente perto.

– Por que querem matá-la? – eu pergunto, tentando, tanto quanto posso, entendê-los.

– É um princípio básico do ser humano, Will. Nós tememos aquilo que não conhecemos, e o jeito mais fácil de manter-nos seguros é eliminando o problema. Permanentemente.

– Por isso colocaram fogo no Centro?

– Sim. Eles queimam os Centros sempre que podem, mesmo que alguns de nós ainda estejam lá dentro. – Ele dá de ombros. – É o maior dano que podemos causa à Voz por enquanto, então é entendível que não seja algo a ser discutido.

– Claro que não! – protesta Taidra, e eu e Tony nos voltamos imediatamente para a tigresa. – Se vocês não protegerem uns aos outros, quem vai?

– Nós protegemos um ideal, não pessoas – Tony responde, e há uma amargura clara em sua voz.

– Se seu ideal prioriza a destruição à proteção, não há por que lutar. Ele vai ruir uma hora ou outra – diz a felina. – Não vejo razão para que morram por isso, então.

O silêncio que se instala é perturbador. E tudo parece ser intensificado pelos gritos que exigem a morte da garota.

Talvez Taidra estivesse certa.

Mas, nesse caso, para onde iríamos?

Não nos restava nada.

Nem para onde ir, nem no que acreditar.

Eu mando esse pensamento para longe.

Eu não estou ali pelos ideais.

Eu não sou como eles.

Eu estou ali para conseguir minha vingança, e isso é tudo o que me interessa. Salvar pessoas, salvar o mundo, lutar por um ideal, nada disso me diz respeito.

Uma voz sobrepõe-se às outras.

– Silêncio – ela grita. Mas somente na terceira chamada o homem é obedecido. – Nós decidimos sacrificá-la pelo bem maior. – Eu rio, e todos olham para mim. – Falei algo engraçado, moleque? – O conspirador ossudo me encara com olhos cheios de ódio, o que só torna tudo muito mais divertido.

– Não, senhor – eu respondo. – Só que me pareceu divertido que a Rebelião que luta contra a tão terrível Voz – o sarcasmo está claro em minhas palavras, e eu espero que eles entendam, mas não sei se o fazem de fato – tenha ações e justificativas tão parecidas com a do governo em questão – concluo, sem nunca deixar de encará-lo.

– Você é novo aqui, rapaz, então me deixe esclarecer uma coisa: cada um de nós luta dia após dia para manter-se vivo no inferno criado pela Voz. Somos obrigados a ver nossos filhos lutarem e morrerem cedo, e lutaremos até o fim para que isso acabe.

E eu rio mais ainda.

– Por que ele está rindo?

– Ele é louco.

– Deve ser um espião.

É o que as vozes especulam.

Talvez estejam certos.

– Vocês falam de liberdade, mas obrigam crianças a lutarem. Vocês falam de igualdade, mas oprimem o diferente, julgam aquilo que não conhecem. Vocês falam de um sonho, mas aterrorizam suas crianças para que possam controlá-las – eu disparo, encarando o porco sobre o palanque, e então, depois de pegar fôlego uma vez mais, eu concluo, entredentes: – Vocês não são nada além de grandes hipócritas.

Mesmo da distância em que me encontro eu posso ver a vermelhidão no rosto do homem.

O ódio, a ira.

E eu percebo que quero cravar uma de minhas balas no meio de sua testa.

Mas eu não o faço, é claro.

Eu meio que sei quais brigas valem ou não ser compradas.

– Quem você acha que é, menino? – ele pergunta. – Você nada sabe sobre o que sofremos, e nem ao menos faz ideia do quanto lutamos. Nós daremos à garota uma morte rápida e misericordiosa, algo completamente diferente do que ela receberia naquele Centro. Então, para livrar sua consciência, pode pensar que você a salvou, de qualquer forma.

Mas eu ainda estou rindo, e isso o deixa cada vez mais nervoso.

– Você acha que isso faz de vocês melhores que eles? – eu pergunto, e percebo que estou rindo não em diversão, mas com uma mistura de raiva e nervoso. – Uma "morte misericordiosa" faz de você melhor que eles? – a zombaria é tamanha em minha voz que não me admira que estejam ofendidos, eu os trato como os hipócritas imundos que são, e isso não os agrada, ótimo. – Quem vocês acham que são para escolher o destino de uma pessoa?

– Ela não é uma pessoa! É um clone! Uma aberração.

– E nós somos o quê?

– Tragam a menina! – ele brada e eu saco minha Colt.

– A garota fica – digo, nenhum traço de diversão em meu rosto.

– A garota morre, e você também – ele diz, tão centrado quanto seu estado de fúria permite.

A garota já está aos pés do palanque, ainda desacordada, e eu preciso descobrir o que fazer, rápido.

Eu preciso pará-lo.

Chega de mortes.

Por que tantos inocentes têm que morrer?

E meu dedo está no gatilho, e eu estou tremendo e, com sua mão a centímetros do coldre em sua cintura, um tiro atinge a arma presa ali, jogando-a longe e arrancando um grito de horror do homem magrelo e imundo.

Mas esse tiro não veio de minha arma.

– É o suficiente – diz uma mulher em trajes como os da clone, e, com as suas palavras, todos se calam.

O que é ela?

– Mãe?! – sussurra Tony ao meu lado, completamente em choque.

– Mãe? – eu pergunto.

Não existe uma única palavra que se faça ouvir enquanto a mulher se encaminha em nossa direção, minha e de Anthony.

– Levem a garota de volta à tenda e cuidem dela – a mulher diz, enquanto me examina. – Ela está sob meus cuidados. E voltem aos seus trabalhos.

A multidão se dispersa, e Anthony a abraça.

– Você está viva! – ele diz.

A mulher não poderia estar mais perplexa.

– Aqui não, Anthony – ela diz, afastando-o. – Nós conversaremos depois – e, vendo a tristeza nos olhos do filho, ela complementa. – Mas obrigada por me salvar.

O rosto de Tony se contorce num sorriso radiante.

– Era o mínimo que poderia fazer. Afinal, a Rebelião precisa de um bom líder.

Ela sorri, mas volta-se para mim no segundo seguinte.

– E você, quem é? – ela pergunta, e eu sinto meu sangue congelar.

– Sou William, senhora – digo, engolindo em seco. – Anthony me acolheu quando a Voz matou minha família.

A mulher abre a boca para dizer alguma coisa, mas Tony a interrompe.

– Mentira! – protesta o menino. – Ele me salvou dos Silenciadores, mãe. E eu o trouxe pra cá.

– Sábia decisão, de ambos. – Ela sorri. – Você tem um bom coração, William – ela diz, os olhos fixos nos meus. – Obrigado por salvar meu filho, e por defender a garota.

– Não há de quê. – Observo-a se distanciar.

O que diabos ela tem a ver com aquela menina?

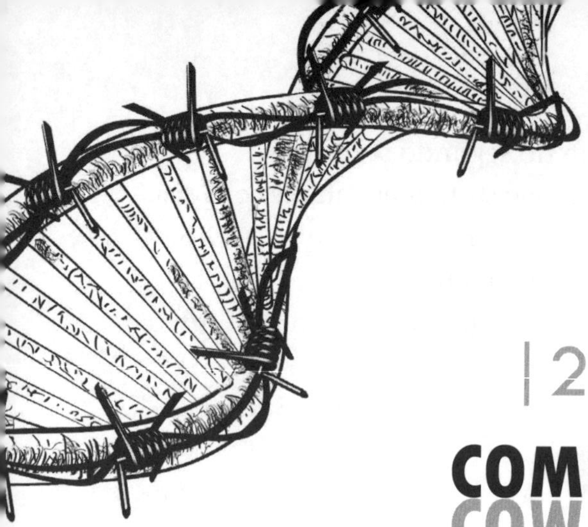

29

COMEÇOS

A - L I I

FOGOS DE ARTIFÍCIO ESTOURAM e a música toca insistente.

A música começa calma, doce, suave, mas ela cresce aos poucos, e eu corro, e as paredes estão se fechando. E eu preciso correr.

Eles vão me pegar.

Eles me encontraram.

E eles atiram.

E o fogo se alastra.

De onde vem a música?

E eles atiram de novo e de novo, e eu caio.

E eu caio de um desfiladeiro.

Finalmente.

Chão.

Mas calma.

Eles querem me fazer marchar.

Querem que eu seja um deles.

Não.

Eu não serei.

Mas eles insistem.
E a força pode ser muito convincente.
Mas eu darei meu jeito.
E eu fujo.
E eu fujo.
E eu estou livre.
Ou é o que penso.
E tenho que correr.
Correr.
Correr.
Que música é essa?
Por que não me deixa em paz?
Corro.
Corro.
Socorro.
Por que não consigo reconhecê-la?
Por que me assola se não a conheço?
E as trombetas.
E os pratos.
E é tão insistente.
Tam tam tam tã, tam, tã, tã, tã tã!
Que droga!
Eu luto.
Eu luto.
Mas eu caio.
E a suavidade está de volta.
E eu deslizo.
Eu deslizo no sonho.
Suave, calmo.
O verde.
Ah, o verde.
Como eu o desejo.

A calmaria, o verde, o cheiro de mato que nunca conheci, a brisa em meu rosto.

Liberdade?

Um pandeiro?

Eu desisto.

Eu me deixo levar.

Mas então algo vem.

Algo me pega.

Algo me puxa e me arrasta.

Não.

Eu não quero.

Deixem-me em paz.

Eu imploro.

Não.

Eu luto.

Eu luto.

Eu tento.

Eu escapo, eu corro, mas me alcançam.

Mas eu não vou desistir, eu me escondo.

Eu corro.

Eu arfo.

Eu encontro a liberdade!

Ela está lá.

Eu corro em sua direção.

Eu vou pegá-la.

Eu posso sentir.

Está tão próximo.

É uma luz.

São os pandeiros.

O que são aquelas pessoas?

Dançando alegres em torno de suas fogueiras?

Eu quero fazer parte disso.

Eu quero.

Eu quero.
Espere.
Que correria é essa?
As pessoas passam, e passam e correm.
E o que é isso em minha mão?
É uma arma.
Uma arma antiga.
Nunca atirei com uma coisa dessas.
Mas o pavio já está acesso.
E gritam as ordens para que corramos.
E os canhões disparam.
E eu corro e eu atiro.
E eu atiro.
E eu fui atingida.
Eu estou tonta.
Eu estou caindo.
Eu estou caindo.
Socorro.
Socorro.
Minha voz está sumindo.
O que é isso?
E eu caio ao chão.
E tudo explode.
É tudo vermelho.
E os sinos.
E eu reconheço.
E eu sorrio.
São todos símbolos.
É tudo esperança.
Deem-nos esperança.
E aquilo é tudo o que eu conheço.
E ali está a esperança.
E ali está toda minha fé.

Ali está meu passado, meu presente e meu futuro.

Derrubem os muros e façam deles ponte.

E eu entendo o que tudo isso significa.

Tchaikovsky.

Abertura mil oitocentos e doze.

Ah, eu quero ouvi-la novamente.

Eu quero senti-la novamente.

Mas a música não volta e só há o vazio.

– Será que ela vai acordar? – uma voz surge ao longe.

Bem longe.

E causa-me arrepios.

Era a voz de um menino. Não. Era a voz de um homem que formigava no ar.

Uma voz leve, apesar de grossa, vinha de um desconhecido, e, apesar de não o ver, eu poderia jurar que o homem estava ansioso.

– Claro que vai. – Essa voz, no entanto, fez-me sorrir, era mais um ronronar que uma voz.

Meu anjo da música?

Isso, anjo.

Traga a música de volta, eu imploro.

– Será que está sentindo muita dor? – o homem pergunta.

– Acho que deram alguns analgésicos velhos pra ela – o anjo respondeu. – Olha! – chamou. – Acho que se mexeu.

– Besteira – disse o homem. – Eu teria visto. – Houve uma risada abafada e alguns segundos de silêncio. – Será que ela fala?

– Você nunca viu um clone? – o anjo perguntou, e eu senti minha coluna gelar.

Aquilo não é um anjo.

Não me chamando daquele jeito.

– Não. Você já?

– Sim – falou, como se fosse óbvio, e só então notei que existia um tom feminino em sua voz. – Somos criados junto com eles, alguns de nós até *a partir* deles. – Estremeci de novo. – Se mexeu! – a voz gritava.

O que é aquilo?

– Eu vi – o homem respondeu, vago –, mas ainda está dormindo.

O silêncio se instalou uma vez mais.

– Will – a voz esquisita chamou. – Por que você a salvou? De verdade, dessa vez.

– Não sei – ele hesitava. – Acho que eu me vi nela. Estava tão perdida e assustada. – *De quem estão falando?* – Talvez eu só tenha querido dar a alguém a chance que me deram.

– Mas, Will, ela não é humana. Ela não é gente.

Sinto meu sangue ferver. Estão falando de mim.

Eu engulo ruidosamente.

– Nem você – o homem cospe entredentes, para minha surpresa.

Sinto meus músculos relaxarem.

– Calma, Will, eu não quis ofender – justifica-se. – É só que ela não é como você.

Uma gota quente escapa de meus olhos e escorre pela maçã de meu rosto até meu pescoço.

Por que estou chorando?

Quanta estupidez.

Um dedo áspero passa por meu rosto, traçando o caminho feito pela lágrima, e eu preciso usar todas as minhas forças para não me mover, para não gritar.

Não é como você, ela dissera. *Não é gente,* as palavras ecoam em minha mente.

Como me encontraram?

Eu preferia estar morta.

Deuses, por que não me mataram?

Eu não quero.

Eu simplesmente não quero mais viver assim.

Preferia qualquer coisa a ter que voltar àquele lugar, àquelas pessoas.

Não queria sentir a dor excruciante dos testes e interrogatórios outra vez. Mais do que isso, eu não *aguentaria* fazê-lo.

Abro os olhos e a imagem que eu vejo me assombra.

Um menino.

Um menino de olhos cor de terra e cabelos castanhos olha para o lado.

Eu apresso-me em fechar meus olhos outra vez.

Por que diabos existe um *menino* nessa casa de horrores?

Tinha de pensar depressa.

Vamos, A-LII. Vamos.

Eles logo perceberiam que eu não estava mais dormindo.

Eu queria morrer.

Eles iriam me matar, não iriam?

Não.

Eu não tenho nenhuma prova disso.

Eles podem me jogar de volta em alguma daquela celas imundas.

Eu não queria mais ser parte dos testes e pesquisas.

Conjecturei, por um segundo, se a ideia que passava por minha mente me faria ser descartada de uma vez por todas, ou se apenas prolongaria a intensa dor.

Não poderia suportar mais dor.

Não.

Eu ficaria louca.

Certamente ficaria louca.

Eu podia ouvir minha respiração tornando-se mais pesada.

Eu estava assustada.

Droga.

Eu precisava tomar uma decisão.

Mas antes que eu o faça, as mãos ásperas estão nos meus ombros, afagando-me delicadamente.

Todo meu corpo congela, rígido.

E minha respiração torna-se ainda mais densa.

– Será que ela está bem? – o homem pergunta.

Homem.

Menino.

Não sei.

Sua voz era macia e genuína; tão preocupada que quase me faz hesitar.

Mas não.

Eu não posso fazê-lo.

Admito que em seu toque não há o ar de doença e impregnação e asco e ódio e menosprezo e veneno como aqueles aos quais estava acostumada.

Mas ainda assim era demais para mim.

Lembro-me da dor e angústia, do ódio acumulado em minhas veias.

Eu os odiava.

Eu decididamente odiava os humanos, e nem mesmo a farsa daquele que agora se prostrava diante de mim seria capaz de fazer-me esquecer aquele sentimento.

Se eu não podia pegar o que me pertencia de volta, eu no mínimo arrancar-lhes-ia tanto quanto fosse possível.

Mesmo que isso fosse apenas uma vida.

As mãos ásperas colocam um tufo de meus cabelos desalinhados atrás de minha orelha, e eu não consigo me conter.

Cerro os dentes, enojada, e num ímpeto de ódio e bravura, jogo-me em sua direção.

– Will! – grita a voz estranha, que, agora eu posso ver, vem de uma espécie de gato crescido e listrado.

Eu jogo o gato longe e me ponho de pé, procurando uma arma para me defender do homem, e encontro um bisturi sobre uma mesinha ao meu lado.

Eu o fito, pronta para rasgá-lo, mas quando eu olho para seu rosto, algo me chama a atenção.

Os olhos assustados, que fitam-me incrédulos e ansiosos.

Não há medo ali. Na verdade, o garoto parece maravilhado, atônito.

Talvez houvesse certa compreensão ali.

Ele não parecia perigoso; não tinha os olhos frios como tantos outros que eu tinha visto.

Não.

Eu sinto meus músculos relaxarem e algo dentro de mim ruge em protesto.

Não, menina estúpida.

O que você está fazendo?

Saia já daí.

Mas os olhos cor de terra fitam-me e eu me afasto tanto quanto possível.

O que era aquele humano, e o que havia em seus olhos? Que espécie de luz cálida era aquela que fora capaz de tirar-me a coragem?

Ele se levanta vagarosamente do banquinho ao lado da cama.

Madeira?

Que lugar é aquele?

O menino move-se cuidadosa e lentamente, como se qualquer movimento brusco pudesse me ferir, ou me afugentar.

Ele estava certo.

– Está tudo bem – ele sussurra, tentando acalmar-me. – Ninguém aqui vai te machucar. – Ele aproxima-se, tão devagar quanto possível, como se antes de fazê-lo precisasse de minha autorização, ou, pelo menos, de um voto de confiança.

Suas mãos tocam as minhas e só então eu noto que elas tremiam freneticamente, mas eu não estou aliviada. Não. Pois, ao olhar para minhas mãos notei, também, as enormes cicatrizes instaladas em meu antebraço esquerdo.

Um urro forma-se em minha garganta.

O que estava acontecendo?

Não.

Não.

Eu nego infinitas vezes.

Não.

Mas não há dúvida.

Eu fora raptada.

Eu estava sob os cuidados dos rebeldes.

Eu fora raptada por aqueles aos quais fui treinada para eliminar.

Minha cabeça gira e grita, e eu não sei o que fazer.

Eu fito as paredes rústicas ao meu redor. A iluminação parca escondendo a situação precária do lugar. Mas não restava dúvida. Eu estava sob domínio rebelde.

– Como... – engasguei, minha voz rouca e trêmula pela falta de uso. – Como me encontraram?

– Ei, tá tudo bem – o menino diz, apertando de leve minhas mãos. – Não vamos te fazer mal – ele insiste.

– Como vim parar aqui? – minha voz é um grito fraco banhado em rouquidão.

Mas não espero uma resposta, pois, com um rosnado alto algo pula em cima de mim, jogando-me ao chão.

Sinto o sangue escorrendo da nova cicatriz antes mesmo que eu possa voltar-me para olhá-la.

Minha visão está sem foco e eu estou enjoada e com medo.

Há algo pesado sobre mim segurando-me ao chão, e coisas pontiagudas ferem meus pulsos e eu quero gritar.

Um hálito quente e fedendo a carne crua atinge meu rosto em baforadas violentas.

Isso definitivamente não é um gato.

Forço meus olhos a se abrirem, e o enxergo, enfim.

O maior felino que já vi, listrado de preto e branco, com olhos extremamente azuis cheios de fúria em uma ameaça – não tão – silenciosa. O focinho rosado emoldurado pelas rugas que o rosnar trazia.

Os dentes brancos e terrivelmente afiados à mostra.

Pavoroso, ainda assim, é maravilhoso.

Eu estou absolutamente paralisada pelo medo, mas é inegavelmente lindo.

Um tigre, eu reconheço.

Havia um pintado em uma das salas na casa de Sr. Muniz.

Sr. Muniz.

Eu engulo em seco e tento manter-me sem expressão.

Mas é impossível.

A lembrança de Sr. Muniz é arrebatadora, e seu rosto carinhoso e severo invade minha cabeça e enche-me de memórias.

Eu fecho os olhos e vejo seu rosto.

O rosto que me tirara do inferno.

O rosto que eu nunca mais veria.

As lágrimas irrompem e eu cedo aos soluços, incapaz de esconder meu rosto.

– Sai, Taidra – o menino ordena, agitado. – Você a assustou.

Não que não fosse verdade.

Eu estava assustada, de verdade, mas não era como se eu estivesse chorando por isso.

Passara toda minha existência acuada e com medo, com dor. Não era algo pelo qual eu choraria, não agora.

A ferida que me fazia chorar era muito mais profunda que o medo daquele tigre, ou que a dor da cicatriz sanguinolenta em meu braço.

Quer dizer, nem todas as feridas sangram, e as que não o fazem costumam nos expor ainda mais do que aquelas que nos deixam em carne viva.

Eu bem sabia disso.

Mas como curar uma ferida que não se pode ver?

Essa é uma resposta que ainda não pude encontrar.

– Mas Will... – diz uma voz acima de mim, e eu estremeço, jurando que a voz vinha do tigre.

Não houve resposta, mas o felino, com um grunhido descontente, sai de cima de mim, e eu me viro no chão, chorando, assustada com o quanto uma perda pode ferir mais do que qualquer dilaceração que já sofrera em minha vida.

Eu o perdi.

Definitivamente.

Talvez seja proporcional.

O bem e o mal que uma pessoa pode nos infringir.

Ouço o estalar de um par de joelhos dobrando-se, e as mãos ásperas do menino tiram o cabelo empapado de sangue e lágrimas do meu rosto e, em seguida, uma de suas mãos enrosca-se em minha nuca, e a outra alcança a base de minha cintura.

Sem grande esforço ele me levanta e eu estou recostada em seu peito, dividida entre minha dor, minhas lágrimas, o medo que aquela proximidade me causa, e o reconforto que seu colo me traz.

E eu me odeio por isso.

E eu o odeio por isso.

Sua cabeça pousa do alto da minha, num gesto de carinho que me assusta.

Os soluços se intensificam, tão altos e violentos que contorcem meu corpo em espasmos.

Chorar é uma coisa engraçada.

É meio que não ter controle do seu próprio corpo.

Os espasmos.

Os soluços.

A falta de ar.

A visão embaçada e a ardência nos olhos.

O desespero.

O vazio no fundo do estômago, preenchido tão somente pelo frio.

As ânsias de vômito.

O desejo enervante de que pare, enevoado pela dor que impede que as lágrimas cessem, que se tornam progressivamente difusos pelo mais abjeto desespero que impede a concentração e qualquer tentativa de racionalidade.

O coração incha no peito.

Não há espaço para mais nada.

Além da dor.

Do medo.

Os asquerosos líquidos salgados vazando dos olhos e narinas.

Os barulhos involuntários que não somos capazes de reprimir.

A vulnerabilidade.

A vergonha.

Ele coloca-me sobre a cama em que acordei.

Ela é dura e cheira mal, mas é melhor do que qualquer coisa que eu tenha experimentado nos últimos tempos.

– Shh... – ele tenta me acalmar, a voz cálida e preocupada. – Que bagunça temos aqui, hein? – disse, tocando meu braço de forma tão plácida que mal posso senti-lo. – Taidra estourou dois pontos. Ela realmente te assustou, não foi? Ela não fez por mal, entenda. Mas o estrago nem foi tão grande.

E, não entenda mal, mas tudo o que eu desejo é que ele me deixe sozinha.

30

ALLIE

Will

ESTOU DORMINDO QUANDO OS GRITOS COMEÇAM.

– Pega! – eles urram. – Peguem ela!

O sono impede-me de incomodar-me imediatamente com o que está acontecendo, mas, quando abro os olhos e vejo a cama vazia, eu fico de pé num pulo.

Onde ela está?

Saio do barraco correndo, torcendo para que ela esteja bem.

E a cena que eu vejo me enche de nojo.

A irritante menina loira do acampamento perto de Crawley, Louis, se não me engano, segura a menina-clone por um chicote que a morde no pé, enquanto dezenas de rebeldes a cercam com suas armas apontadas para a garota de cabelos negros desgrenhados. Ao lado dela, somente Taidra, rosnando para os homens que a ameaçam.

Eu me jogo em meio à multidão, a arma sacada, colocando-me à frente da menina.

– Ei, ei, ei – eu chamo. – Calma aí, gente. Ela está sob nossos cuidados. Ordens da dona Thelma.

– Ela tentou fugir – alguém grita.

– Ela é uma espiã – outra pessoa acusa.

– Vamos matá-la, como mataram tantos dos nossos.

Eu suspiro.

A estupidez humana não tem limites.

– Thelma me deu ordens explícitas para cuidar da menina – explico. – Se tiverem algum problema com isso, devem falar diretamente com ela.

– Então você sugere que simplesmente a soltemos? – pergunta Louis, com a mão na cintura.

– Sugiro que a deixem sob meus cuidados, e voltem aos seus afazeres, como instruiu Thelma.

– Então veja se não a perde outra vez – a menina com o chicote diz.

As pessoas reclamam, mas acabam se dispersando, e eu me aproximo da garota estendida ao chão.

– Está tudo bem – eu digo, estendendo a mão para ela. – Vamos, tenho que te levar de volta para o quarto de Thelma.

Eu acho que ela está chorando, assustada ou algo do tipo, mas, quando ela se vira, tem uma arma apontada para mim.

– Eu não tenho medo de morrer, anoma, mas não serei um alvo fácil – ela diz, e atira.

* * *

A menina olha, incrédula, para a arma.

Eu suspiro.

– Você não acha mesmo que eu ia deixar uma arma carregada do seu lado, né? – eu pergunto, ainda oferecendo-lhe a mão.

Mas ela está determinada.

Ela me chuta e eu caio ao chão.

Ela se arrasta e põe-se de pé para correr, Taidra fita-me, querendo saber se eu a autorizo a pegá-la.

Mas não há necessidade, pois a menina já está caída ao chão, depois de trombar com a líder rebelde.

– Você realmente se parece com ela – Thelma comenta, os olhos fixos na garota. – E não só fisicamente – diverte-se. – Vamos, se você ficar pulando por aí não vai se recuperar direito. – Ela estende a mão paga a garota, do mesmo modo que acabei de fazer, mas, dessa vez, a garota a aceita.

– Você... – a voz da garota se perde.

– Sim, eu. – Thelma sorri. – Podemos ir agora? Teremos muito tempo pra conversar, depois, sim? – A garota assente, e, juntas, dirigem-se à pequena casinha. – William, você não vem? – Thelma pergunta, sem voltar-se para mim.

E eu as sigo.

* * *

A menina faz absolutamente o que Thelma pede que ela faça.

Sem pestanejar.

E, sem entender por que, eu franzo o cenho e cruzo os braços.

Aquilo me incomoda, e eu simplesmente não consigo entender o porquê.

– Qual o seu nome? – a menina pergunta para a mulher.

– Thelma – ela diz, sorrindo, enquanto limpa e refaz os curativos da garota. – E o seu?

Ela hesita por um segundo.

– Allie.

– É um bom nome – a mulher comenta.

– É sim, eu acho – ela diz, e olha para mim. – E o dele? – ela aponta.

– Por que você não pergunta a ele? – ela encoraja, segurando o riso.

– Tudo bem eu falar com ele?

– Claro, por que não?

– Hmm – ela hesita, sem saber muito bem para onde olhar. – Como você se chama?

– William – respondo, encantado. – É um prazer conhecê-la, Allie.

– Ahn, o prazer é meu – ela diz, e, depois de alguns segundos, emenda: – Sabe que eu sou um clone, certo? Por que seria um prazer me conhecer?

Sem palavras, limpo a garganta, e percebo que Thelma me fita.

Aquilo é quase um teste, eu consigo sentir.

– Por que isso deveria importar? – eu pergunto, e me surpreendo com a honestidade daquilo.

Porque realmente não importa, para mim.

Eu não sei dizer quem está mais chocada.

Allie ou Thelma.

Ambas me olham, boquiabertas.

– Ahn, bom, agora que já se conhecem e que está tudo bem, eu tenho coisas que preciso fazer – diz Thelma, levantando-se, ainda meio atrapalhada pela surpresa. – Seja boazinha com Will, sim, Allie?

– Sim, senhora – ela responde muito educadamente, sem tirar seus olhos dos meus.

– Logo alguém vem aqui te trazer roupas novas – a mulher diz, retirando-se do lugar. – Qualquer coisa que precisar, pode pedir pro Will. Não se preocupe se ele se atrapalhar, ele também é meio novo por aqui, mas é uma boa pessoa. Afinal de contas, foi ele que te trouxe pra cá.

E, com essas palavras, ela me deixa sozinho com a menina.

E eu simplesmente não sei o que fazer.

|31|

WILL

A-LII

– ENTÃO – ELE DIZ, SEM JEITO. – Como você foi parar naquele lugar?

– Seu estúpido, isso não é pergunta que se faça! – o tigre reclama e eu o fito.

– Ele deveria fazer isso? – eu pergunto.

– O quê?

– Falar!

– Ah, mais ou menos. – O menino ri.

– Claro que deveria – o bicho retruca.

– O que é ele? – questiono, curiosa.

– Ela é Taidra, minha Escort. É um tigre branco.

– Tigresa – corrige o felino.

A felina.

– Você pode falar direto com ela, sabe – ele me encoraja.

Mas não sei se quero.

Ela pode pular em cima de mim outra vez.

– Oi – eu tento.

– Oi – ela responde.

William suspira e eu o encaro.

– O que foi? – ele me pergunta e eu franzo o cenho, confusa.

– Nada.

– Vamos, me conte – ele diz, agachando-se a minha frente.

– Nada – insisto, porque é a verdade, mas eu aproveito a oportunidade, porque eu simplesmente *preciso* perguntar: – Você realmente acha que não há nenhuma diferença entre você e – eu hesito – *eu*?

É a vez de ele franzir o cenho, e eu posso dizer o quão incomodado ele está.

Ele realmente não acredita que eu seja pior que ele.

E isso me arranca um sorriso bobo. Traz um sentimento que eu não sabia mais que era capaz de sentir.

Eu estou sinceramente emocionada.

Eu estou extremamente feliz.

– Qual seria a diferença, exatamente? – ele pergunta, cruzando os braços.

– Eu não sei – digo. – Eu não sou humana. Eu sou... – dou de ombros –, eu fui criada pra servir. Eu não tenho alma.

– E quem foi que disse isso pra você? – ele pergunta, atônito.

– Todo mundo – digo, depois de pensar um pouco.

– O quê? – ele pergunta, a voz alta demais, ele percebe isso, também. – Isso é um absurdo. Não. Temos que tirar essa ideia da sua cabeça.

– Tudo bem, eu acho. E como faremos isso?

– Não tenho ideia – ele diz de supetão.

E eu não consigo evitar rir.

– Do que ela está rindo? – pergunta a tigresa.

– Não tenho ideia – responde o menino.

– Ela ri engraçado – Taidra comenta, o que só me faz rir ainda mais.

Eu não sei por que estou rindo, mas a sensação é maravilhosa.

Eu não quero que passe.

– Eu sei – William concorda, um sorriso torto brincando em seu rosto. – Do que você está rindo, Allie? – ele pergunta

– Eu não sei – respondo, quase sem ar.

Ele ri um pouco e se aproxima, as mãos em ganchos apontando pra minha barriga, um sorriso brincalhão no rosto.

Mas não me importa sua expressão.

A mera sugestão de aproximação deixa-me em choque, e toda diversão vai embora.

A dúvida passa pelo seu rosto, e ele se retrai, afastando-se novamente.

– Você está bem? – ele pergunta.

– Sim – apresso-me em dizer.

Mas não estou.

Eu claramente não estou.

Minhas mãos suam frio e eu estou tremendo e alguma coisa embrulha meu estômago.

– Não, não está – ele afirma categoricamente.

– Estou sim, eu só preciso de um pouco de ar.

E, antes que eu perceba, uma de suas mãos está na minha testa, e a outra em minha nuca.

Eu contenho um grito, e ele percebe.

O cenho franzido num finco profundo.

Ele tira as mãos de mim, mas não se afasta.

– Me conta qual é o problema – ele pede.

Ordena.

Eu não sei, na verdade.

A questão é que não o faço.

Balanço a cabeça freneticamente e digo:

– Não é nada – afirmo, mesmo sabendo que isso não vai funcionar com ele. – Eu só preciso de um copo de água. Consegue um pra mim?

– Claro.

Mas Taidra se precipita e diz:

– Eu vou buscar, pode deixar.

Como diabos um tigre poderia trazer-me um copo d'água?

Mas ela vai, como se isso nem ao menos lhe ocorresse.

– Ei – William me chama, a voz como veludo a acariciando meu rosto –, me conta o que está acontecendo – ele suplica, e eu desejo contar.

– Por que você se importa? – pergunto, curiosa.

Minha voz é suave, e não pretendo ofendê-lo, mas eu posso perceber que o fiz.

Eu quero me desculpar.

Mas não sei como.

– Por que eu não deveria? – sua voz é melancólica.

Fui eu que causei isso?

– Por que me trouxe pra cá? – pergunto, antes que possa refrear meus lábios.

Maldita curiosidade.

Ele cora.

– Eu não sei – ele diz, fitando o chão. – Simplesmente achei que era o certo.

Minha cabeça pende para o lado, eu esfrego minhas mãos em meus braços, como se o gesto fosse manter todo mal longe de mim.

– Obrigada, eu acho.

Ele sorri, e eu fico aliviada.

– Não tem de quê.

Taidra adentra o pequeno cômodo carregando uma garrafa entre os dentes. Eu simplesmente não entendo como ela consegue não furá-la.

Ela entrega-a a mim, e eu bebo.

A água mais limpa e deliciosa que tomo em dias.

– Melhor? – William pergunta.

– Muito melhor, obrigada. – Olho para a tigresa. – Obrigada.

– De nada.

Hesito, mas, como sempre, a curiosidade me vence, e eu acabo por perguntar:

– Taidra, eu posso... – estendo a mão, mas não consigo terminar a frase.

Estou envergonhada.

Será que eu a ofendi?

A resposta fica clara quando ela coloca o topo de sua cabeça em minha mão que paira no ar e ronrona baixinho.

Eu acaricio seu pelo. É tão macio! Levo a outra mão a suas costas e deixo que deslize ali. Por algum motivo, é divertido.

– Will! – um menino chama, entrando no quarto, e eu me retraio. – O conselho precisa de você. – Ele para ao me ver e abre um largo sorriso. – Olá! Bom ver que você acordou.

O menino é magro e tem cabelos levemente mais escuros que o de William. Tem olhos verdes brilhantes e vívidos que combinam com seu sorriso largo. Ele é baixo, quase do meu tamanho, e tem uma aparência nada ameaçadora.

Seu rosto é quase delicado, e seus traços combinam perfeitamente uns com os outros, completamente diferente de William e seu nariz torto, claramente quebrado diversas vezes.

Eu estremeço, mas consigo direcionar um sorriso ao visitante.

– Do que eles precisam?

– Nem imagino. – Ele dá de ombros. – Eu não estava ouvindo, pra variar.

– É claro – William diz. – Estou indo. – Ele se levanta, e eu seguro a ponta de seu casaco. – O que foi?

– Eu... – me arrependo. – Eu posso ir junto?

Não era como se eu realmente quisesse ir.

Eu só não queria ficar sozinha de novo.

Eu não queria ficar com estranhos.

– Não é uma boa ideia – ele diz, e, ao notar minha cara de pânico, emenda: – Mas Anthony pode ficar com você, não é?

– Sim, claro – o menino responde, de imediato. – Vai ser um prazer.

– Tudo bem – gaguejo, olhando para o chão.

– Eu volto já, sim? – garante-me antes de sair pela porta, com Taidra em seu encalço.

Eu engulo em seco e estou apavorada.

Como sei que posso confiar nesse menino?

Eu não o conheço.

Eu estou com medo.

Eu olho para meus pés, que balançam freneticamente contra o chão.

Será que William vai demorar a voltar?

– Ei – Anthony chama, e eu me encolho. – Você não prefere ficar no quarto? É mais quentinho, e tem cobertores. Prometo que vou manter uma boa distância, apesar de acompanhá-la – Anthony garante, e eu sorrio.

Talvez as pessoas daquele lugar mereçam uma chance.

– Tudo bem – concordo, e nós nos dirigimos ao outro cômodo.

Anthony mostra-me onde estão os cobertores e almofadas, e assim que eu me instalo, ele coloca uma distância segura entre nós.

Ele, diferentemente de Will, tem uma boa noção de espaço, e isso me traz grande alívio.

Eu sorrio e agradeço mais vezes do que posso contar.

Mas não é forçado ou cansativo.

É só que eu estou realmente grata.

Imensamente grata.

Eu deito e me cubro e me faço confortável.

Até que o lugar não é tão ruim.

– Perdão – ele diz, e eu o fito –, mas eu ainda não sei seu nome.

Meu nome.

Sorrio com a ideia de que mais pessoas se importam com meu *nome*.

Não sou um número.

Não sou uma identificação.

Eu sou alguém.

Pela primeira vez em minha existência.

Eu sou *alguém*.

– Allie. É um prazer conhecê-lo, Anthony.

– Tony – ele corrige-me, sorrindo. – Pode me chamar de Tony, por favor.

– Tony.

Eu avalio o lugar, constrangida em olhá-lo no silêncio que se faz entre nós, e então vejo uma caixa.

Uma caixa com uma das faces de vidro.

– O que é isso?

– É uma televisão – ele diz.

Televisão.

A palavra ecoa, e eu me lembro.

– Pra ver filmes! – digo, alto demais, e sinto meu rosto corar.

Ele ri.

– Isso mesmo. Já viu algum filme?

– Sim!

E acabo contando-lhe sobre meus filmes favoritos, os únicos de entretenimento que vi em toda minha vida. Aqueles que vi na casa de Sr. Muniz. Eu conto-lhe as histórias cujos títulos não me recordo, mas eu falo das personagens, das falas, das cenas, das impressões, e surpreendo-me com a empolgação em minha voz.

Anthony sorri abertamente e escuta-me com atenção o tempo todo, tecendo comentários sobre os filmes, que ele claramente conhece melhor que eu.

– Então seus dois filmes preferidos são sobre homens com máscaras? – ele pergunta, e eu posso notar a ansiedade em sua voz.

– Sim, eu acho.

– Posso te mostrar os meus dois filmes preferidos? – ele pede, e eu imediatamente concordo. – Minha mãe costuma dizer que o livro é ainda melhor – ele diz, enquanto pega um dos filmes em uma estante –, mas eu nunca cheguei a lê-lo.

– Foram queimados pela Voz?

– Sim. É uma pena, mas acredito que um dia vamos encontrar alguma cópia.

– Espero que sim – digo, sem saber muito bem do que ele fala, e o filme começa.

* * *

É uma história com reis e rainhas e tramoias.

Não me admira que a Voz tenha tentado queimá-los.

As conspirações não têm fim.

Mas existem quatro heróis, quatro antigos amigos, que intercedem pelo bem do povo.

E que história.

Com prisões e lutas de espadas e romance e, é claro, máscaras.

O final do filme deixa-me bastante feliz, a troca dos reis em prol do bem popular, mas algo me deixa extremamente intrigada.

Sr. Muniz explicara-me que eram atores, como as pessoas do Setor Midiático, mas eu, que fora treinada para tal setor, mesmo que por um curto período de tempo, estava admirada com o protagonista.

O homem era duas personagens, e uma tinha que fingir ser a outra. Então, ele tinha que fingir ser uma pessoa que estava fingindo ser a outra, que também era ele.

Que complicado isso parecia em minha cabeça.

Eu digo isso a Anthony, e tudo o que ele faz é rir de mim.

Tudo bem, isso me arranca um sorriso, também.

Ele está colocando o segundo de seus filmes, sobre um justiceiro mascarado e famoso que luta pelo povo, dessa vez, quando eu noto um vulto passando pela porta.

– Estamos sendo observados – comento, apreensiva.

E ele engole em seco.

| 32 |

INVEJA

Will

– EU ENTENDO QUE TENHA ALGUM APREÇO PELA GAROTA, e que por isso a tenha salvo, William – Thelma diz, enquanto andamos para longe daquele amontoado de gente –, mas acredite em mim quando eu digo que ninguém se preocupa mais com a menina do que eu.

– E por que se preocupa tanto? – pergunto, mas minha única resposta é um par de olhos em fúria. – Aliás, por que ela faz absolutamente tudo o que você manda? Vocês se conhecem?

Realmente não sei por que me importo, mas eu me importo, e muito.

– É mais complicado do que parece.

– Eu tenho algum tempo – retruco, e estou assustado com o quanto eu estou falando.

Eu era uma pessoa bastante quieta, afinal de contas.

– É, tempo pra se arrumar para ir pra Londres.

– Aliás, por que eu que tenho que ir pra lá? – pergunto. – Eu sou novo aqui, não deveriam confiar missões diretamente a mim.

– É por isso que você vai, porque, se morrer não vai fazer falta. Não ficou aqui tempo o suficiente pra isso.

– Eu não quero voltar pra lá. É um lugar complicado pra mim.

– A vida é complicada, menino, lide com isso – ela diz, verificando uma papelada que alguém acabou de entregar-lhe. – Aliás, a vida é uma bosta, e vai te derrubar sempre que você lhe der a oportunidade. Sobre não querer voltar pra lá – ela dá uma risada curta e dura, sem qualquer diversão –, quase nunca nessa vida fazemos o que queremos, então, por favor, remova sua bunda daqui que eu tenho uma Rebelião inteira pra cuidar.

Eu tento protestar, mas Thelma já está falando com outras pessoas.

Eu vou em direção a Allie, mas mesmo de fora da pequena cabana eu posso ouvi-la aos risos com Anthony.

E por que seria diferente?

Ele é divertido, falante, não é de se admirar que sua companhia a agrade.

E pensar que eu estava tão preocupado com ela não se adaptar.

Toda aquela conversa de não ser como nós.

Pura merda.

Um grande punhado de merda.

Eu suspiro e com um revirar de olhos me dirijo para a área de treinamento mais próxima.

Pego a Colt que me fora confiada desde meu segundo dia no acampamento e ponho-me a fazer o que fui criado para fazer.

Deixo que a raiva faça seu trabalho.

Eu atiro.

Incansavelmente.

Eu atiro.

Atiro em alvos parados.

Em alvos em movimento.

Em alvos cuja visão é complicada.

Eu atiro.

Porque é isso que eu sei fazer.

Porque é a única coisa que me deixa em paz.

Eu atiro e continuo apertando o gatilho mesmo quando não há mais munição.

Eu insisto, porque, se parar, sei que vou desmoronar.

Pelo canto dos olhos vejo Taidra encolhendo-se, sentido a dor que eu sinto.

As lágrimas escorrem pelas maçãs do rosto.

– Will – Taidra me chama, mas eu não consigo parar.

– William – uma doce voz chama, tocando meus ombros, e eu deixo a arma cair, afogando-me em soluços e espasmos. – Tá tudo bem – ela diz, e minhas pernas cedem.

Eu estou no chão, resfolegando, alucinando, engasgando nas lágrimas que insistem em correr.

Seus delicados braços se enrolam ao meu redor. E lá eu me afogo, até que toda dor e ódio possam ir embora; até que não reste nada além da vergonha.

Lá estou eu, chorando no colo de uma estranha.

* * *

Quando me recomponho, a primeira coisa que consigo fazer é pedir desculpas a Allie.

Ela sorri e me responde:

– Não tem problema – e tudo o que eu quero fazer é sumir. – Você fez bem mais por mim, não foi?

Eu sorrio um sorriso fraco e me afasto dela, porque claramente contato é um problema para a garota.

– Ouvi que você tem uma missão em Londres – diz Anthony. – Eu sinto muito, de verdade. Tentei tomar seu lugar, mas não me deixaram, de jeito nenhum.

– Uma missão? – Allie pergunta, horrorizada. – Longe e contra a Voz?

Seu rosto se contorce numa máscara de dor e medo e asco.

O que diabos o mundo fez àquela menina?

– Ei – eu a chamo e pego sua mão. – Vai ficar tudo bem, eu vou voltar logo.

Mas nenhum de nós realmente acredita nisso.

* * *

A noite chega e há uma enorme fogueira para comemorar a volta de Thelma.

Todos que eu conheci estão lá.

Walt, Tony, Thelma, Louis, Theo, Marine, e até mesmo as figuras não tão agradáveis, cujo nome não me lembro de ter ouvido.

A única pessoa que eu não vejo é Allie.

Eu pergunto dela algumas vezes, mas todas as respostas que eu recebo são vagas, e isso está me deixando extremamente nervoso.

Eu me sento ao lado de Walt, resmungando, e o velho homem ri de mim.

Há um discurso sobre a importância da liderança e da causa, ao qual não dou a menor importância. Thelma fala depois sobre os horrores praticados pela Voz, e nos lembra sobre o motivo de lutar contra o opressor governo.

Nada que eu já não saiba.

Eu estou quase me levantando e indo para a cabana de Thelma quando Allie aparece.

Eu quase não a reconheço, na verdade.

Não está mais usando o saco de estopa imundo e ensanguentado.

Seu cabelo fora lavado e estava absolutamente bagunçado em sua cabeça, de um modo que emoldurava perfeita e surpreendentemente bem seu rosto.

A calça surrada e o casaco de couro velho caíam extremamente bem nela.

Eu levanto a mão para chamá-la quando ouço:

– Allie – é a voz de Tony, umas cinco pessoas à minha direita –, aqui!

E, com isso, eu posso dizer que o resto de minha noite é um perfeito inferno.

* * *

Depois de feitas as celebrações, Allie torna-se o centro das atenções.

Apresentações são feitas, perguntas são respondidas, e ela parece extremamente incomodada com isso tudo.

Mas comemos e conversamos sem que ela reclame de absolutamente nada.

Eu permaneço em silêncio, olhando e ouvindo as histórias.

As histórias de heróis da Rebelião, de Silenciadores que mudaram de lado, e até mesmo de um jovem que conseguiu ganhar poder e prestígio entre o governo, mas que acabou por ser descoberto.

A história de um homem que disse que preferia liderar poucos a ser mais um anônimo entre muitos.

Talvez o homem não estivesse errado.

Talvez fosse um gênio, inclusive.

Mas ninguém nunca soube, pois morrera no dia seguinte, morto por um de seus subordinados.

As histórias prosseguem noite adentro, até que sobraram dez ou doze de nós.

Walt pede que nos aproximemos para evitarmos o frio, e nós o fazemos.

As conversas se seguem separadas, e eu ouço Tony dizer a Allie:

– Eu prefiro morrer sobre meus pés do que viver de joelhos.

E, por algum motivo, eu sou incapaz de manter-me em silêncio:

– Pelo que você luta?

Ela se voltou imediatamente para mim e olhou-me fixamente nos olhos. Por algum estranho motivo, aquilo me deixava constrangido, mas me recusei a romper tal contato.

– O que quer dizer? – ela perguntou, a mistura de inocência e curiosidade irradiando dos olhos.

– Todos lutamos por alguma coisa – respondi, mas antes que pudesse me prolongar em meu pensamento, Walt tocou meu ombro, pedindo permissão para prosseguir com o assunto.

Assenti em silêncio.

– O que meu jovem Will quer dizer, pequena Allie, é que não faz sentido lutar sem saber por que o faz. É um desperdício de energia – explicou calmamente, com a sabedoria que poucos homens adquiriam ao longo de toda uma vida. – Temos um objetivo em comum, sim, mas o que nos estimula a lutar por ele? O que nos mantém fortes? – ele indagou fervorosamente. – Todos precisamos de ideais que nos mantenham em movimento; como uma chama que nos mantenha aquecidos em dias frios. Precisamos de algo pelo que lutar. Alguém por quem lutar.

– E por que você luta? – a voz da garota ressoou, numa mistura de leveza, ansiedade e hesitação.

Balancei a cabeça sentindo um sorriso repuxar-me um pouco os lábios. Walt fisgara a garota.

– Por liberdade, menina – Walter replicou. – Eu luto por liberdade.

– Por um mundo que nos ensine a pensar, não a obedecer – Marine respondeu a sua direita.

– Por um mundo em que meus filhos não precisem temer e vigiar cada gesto – disse uma mulher que eu não conhecia.

– Pelo direito de amar quem quer que seja – diz Louis.

E, aos poucos, mais vozes juntavam-se àquelas, contando os motivos sinceros que os levavam àquele lugar. Abrindo suas almas e nos mostrando seus medos mais profundos. Confiando uns nos outros.

– Vingança – deixei minha motivação escapar por entre meus lábios num sussurro que, eu podia jurar, só Allie, sentada bem perto de mim, escutaria.

Por que o fiz é algo que nunca entenderei. Nem agora, nem nunca.

Talvez eu só tenha pensado que ela entenderia.

Mas quem é que sabe ao certo?

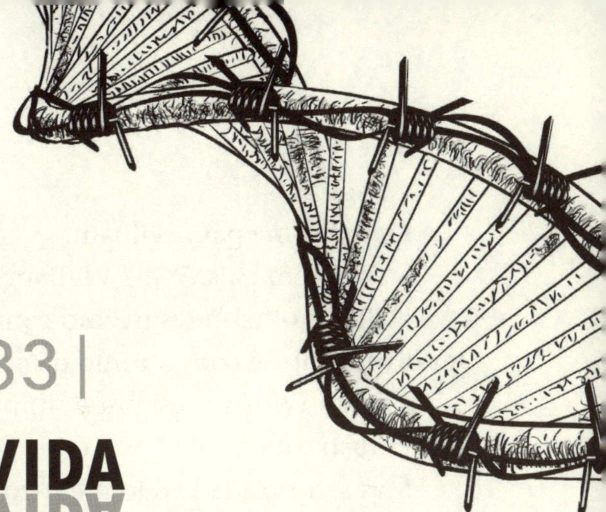

|33|

DÍVIDA

A-LII

A PROMESSA DE UM IDEAL RONDA MINHA CABEÇA.

Pelo que eu luto?

É claro que eu quero ser livre, que eu quero poder mandar em mim, amar quem eu quiser e fazer o que eu bem entender.

Mas é realmente isso que me motiva?

Vingança.

A palavra de William ressoa uma vez e outra em minha mente.

Vingança.

Talvez seja precisamente isso o que eu mais desejo.

Vingança.

O assunto martela em minha cabeça, mas eu sei que não é dele que eu devo falar, então pergunto de Thelma.

Quem é ela?

Por que ela estava no Centro?

– Ela é minha mãe – Anthony responde – e líder da Rebelião nas áreas dez, doze, treze e dezesseis. Foi presa durante uma intervenção a Londres.

Mãe de Tony.

Curioso.

Eu volto-me para William:

– Você tem pais, Will? William – apresso-me em corrigir.

William olha-me, surpreso com a pergunta, e eu posso ver Walter divertindo-se com o rumo da conversa.

– Sim – William responde simplesmente.

É frustrante.

Mas a curiosidade não me permite deixar por isso mesmo.

– Como eles são? – insisto.

– Um bêbado e uma prostituta drogada – ele diz, ríspido.

Walter engasga com um gole de sua cerveja, e eu posso ver, de canto de olho, Anthony dobrando-se para fitar Will.

Agora, todos ali presentes fitavam o rapaz.

– O que é uma prostituta? – eu lhe pergunto e ele sorri um sorriso duro, que não alcança seus olhos.

– Setor Seis, Vendagem de Corpos, é como você deve conhecer – adianta-se Walter.

– Oh... – refleti por um segundo, tentando digerir aquilo.

Will olhava-me incrédulo, mas, em seus olhos, eu podia jurar, havia certa admiração.

– Olha só – uma garota loira disse –, a menina-clone conseguiu tirar palavras do agitador.

Will fuzilou-a com um olhar, mas eu não me daria ao trabalho.

Simplesmente coloquei as mãos sobre as de Will e disse:

– Sua mãe deve ser uma mulher muito bonita.

* * *

A aurora ainda não rasgara o céu quando escapei de meus aposentos e roubei os equipamentos no barracão.

Não é que eu seja ingrata, mas eu tinha algo a fazer.

Não era como se eu os tivesse traindo, também.

Eu estava pagando uma dívida.

Encaminho-me ao casebre em que vi William entrar na noite passada, tomando cuidado para não tropeçar nas pessoas que dormem ao relento.

Quando alcanço a pequena construção, William já está de pé, revólver no coldre, espingarda à mesa.

Ele está de costas, voltado para o fogo, esquentando água.

Fico tentada a me aproximar.

Não dele, mas do fogo.

Faz tanto frio.

Mas eu tenho uma tarefa a fazer.

Eu tenho uma dívida que deve ser paga.

E pagarei com a única coisa que tenho.

Deixo que minha roupa caia ao chão, e, apesar do frio cortante contra minha pele, eu me aproximo do rapaz, aliviada quando o calor do fogo toca minha pele.

Eu o abraço por trás e beijo seus ombros.

Eu desabotoo sua camisa e, droga, sinto uma dor cortante em meu abdome.

Uma dor constante, que se intercala com pontadas mais fortes.

Mas eu insisto.

Pois uma dívida deve ser paga.

Ele vira-se para mim depois que eu retiro sua camisa. E fita-me nos olhos, boquiaberto.

Meus dedos passam por seus lábios, e meu estômago está embrulhado.

Ele me olha, e seus olhos possuem uma mistura de sentimentos que se escondem sob o assombro, sob a absoluta surpresa.

Ponho-me nas pontas dos pés, e meus lábios beijam os seus.

Sua respiração entrecortada, suas mãos em minha cintura, as minhas em sua nuca.

Eu acho que vou vomitar.

Não.

Eu tenho que fazer isso.

Eu insisto, bem como eu aprendera, apesar da dor, apesar do completo pavor que luta para me tomar.

Mas quando seus lábios se afastam dos meus suas mãos afagam meu rosto, e seus olhos examinam os meus, e eu quase sinto o medo derreter.

Ou talvez seja eu que esteja derretendo.

Sua respiração acaricia minha pele e eu sinto em seu hálito um odor que me agrada.

Eu o conheço, tenho certeza.

Café, eu me recordo.

Ele afoga seu rosto entre meu ombro e meu pescoço, e eu sinto um calafrio.

– Você não precisa fazer isso – ele sussurra, e eu sou pega de surpresa.

Eu estou atônita, e preciso de alguns segundos para responder-lhe.

– Perdão?

Ele se afasta e olha-me nos olhos, severo, a mão em concha tocando suavemente meu rosto.

Eu fecho os olhos, por um motivo que desconheço.

– Eu vejo como isso é difícil pra você – diz, a voz banhada em compreensão. – E eu entendo, realmente entendo. – Ele se vira e pega um cobertor. – E sei que não estaria aqui, especialmente não assim, se não acreditasse que tem uma dívida comigo. – Ele joga o cobertor por sobre meus ombros e esfrega meus braços para aquecê-los. – Mas eu preciso que você entenda que não me deve nada.

Preciso de alguns segundos para entender o que está acontecendo.

Ele não me quis, é isso?

Eu preciso me sentar.

Puxo uma cadeira e me deixo cair sobre ela, tentando absorver aquilo.

– Você não me quer?

O que mais eu poderia fazer por aquele menino?

Ele ri e se agacha a minha frente para olhar-me nos olhos.

Mas eu não retribuo o gesto.

Estou extremamente ofendida e incomodada e confusa.

– É claro que eu quero – ele diz, como se aquilo fosse divertido. – Quer dizer, é só olhar pra baixo que fica claro que eu quero.

Ele diz, e eu olho, por reflexo, e ruborizo no instante seguinte.

Ele sorri, mas é fácil ver que ele também está envergonhado.

– Não tenho como pagar minha dívida, então – sussurro, porque aquilo é tudo o que consigo dizer.

– Eu já disse que não me deve nada.

Eu o encaro, irritada.

– Você salvou minha vida. – *Vida*, a palavra ecoa várias vezes em meu peito, *vida*, não existência, por que isso agora? – É claro que eu tenho uma dívida com você.

– E pretendia quitá-la do modo mais distorcido possível. – Ele balança a cabeça. – O que esse mundo fez com você, Allie? – ele pergunta, sério, mas eu não tenho uma resposta para oferecer-lhe.

Então permaneço em silêncio.

O que o mundo fizera comigo?

Essa era uma boa pergunta.

Uma pergunta que eu mesma não sabia responder.

Tudo o que eu sabia era que tinha tentado quebrar o silêncio, e em vez disso, o silêncio tinha me quebrado.

Mas eu já estava acostumada.

Eu já tinha aprendido que eu era um brinquedo com defeito.

Mas, mais do que tudo isso, o que me assolava agora era o medo.

Se eu não pagasse minha dívida, o que seria de mim?

Voltaria a pertencer a alguém?

Não.

Eu não quero mais ser um objeto.

Eu o encaro.

No que ele está pensando?

Será que ele passaria a me tratar como o clone que sou?

O futuro incerto assustava-me mais do que qualquer coisa.

Em um dos muitos livros que eu lera em meu curto tempo no purgatório, que separava minhas estadias no inferno, aprendera que só se pode julgar o futuro com base no que vivemos no passado.

E a julgar por meu passado, eu poderia jurar que nada de bom viria a acontecer.

– O que eu posso fazer, então?

– Primeiro, pode se vestir – ele diz, levantando-se. – Se ficar assim vai acabar pegando um resfriado.

– William, eu estou falando sério.

– E eu também – ele responde, como se fosse óbvio.

– Deixe-me ir com você, então – peço.

– Do que está falando?

– A missão. Deixe-me acompanhá-lo.

– Você só iria me atrasar – ele diz, e não há mais diversão.

Puxo o revólver de seu coldre e aponto-o para sua cabeça, o cobertor cai de meus ombros pelo movimento brusco, e eu tremo de frio, mas isso não me impede de apontar uma faca da mesa para seu pescoço.

– O que dizia? – pergunto.

– Que você vai pegar um resfriado. Que menina teimosa, credo.

– Você quer, por favor, prestar atenção em mim?

Ele olha-me debochado, assim que me cobre uma vez mais.

– Que é?

– Eu sou rápida, e atiro bem. Posso ser de grande ajuda.

– Não tenho permissão de te levar comigo.

– Então eu simplesmente vou te seguir.

– Para, Allie.

– Por favor – peço, e me pergunto por que não quero que ele me deixe sozinha aqui.

Mas é claro que não há resposta.

Naquela época, eu não entendia muito bem o que estava acontecendo.

Tudo o que eu sabia é que eu precisava, desesperadamente, agarrar qualquer chance de um futuro melhor.

|34|

A MISSÃO

Will

EU JURO QUE TENTO DE TUDO para deixar a menina no acampamento.

Chego até mesmo a amarrá-la numa cadeira.

Mas ela consegue se soltar.

Ela é incrível, isso é inquestionável.

Eu me dirijo à garagem, em busca de algo que me leve até Londres.

É uma missão simples.

Eu preciso recolher uma papelada, e só isso.

Quer dizer, seria uma missão simples, se não fosse em Londres.

Mas, no momento, esse não é o problema.

Quer dizer, é um deles, claro, mas não o maior.

O maior problema é essa criatura de pouco mais de um metro e meio que insiste em me seguir como uma sombra, porque diz estar determinada a participar de minha missão, com o único interesse de me proteger.

Claro, me sinto tão seguro!

Um metro e meio de puro osso, era tudo o que eu queria como guarda-costas.

Mas ela está determinada e nada vai pará-la.

E eu falo sério.

Quando alguns rebeldes tentam interferir, ela os abate rapidamente.

Não os mata, é claro.

Não são inimigos, são só homens com ordens que interferem em seu objetivo.

Ela os derruba, em sua maioria, com *feng shui*, ou *tai chi*, ou seja lá como aquilo se chama.

Ela os imobiliza, aperta pontos de pressão, e eles estão no chão.

É isso.

Tem um ou outro em que ela dá uma voadora, ou algo do tipo, e os deixa completamente inconscientes no chão.

Sem mortes, ferimentos graves ou lesões irreversíveis. Ela é toda precisão. Sabe exatamente o que está fazendo e o que está em jogo.

Certo, talvez aquele metro e meio de puro osso pudesse ser útil.

Ou, no mínimo, ameaçador.

Não que eu estivesse com medo dela.

Imagina.

Ou talvez eu estivesse um pouco.

Não importa.

O que eu quero dizer é que eu a tinha subestimado, e agora eu podia ver isso, claramente.

Mas eu não ia admitir.

Eu olho para trás de vez em quando, para confirmar se ela ainda está me seguindo, e não quero admitir, mas quero que ela esteja.

Não só pela sua presença e coisa e tal, mas porque eu realmente acho que ela pode ser útil, caso eu precise.

E toda vez que eu volto-me para trás, lá está ela, andando engraçado, com as mãos dançando ao redor do corpo e mais pulando que andando, com um sorriso largo no rosto que faria de qualquer viagem suicida uma excursão.

O que eu estava pensando?

– Allie – eu chamo, e ela se apressa em vir para o meu lado.

– Sim? – Seus olhos brilham de curiosidade.

– Tem certeza que quer ir? – pergunto, tentando não desejar tanto que ela diga que sim. – Porque as chances de nós voltarmos são bem pequenas...

– Eu já disse que vou – ela me interrompe –, e não há nada que você possa fazer pra mudar isso.

Tudo o que posso fazer é revirar os olhos.

– Sabe dirigir uma moto?

– Não – ela diz prontamente –, mas sei pilotar um helicóptero.

Eu não consigo evitar o riso.

– Bom saber, mas acho que não vai servir pra hoje. Precisamos ser discretos.

Ela me encara. Por quê?

– Você está falando sério? – ela pergunta, e, quando eu permaneço em silêncio, arremata: – Oh, você está falando sério.

– Por quê? – quero saber.

– Motos, que não são mais fabricadas desde a Terceira Guerra, não são exatamente o ápice da discrição.

– Você tem um ponto.

– Sei que sim – ela concorda, e olha os modelos da garagem.

– O que está fazendo?

– Escolhendo nosso meio de transporte – Allie explica, metendo-se entre os veículos, mas ela logo volta. – Não tem jeito. Vamos ter que roubar um.

– O quê!? – pergunto, completamente em choque. – Você ficou louca?

– Vai ser bastante fácil, na verdade.

– E onde iríamos fazer isso?

Ela franze o cenho e me olha como se eu fosse extremamente estúpido.

– Na base onde eu estava, é claro.

Uma gargalhada histérica brota da minha garganta, e ela implora que eu fique quieto, ou atrairei mais guardas, e eu sei que ela está certa, mas é simplesmente ridículo demais pra que eu me cale.

– Você sabe que está maluca, né? Acabamos de atacar aquele lugar! E você acabou de sair de lá – falo, ainda um pouco alto demais. – Quer voltar pra lá? – Prontamente me arrependo das palavras.

Mas Allie não parece se importar.

– E é exatamente por isso que ninguém vai suspeitar, William – ela explica, mas eu simplesmente não consigo concordar. – O que poderíamos querer de lá que ainda não tenhamos pegado?

– Veículos.

É a vez de ela revirar os olhos.

– Mas eles não vão saber! – ela tenta explicar. – William, se eu me lembro bem, o lugar ficou completamente destruído, na visão deles, não há mais nada naquele Centro que possamos querer. Não vamos encontrar qualquer resistência.

– E nem podemos! Somos dois e não teremos como fugir.

– Não vamos precisar! – ela insiste.

E, depois de muita discussão, eu cedo.

Allie não é o tipo de pessoa que aceita perder.

Já perdeu demais na vida, imagino eu.

Perder ainda mais simplesmente não é uma opção.

Odeio dizer que ela estava certa, mas ela estava.

Não encontramos absolutamente nenhuma resistência em nosso pequeno furto.

Sério, nem vale a pena narrar.

Tudo o que encontramos são quatro carros.

Dois de uma construtora, um de Silenciadores e outro que não reconheço.

Entramos em um dos carros da construtora sem dificuldades, Allie faz uma ligação direta e sai rasgando o asfalto, e isso é tudo.

O maior obstáculo encontrado fora desviar dos corpos espalhados pelo chão antes de alcançarmos o veículo, e isso era quase decepcionante.

Mas não havia tempo para lamentações.

Tínhamos uma missão, e quanto antes chegássemos a Londres, melhor.

Apesar de dirigir surpreendentemente bem, Allie não sabia para onde devíamos ir, o que me colocava no papel de copiloto.

Nos perdemos algumas vezes, mas logo encontramos as velhas placas à beira da estrada.

Cada placa que vemos traz um novo ataque de pânico que preciso conter.

Eu não quero voltar pra lá, não quero.

Eu torço para que Allie fale comigo, ou para que Taidra, que dorme preguiçosamente no banco de trás, acorde.

Eu preciso de companhia.

Preciso que alguém me acalme, mas não ouso começar uma conversa com Allie.

Não sei se ela se incomoda em conversar enquanto dirige.

E não tenho colhões pra descobrir.

– Qual é nossa missão? – Allie pergunta finalmente, e eu tenho vontade de abraçá-la, de tão grato que estou.

– Temos que ir ao antigo Senado e encontrar uma passagem secreta na sala do Primeiro Ministro que nos leve a uma sala onde, supostamente, eles tem arquivados todos os arquivos e planos da Voz – eu explico. – Precisamos encontrar o nome de todos os membros do Conselho da Voz, inclusive a identidade do Primeiro Ministro, e levá-los em segurança para Thelma.

Allie franze o cenho e tenho quase certeza que aquilo a incomoda.

– Por que eles querem essas informações? – ela pergunta.

– Eu tenho cara de quem sabe detalhe de alguma coisa? – é a única resposta que posso dar, porque é verdade.

Ao menos serve para fazê-la rir.

– Então temos que encontrar uma sala em um prédio com algumas centenas, talvez milhares de cômodos, e encontrar uma passagem secreta, que nós basicamente nunca saberemos se é a certa, já que as chances de estarmos na sala errada são enormes. É isso mesmo?

– Basicamente.

– Maravilhoso – ela diz, com uma voz engraçada que encobre o sarcasmo. – Quanto tempo isso levaria?

– Dias, meses, talvez – respondo, e só então percebo o detalhe em sua frase. – Levaria? Você sabe qual é a sala em que precisamos ir?

Ela me olha e sorri, orgulhosa.

– Eu sei em qual sala precisamos ir.

* * *

– Sabe, é realmente muita sorte sua que eu tenha vindo – ela diz, gabando-se, e aquilo é quase gracioso. – Quer dizer, você ia passar semanas procurando a sala e agora nós...

Ela se cala ao mesmo tempo em que freia bruscamente, jogando Taidra ao chão e fazendo com que minha cabeça bata contra o vidro.

– Ei! – reclama Taidra.

– O que... – eu começo a perguntar, mas me calo no instante em que olho para a frente. – Que merda é essa?

| 35 |

A LISTA

A - L I I

UM MAR DE CORPOS SE ESTENDE À NOSSA FRENTE.

Até onde a vista alcança.

Corpos e mais corpos que já começaram a feder há dias.

Crianças, idosos, jovens, homens e mulheres.

Eles não têm filtro.

Humanos são criaturas engraçadas.

Intrínseca e extremamente egoístas.

Não medem esforços para conseguir o que desejam, mesmo que isso signifique a chacina de milhares dos seus.

Não é à toa que quase acabaram com o planeta e entraram em extinção durante as guerras.

Eles têm a mania esquisita de pensar que os seus problemas são os únicos do mundo, que nenhum outro ser sofre, e quando porventura consideram que os outros possam também ter problemas, costumam achar que os seus são sempre maiores, mais profundos.

Humanos são tão competitivos, tão egocêntricos, que são tendenciosos, até mesmo em sua própria dor.

Humanos são, de fato, criaturas curiosas.

E extremamente autodestrutivas.

– O que aconteceu aqui? – pergunta Taidra.

– A Voz... – William tenta dizer, mas eu imediatamente o corto.

– Não – disparo. – Esse não é o padrão da Voz.

– O que quer dizer? – pergunta William, e, apesar de não conseguir tirar os olhos dos mortos, eu posso ouvir a surpresa em suas palavras.

– Esse não é o padrão da Voz – explico. – Fora dos Centros de Pesquisa a Voz é extremamente rápida e límpida. Eles teriam juntado as pessoas e as matado com algum gás. – Engulo em seco, com o pavor que isso me traz. – Ou mandado batalhões para a casa das pessoas, ou mesmo feito um muro de fuzilamento – digo, perplexa, a voz trêmula.

– Você está dizendo que isso não foi feito pela Voz? – Will pergunta, calmamente.

– Sim, é exatamente o que eu estou dizendo.

* * *

Encaminhamo-nos para o Parlamento lentamente, armas a postos, minha MP5 examinando qualquer coisa que possa parecer viva naquele lugar, e meus pés tomando cuidado para não pisar nos infindáveis mortos e seus miolos e entranhas que descansam estirados ao chão.

Nenhum de nós diz uma única palavra.

E não é porque queremos ser discretos, afinal, claramente não existe uma só pessoa que possa nos ouvir por perto.

A menos, é claro, que acordemos os mortos.

Eu sei que é terrível, mas quase agradeço o que foi feito ali, pois meu segredo está a salvo.

O motivo sombrio que me trouxe nessa missão.

Não que eu não confiasse em Will. Eu confiava, na medida do possível, mas eu aprendera que existem algumas coisas que simplesmente não devem ser ditas.

Quando alcançamos o prédio, eu vejo, na torre do relógio que pende para o lado, a ponto de cair, um símbolo pichado sobre outro. Ao fundo, está o punho fechado e ensanguentado da Voz, sobre ele, a tinta vermelha escorre num sinal de rebeldia que claramente fora suprimido, fosse por quem fosse.

É quase um símbolo do anarquismo, mas na verdade é o símbolo de uma personagem, e eu me pergunto, afinal, quem teria feito aquilo.

Suspiro e adentro o despedaçado Parlamento, ciente de que nenhuma de minhas perguntas será respondida.

Não agora.

Não nesse lugar.

Esquecendo-me, porém, de que nem ao menos tenho o direito de fazer perguntas.

Então eu simplesmente sigo as ordens dadas a William.

Caminho por entre os corredores, me forçando a lembrar do mapa visto tantas vezes nos treinamentos, e tentando me lembrar de caminhos alternativos, já que em vários pontos o caminho está bloqueado pela queda de corredores inteiros.

Mas, enfim, depois de muitas voltas, encontramos a sala, e debaixo da mesa, escondida por um tapete surrado, a alavanca que abre a passagem secreta.

Colocamo-nos a procurar o documento, ainda em absoluto silêncio, e o encontro com bastante facilidade, mas não o digo, pois eu desejo saber mais.

Eu analiso a lista por alguns momentos, lendo os nomes repetidas e repetidas vezes.

Oswald, Tomáz e Alec Muniz são os únicos nomes que eu conheço, mas existem outros dezoito com os quais não estou familiarizada. Decoro o nome de cada um deles.

O nome de cada um dos homens que eu vou matar.

Eu dobro o papel e o guardo em um dos bolsos de meu casaco, e coloco-me a procurar o que me diz respeito.

Eu procuro nas mesas e nas gavetas e em tudo que posso e, por fim, eu encontro.

Eu me apresso, desajeitada, e abro a pasta; no topo da primeira página está escrito:

Clone classe A
Número de fabricação: cinquenta e dois
Codinome: A-LII
DNA: Anika Flannangan Muniz
Proprietário: Alec Muniz
Finalidade: Transplante de órgãos

Eu engulo em seco e olho para William, em busca de ajuda, mas seus olhos estão fixados em outra folha de papel sobre a mesa.

36
ESCLARECIMENTOS

Will

EU ESTOU BRINCANDO NO JARDIM onde Elene conseguia cultivar alguma grama e um ou dois tipos de verdura, o que fazia de nosso jardim o mais bonito da rua.

Nenhuma das outras casas tinha o verde das folhas.

Eu sento na calçada e brinco, descontraído, com os bonecos velhos que ela fez para mim.

São velhos e imundos, eu sei, mas são meus, e foram feitos por ela, pela melhor mãe do mundo.

Ela cantarola e agrada sua Escort felina com os pés descalços enquanto rega as plantas e joga alguns restos de comida que ela diz que servem para alimentar as plantinhas.

Eu não sei bem se ela é maluca ou não, mas dá certo, então eu só a admiro.

O Capitão Friedrich está a ponto de prender o fora da lei Roth quando papai aparece no fim da rua, e eu me apresso em me levantar para acenar para ele.

– Pai! – eu grito, sorrindo. – Aqui, papai!

Não era como se ele não soubesse o caminho.

É claro que sabia.

Ele era a pessoa mais incrível do mundo.

Tinha sido um bravo soldado na guerra contra os rebeldes.

Controlado vários levantes.

Ele nos mantinha seguros.

Ele voltara há pouco tempo dos campos de batalha, e mamãe dizia que eu não deveria incomodá-lo muito, porque ele estava cansado, e ainda não tinha se adaptado à vida em casa de novo.

Eu esperei, é claro.

Mas até meu aniversário já tinha passado, e ele ainda não me dava atenção, então, por esses dias, eu costumava fazer de tudo para consegui-la.

Mas ele está cambaleando e andando engraçado.

Eu rio e viro para mamãe:

– Por que o papai tá andando assim?

– Pra dentro, Will, agora – ela diz, e eu consigo ouvir seu nervosismo.

– Por que? Quero brincar com o papai.

– William, agora! – ela ordena.

Mas eu não vou obedecer.

– Você prometeu – reclamo. – Prometeu que eu poderia brincar com ele hoje se comesse tudo, e eu comi!

– William, pelo amor de Deus, vá pra dentro – ela implora, mas é tarde demais.

Uma mão agarra-me pelo colarinho e me levanta do chão.

Papai?

O que ele está fazendo?

– Por que você não está na escola? – ele pergunta, a voz enrolada.

– Mas hoje não tem aula – digo, quase sem ar.

– O que está fazendo aqui? – ele grunhe de um jeito que quase não dá pra entender. – Tá falando mal de mim pra ela, é isso? – ele pergunta, apertando-me pelo pescoço.

Minhas mãos agarram seus pulsos e eu estou realmente ficando sem ar agora.

– Albert, solta ele! – ela suplica. – Por favor, Albert.

Ele me arremessa na rua e me chuta, enquanto minha mãe grita, enquanto ela suplica e implora para que ele pare.

– Seu pirralho de merda! – ele grasna. – Você destruiu minha vida, seu bosta! – ele repete várias e várias vezes.

Ele tira o cinto e me chicoteia com ele.

Ele erra a maior parte das vezes, mas, nas vezes que acerta, eu posso sentir os vergões se levantando em minha pele, e, vez ou outra, o sangue escorrendo.

Por que ele está fazendo isso?

Eu estou tão em choque que nem consigo olhar.

Não consigo falar.

Não consigo me mexer.

Não consigo perguntar.

Eu fico ali, encolhido em silêncio, até que Elene consiga tirá-lo de cima de mim.

E ali eu fico, mesmo depois que ele foi embora, tentando entender o que aconteceu.

* * *

Eu fito o documento com meu nome.

São folhas e mais folhas grampeadas com fotos e anotações e, porra, eles sabiam de tudo.

Tudo.

Desde quando ele perdeu o Escort, quando começou a beber, a primeira vez que bateu em Elene, que bateu em mim, na calçada de casa, e quando Elene começou a trabalhar para nos sustentar, até quando começou a usar as drogas.

Mesmo meu trabalho ilegal constava ali.

Eles sabiam.

Eles sabiam de tudo.

Onde estava minha preciosa Voz quando precisei dela?

As sirenes tocam e meu olhar e o de Allie se encontram.

– Hora de ir – Taidra diz, enquanto Allie pegava uns papéis e colocava no bolso.

Eu faço o mesmo.

– Encontrou? – pergunto à garota.

– Sim – ela responde, arfando. – Vamos embora.

Mas, antes que encontremos as escadas, tiros são disparados contra nós.

Merda, como eles sabiam que estávamos aqui?

Nós voltamos, mas os outros dois caminhos estão bloqueados, então Allie me puxa de volta para a sala do Primeiro Ministro.

– Por que voltamos aqui?

– É nossa saída aqui – ela aponta com o queixo para a janela.

– Mas aquele caminho dá na água, e não sei se você lembra, nossa missão é levar essas papeladas pra Thelma em segurança.

– Eu não vou morrer por essa missão. Boa sorte se você vai.

E eu sei que ela está certa.

Não por nossas suspeitas, mas porque, se formos pegos aqui, a lista estará perdida.

Eu engulo em seco.

– Mostre o caminho – eu digo e ela sorri.

Ela respira fundo, pega alguns saquinhos plásticos e coloca os documentos dentro.

Ela me estende um.

Sabe que eu peguei algo que não estava nos planos.

Eu suspiro e protejo o arquivo.

– Pronto? – ela pergunta.

– Pronto.

E ela corre em direção à janela, deixando o corpo cair no córrego.

Taidra resmunga alguma coisa, mas a segue, e, quando eu estou pronto para pular, ouço vozes e rádios.

Os Silenciadores nos encontraram.

* * *

Empurrei tudo o que eu podia para frente da porta.

Encaixei o poste da bandeira na fechadura, e amarrei as maçanetas das folhas da porta com a bandeira.

É o melhor que posso fazer.

Eu olho para o canal, mas não vejo Allie nem Taidra.

Eu engulo em seco.

Não há nada que eu possa fazer além de torcer para que estejam bem.

Eu volto para a sala de documentos e rezo para que a porta aguente mais um pouco, pois existem mais coisas que preciso esclarecer.

|37|

DE VOLTA À MANSÃO

A-LII

JÁ ALCANÇAMOS A BORDA E ESTAMOS ESCONDIDAS entre os escombros de uma casa enquanto Agentes correm ao longe nos procurando.

Taidra comenta alguma coisa sobre torcer para não crescer tentáculos depois do contato com aquela água, mas eu não estou realmente ouvindo. Isso porque eu fito incessantemente a janela do Parlamento, esperando que William pule de uma vez, mas ele não o faz.

Por que ele não o faz?

Vamos, Will!

Mas o tempo passa, e nós esperamos enquanto algo cresce em meu peito e dá um nó em minha garganta.

Nós esperamos e esperamos, e ele não pula.

– Allie – Taidra me chama.

Sua voz falha seguida por um ruidoso engolir.

– Sim? – respondo, os olhos fixos no buraco que fiz na janela, esperando ver o menino de nariz torto pular.

– Nós temos que ir – ela diz, e o desespero finalmente toma conta de mim.

– Mas e o Will? – pergunto, nervosa. – Ele vai pular, sei que vai – digo, mais para mim mesma do que para a tigresa. – Ele vai sim, você vai ver, nós só temos que esperar mais um pouquinho e...

A pata de Taidra em minha mão faz com que eu me cale.

– Nós não ouvimos tiros – ela me consola. – Pode ser que ele esteja bem, mas nós não podemos esperar mais.

– Ele vai ficar bem, né? – pergunto.

– Ele é forte – diz Taidra. – Vai se virar, mas ele não iria querer que ficássemos aqui.

E, segurando as lágrimas, nós nos viramos, deixando decididamente William para trás.

* * *

Já estamos perto de nosso destino quando Taidra me pergunta onde estou nos levando.

– Eu tenho mais uma coisa a fazer antes de voltar para o acampamento – eu digo, e ela simplesmente concorda.

Sem forças para questionar.

Quem poderia culpá-la?

Era, afinal de contas, quase como eu me sentia, não fosse o ódio e a necessidade mórbida de vingança, de ver o corpo daqueles homens que tanto nos causaram sofrimento estirados ao chão, rasgados ao meio, em suas eternas caretas de dor e sofrimento.

Engulo em seco e ignoro as lágrimas que tentam transbordar de meus olhos, pois eu já consigo enxergar a mansão a nossa frente.

Eu paro o carro, pego minha metralhadora e encaminho-me para o lugar onde passei os únicos malditos dias decentes de minha existência.

Nada é senão um cemitério, agora.

O sangue pinta as paredes por todos os lados, mas não há tantos mortos quanto eu imaginara.

Talvez eu só estivesse deslumbrada pelo horror vivenciado em Londres, não sei.

Não importa.

A casa está revirada e eu sinto medo que o que eu preciso encontrar não esteja ali.

Não que eu soubesse do que precisava, mas eu sabia que estava aqui.

Eu revisto a casa toda.

Abrindo cada um dos compartimentos secretos e pegando tudo o que há neles, e, para meu desespero, eu vejo que alguns deles foram encontrados, mas eu não desisto.

Pego tudo.

Livros, filmes, documentos, fotos, cofres, bilhetes em guardanapos.

Tudo.

Tudo o que Sr. Muniz escondeu naqueles lugares.

Eu não os vejo.

Eu não os examino.

Eu simplesmente sei que preciso disso.

Eu simplesmente sei que ele gostaria que eu os pegasse.

Enfio tudo em forros de almofadas e em trouxas que eu faço com os cobertores.

É mais coisa do que eu tinha imaginado, e eu preciso das duas mãos para carregar, e, como não poderia ser diferente, lá fora um Agente da Voz aguarda por mim.

– Dessa vez nós a pegamos, clonezinha – sua voz é fanha e me dá náuseas; eu jogo tudo no chão e tento sacar minha arma, mas ele fora mais rápido, e sua doze já aponta para meu peito.

Eu estou quase rezando aos deuses quando Taidra pula sobre o homem e arranca um grande pedaço de seu pescoço.

Eu viro-me para o lado e vomito seja lá o que estivesse em meu estômago, enquanto a tigresa dilacera o Silenciador.

– Desculpa por isso – ela diz, depois de terminar sua refeição.

– Imagina – digo, arfando. – Eu acho que devia te agradecer por isso, na verdade, né? Obrigada – eu me forço a dizer, olhando fixamente para o focinho sanguinolento do bicho.

Ela percebe, e o esfrega em um amontoado de neve que descansa perto de uma árvore e se lambe para se limpar.

Não estava nem perto do ideal, mas era o suficiente por ora.

– Melhor? – ela pergunta.

– Bem melhor – respondo, sorrindo. – Taidra, será que você pode me dar mais um minuto? – eu pergunto, apontando para a casa.

– Claro – ela diz. – Vai lá.

Eu deixo as coisas no carro e retorno para a mansão, perguntando-me como não notara o frio antes.

Em que época do ano será que estamos?

Mas quando eu adentro a mansão, toda e qualquer pergunta se esvai, e tudo o que eu sinto é saudades.

Por que as pessoas com quem eu me importo não podem estar perto de mim?

Por que elas têm que ir embora tão rápido?

Por que elas têm que ser arrancadas de mim?

Eu me abraço, lembrando-me de cada livro lido e cada comida quente, lembrando de cada abraço e palavra carinhosa, mas essa segunda parte traz-me estranho calafrio.

Livros.

Eu penso.

Encaminho-me para a biblioteca e procuro a letra D.

Os livros estão divididos por sobrenome dos autores.

Eu pego um livro sem capa, com a lombada levemente queimada, e lá leio o nome do filme preferido de Anthony.

Hesito em deixar aqueles livros para trás, mas eu simplesmente não tenho como carregá-los.

Penso em como aquela coleção poderia enriquecer o mundo.

Em como poderia mudá-lo.

E então eu entendo que simplesmente é impossível.

Aqueles livros contêm a verdade.

E a verdade não é doce como os contos de fadas que as empregadas de Sr. Muniz tanto gostavam.

A verdade era dura e amarga e difícil.

Acontece que não serão raras as vezes em que o esclarecimento, o conhecimento, parecerão o oposto direto da felicidade.

O fato é que a ignorância é cômoda e não pede mudanças.

A verdade é que o mundo provavelmente não mudará.

Não para melhor.

* * *

Em algum trecho da estrada, Taidra abre o vidro do carro e sussurra:

– Não deixem que nos calem.

Por um momento eu poderia jurar que ela tinha perdido a cabeça.

Que a morte, eu engulo em seco e corrijo-me, que o sumiço de William fora demais para ela, mas então Walter e outros rostos conhecidos saem das sombras e nos guiam para o barracão de veículos.

Eu desço do carro, e a primeira coisa que vejo é uma bola de neve vindo em minha direção.

Eu sou jogada ao chão.

Pelo susto, não pela força com que fui atingida.

Mesmo assim, Anthony está ao meu lado, rindo enquanto pede-me desculpas e pergunta se estou bem.

Sem que ele perceba, eu remonto a bola de neve, tão bem quanto posso, e atiro-a de volta em seu rosto.

Ele gargalha ao meu lado.

– Eu vou te pegar! – ele ameaça, mas eu coloco-me de pé antes dele, e já estou correndo para fora, onde a neve se amontoa no chão.

Eu monto outra bola de neve e arremesso contra o menino.

E enquanto estou rindo dele, outra delas acerta minha cabeça, e dessa vez é Walt quem está rindo.

Theo chegou também, e arremessa bolotas de tamanho assustador em Tony, que está correndo dele.

Marine se junta na perseguição ao rapaz, e, antes que percebamos, aquilo virou uma guerra.

E já somos em times, e já temos fortes, e estratégias.

E eu decido que não se deve brincar de guerra de bola de neve, como Tony chamou, com os rebeldes.

Mas eu não ligo.

Não por agora.

Não enquanto eu preciso rir.

E naquele momento, somente naquele momento, nós éramos nada além de crianças.

Mas, como os sonhos, aquele momento não durou para sempre.

– Onde está William? – pergunta Walter.

E eu desabo.

Eu simplesmente desabo.

Eu aperto o amontoado de neve em minha mão e ele se esvai em farelos no chão.

Meus joelhos cedem.

E eu vejo vermelho.

Tudo é vermelho.

Eu o traí.

Ele confiou em mim.

Ele ficou para trás.

E eu o traí.

Eu vejo Taidra deitada no conforto do carro, fitando-me.

Julgando-me.

Eu vejo sangue na neve.

Eu vejo, sim.

E eu grito e eu me encolho, e eu grito mais ainda.

Eu vomito outra vez, espalhando o suco ácido e respigando-o na neve.

Eu o traí.

Eu me odeio.

Eu não sou nada.

Eu não sou ninguém.

* * *

Eu estou tremendo na grande cozinha do acampamento.

Tenho uma sopa rala e quente nas minhas mãos, e estou perto do fogo.

Mas simplesmente não consigo parar de tremer.

Eu o traí.

Ele confiou em mim.

Ele me tratou como igual.

E eu o traí.

Perdão, Will.

Perdão.

À minha frente, um casal se diverte lavando a louça.

Jogando água um no outro.

E beijando-se enquanto trabalham.

Por algum motivo, isso faz com que eu me sinta mais culpada.

Muito mais culpada.

E eu me encolho em minha pequena cadeira, e minhas lágrimas caem dentro de minha caneca de sopa.

– É complicado perder alguém, não é? – Thelma pergunta, sentando-se ao meu lado.

– Eu já perdi mais do que eu poderia suportar – eu digo, limpando as lágrimas nas costas das mãos, o que traz o vapor da caneca demasiado perto de meu rosto. – Desculpe – sussurro –, sei que ninguém quer ouvir as lamentações de um estranho. Especialmente não as lamentações de um clone.

– Por que você acredita ser tão menos que nós?

Eu dou de ombros.

– É o que eu fui criada pra ser. Eu sou um clone, feita por vocês e para vocês. Não é como se fôssemos iguais.

Ela suspira e eu volto a fixar meus olhos no casal.

– Amor jovem. Sempre revigorante. Espero que consiga encontrar o seu por aqui – ela diz, se levantando.

– Você encontrou?

– Não tive a sorte. Pelo menos não de um amor correspondido.

– O que quer dizer?

– Eu sou parte da Rebelião desde sempre, desde que nasci, mas acabei me apaixonando pela filha de um influente político da Voz.

– E por que você não lutou por ela?

– Eu preferi lutar pela minha visão política. A verdade é que eu não tive coragem pra largar tudo por ela. Mas meu irmão o fez – ela divaga. – Talvez ele a merecesse mais do que eu, de qualquer forma.

– Você se arrepende?

– Não – ela diz prontamente. – Anika foi minha melhor amiga, apesar de tudo. E ela amava profundamente meu irmão – ela reflete, e eu sei que existe algo errado, mas o quê? – Acho que eu nunca conheci o amor como ele deve ser.

Anika.

Anika, o nome ecoa em minha mente.

E eu puxo o casaco de Thelma antes que ela vá embora.

– Como se chama seu irmão? – pergunto.

Mas eu não quero saber.

– Alec – ela diz. – Alec Muniz.

* * *

Naquela noite, as lágrimas e soluços acompanharam-me madrugada adentro, até que, em algum ponto, vencida pela exaustão, eu fui levada para o inconsciente.

Não sei em que momento eu adormeci, ou quando as lágrimas pararam de escorrer pelas maçãs de meu rosto; tampouco fui capaz de impedi-las de fluir livres e insistentes.

Eu não soube o porquê. Não fui capaz de entender a presença incessante de todo aquele líquido que me brotava dos olhos ardentes, ou da pressão esmagadora que insistia em pesar dentro de mim. Tudo o que eu sabia era que o aperto em meu peito e o nó em minha garganta eram reais. Assim como a angústia que tamborilava por meu corpo e extravasava-se numa mistura de espasmos e água salgada que me fluía pelas faces.

Eu não fui capaz de entender o que se passava.

Por que os desafios pareciam nunca cessar?

Por que o mundo parecia tão incansavelmente cruel?

O que eu fizera para merecer tão laboriosa punição?

Rasgava-me o peito a ideia de que ele jamais seria meu.

Não era mais como se eu não fosse boa o suficiente. Eu era. Pela primeira vez em minha vida, aquilo que eu era bastava. De uma forma estranha e dolorosa, ele fizera-me assim.

Afinal, talvez não se possa reconhecer o paraíso sem antes ter vivido o inferno.

Agora, porém, notava que ao sentir-me livre e digna, eu me afastara dele.

Afastara-me o suficiente para que a distância entre nós não pudesse, nunca, ser cruzada.

Não porque ele não estava ali, mas porque não me pertencia.

Nunca me pertencera.

Ele era dela.

Somente dela.

Como sempre fora.

Mesmo depois de todos esses anos, mesmo depois de nossa – curta, porém intensa – história juntos, ele nunca fora, nem por um instante sequer, meu.

Eu era a substituta, aquela que acalentava o coração partido de um homem que não soubera lidar com a dor.

Eu era aquela que, convenientemente, pôde estar presente somente – e tão somente – quando lhe fosse preciso e conveniente.

Eu não era alguém querido ou estimado; não era alguém com quem ele se importava e se preocupava.

Eu não fora aquela que lhe trazia calma e conforto. Não. Eu era apenas a substituta para o rosto que ele precisava, desesperadamente, contemplar. Eu era o colo em que ele conseguia, secretamente, abrandar suas mágoas e dores. Eu era a sombra de uma mulher que nunca conhecera. Eu era aquela capaz de trazer todos seus fantasmas de volta, e, ao mesmo tempo, afastá-los. Eu era aquela onde ele pudera afogar-se. A pessoa onde ele poderia perder-se.

Eu fora usada, como trapo velho, por aquele a quem, um dia, chamara de "meu amor".

Perguntei-me, por um momento, em silêncio, se por acaso ele não estivesse tão absolutamente em pedaços como estava, naquele momento, eu estaria aqui; se, na hipótese de que ele não estivesse aos frangalhos, eu ainda assim lhe chamaria a atenção.

A resposta, eu sabia, certamente era uma negativa.

Nem mesmo agora, sendo merecedora de ser olhada nos olhos, uma pessoa digna de ser amada, alguém a quem o dirigir da palavra era apropriado, alguém com um nome; nem mesmo agora eu seria amada por ele.

Talvez fosse essa a questão.

Talvez eu simplesmente quisesse, ou melhor, precisasse, desesperadamente, ser amada.

Amada por aquele homem que, agora eu sabia, jamais olhara para mim.

Talvez eu tenha ido longe demais.

Talvez eu tenha esquecido meu lugar.

Talvez eu seja apenas um erro que deve ser corrigido.

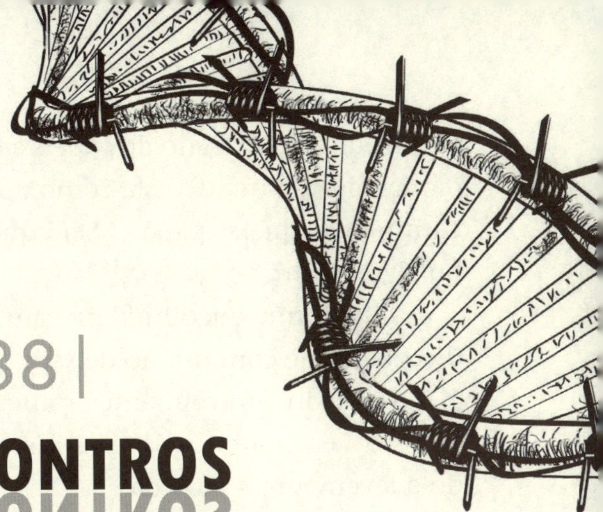

38

REENCONTROS

Will

– A ALLIE SIMPLESMENTE SURTOU quando chegou aqui ontem. Ela achou que você tinha morrido – Tony diz, e eu não sei se aquilo me deixa feliz, triste ou culpado. – Eu estou dizendo, Will, você precisa ir vê-la.

– Tudo bem – suspiro. – Onde ela está?

– No casebre da Thelma.

– E onde sua mãe tá? – pergunto.

Ele dá de ombros.

– Lutando pela causa.

Eu engulo em seco.

A causa.

Claro.

Vou ao encontro de Allie, não só porque quero vê-la, mas porque, mais do que isso, eu quero, eu preciso sair de perto de Anthony o quanto antes.

Eu bato na porta, e como ninguém atende, eu entro.

Há um amontoado de papéis e livros sobre uma mesa improvisada, fora isso, o quarto está como quando saímos, mas o que ela fazia com todos aqueles papéis? Será que ela estava escrevendo um livro ou algo assim?

Allie dorme encolhida na cama, escondida por um amontoado de cobertas, e com um fio de saliva pendendo de seus lábios.

A cena inevitavelmente arranca-me um sorriso.

– Ei – eu chamo. – Allie – insisto, a mão no seu ombro, balançando-a levemente. – Acorda.

– Vai embora – ela grunhe, sonolenta.

– Mas me disseram que você chorou muito por mim ontem – brinco.

E seus olhos se abrem imediatamente, assustados, e quando me alcançam ela está tomada de alívio, e seus braços se enroscam em minha nuca e as lágrimas escorrem por seu rosto e molham minha nuca, e, wow, eu estou surpreso.

– Você está bem – ela balbucia. – Você está bem! Você está vivo.

– Ei, eu tô legal – tento acalmá-la. – Eu tô aqui, eu tô aqui – insisto, e ela se afasta, e seus lábios estão nos meus, ferozes, vorazes. – Ei – protesto, tentando me afastar. – Calma aí.

– Cala a boca – ela diz, me puxando para mais perto, e sua mão está na minha camisa, e ela tenta tirá-la.

Ela a solta e para por um momento, e então, ela está gritando.

O sangue de minha camisa inundando suas mãos.

E ela grita e passa as mãos por seu rosto, sujando-o de sangue.

Ela está apavorada, e eu não sei o que fazer.

– S-sh-sh-shhh – eu tento acalmá-la outra vez. – Tá tudo bem, tá tudo bem.

Mas ela não se acalma, e as pessoas estão se aglomerando na porta.

Ela continua, balançando-se em posição fetal no canto da cama enquanto chora e grita e balbucia algo ininteligível, tudo ao mesmo tempo.

E então uma das cuidadoras chega com uma seringa, e Allie esperneia.

– Não! – ela grita. – Vocês não vão me calar! – Ela fica de pé na cama, e torce o pulso da mulher que tenta sedá-la, derrubando-a, logo em seguida, ao chão. – Vocês não vão! Não vão! – ela urra. – Eu sei a verdade! Eu vi a verdade! Eu vi o quão hipócritas vocês são! – ela grita e derruba todos que tentam pegá-la. – Eu vi! Vocês não vão me calar! Nunca vão me calar! Seus monstros!

E um dardo a atinge.

– Peguei – alguém grita.

E ela cai de joelhos sobre a cama, atordoada.

– Will – ela suplica, chorosa. – Will! – Seus olhos estão desfocados, não sei se ela realmente consegue me ver. – Will! Não deixa, Will. O Theo, ele… – Os lábios não a obedecem mais, então ela aponta para a papelada acima da mesa, e fecha os olhos, respirando errado, tonta demais pra resistir.

E eu sei que ela também descobriu.

|39|

TORPOR

A - L I I

EU TENTEI QUEBRAR O SILÊNCIO.

Mas o silêncio me quebrou.

Eu tentei quebrar o silêncio.

Mas o silêncio me quebrou.

Eu tentei quebrar o silêncio.

Mas o silêncio me quebrou.

E isso é tudo em que eu consigo pensar.

Às vezes as coisas não saem como queremos, mas, ainda assim, continuamos sorrindo.

Não importa.

Independentemente do quão difícil pareça, eu continuarei tentando.

Eu não vou desistir devido às pequenas falhas.

Minha língua está dormente quando eu acordo e, ao abrir os olhos, deparo-me com William deitado debaixo de mim, lendo um dos documentos recém-adquiridos.

Ainda estou muito perdida para levantar-me, então eu simplesmente fecho meus olhos de novo e espero que tudo melhore, enquanto eu escuto sua respiração e o bater de seu coração.

E eu descubro que adoro deitar em seu peito e simplesmente ouvir seu coração batendo errado de acordo com o meu.

Eu descubro que esse é meu lugar preferido no mundo.

Não havia cobranças, ou julgamentos, ou expectativas, ou segundas intenções.

Eu estava ali, e era tão somente isso.

Fácil como respirar.

Simples como a beleza de um dente de leão ao ser soprado.

Chego a pensar que, talvez, estar ao lado daquele garoto seja o suficiente; que não há necessidade de vingança, e que seu simples abraço possa curar quaisquer feridas arraigadas em meu peito.

Mas deve ser só o efeito do sedativo.

Já que infelizmente, tempos atrás, eu descobrira que nem todas as feridas cicatrizam, e as que eu tinha provavelmente permaneceriam em carne viva até o fim de minha existência.

* * *

Não sei como, quando ou por que caí no sono outra vez.

Mas quando acordo, já bastante sóbria dessa vez, não há dentes de leão nem esperança nem beleza.

Somente uma voz que implora:

– Não a matem, ela não é perigosa – eu ouço William.

– Não é perigosa? – uma voz retruca. – Ozhanna levou seis pontos na testa por causa do surto dela ontem!

– Nós *precisamos* dela – ele argumenta, e eu sorrio. – Ela teve acesso a informações que nenhum de nós sequer sonhou em ter.

O sorriso se esvanece de meus lábios e eu não posso acreditar no que meus ouvidos me dizem.

Ele.

William.

A única pessoa no mundo em quem eu realmente confiei, que eu achei que se importava comigo, que me tinha como igual, dizendo que tudo o que eu sou é "necessária". E não por nenhum motivo além das informações.

Mas o que mais eu poderia querer?

Eu sou um clone.

Isso é tudo o que eu sou.

Uma ferramenta a ser usada para a conveniência daqueles homens.

Eu o odeio.

Ele tinha se vendido.

Ele tinha se corrompido.

Ele era um deles.

Ele era imundo.

O nojo, o asco, o ódio, a dor. Todos os sentimentos que pareciam ter sido esquecidos voltam com uma força arrebatadora contra meu peito.

Eu o odeio.

Eu os odeio todos.

Maldita raça.

Criaturas nojentas.

Eu os odeio.

Eu os quero mortos.

Todos eles.

Todos.

Espero que morram.

Todos eles.

Inclusive ele, inclusive William.

É então que a ideia toma forma.

Del'Adeuq.

O nome ecoa em minha cabeça.

Ele é a chave.

E então eu percebo a perfeição daquele plano que se forma.

A imagem da chacina iminente; anomas e Silenciadores, todos os fantoches ensanguentados ao chão.

A vingança.

Não só minha, mas de todos os clones, de todos aqueles civis mortos em Londres.

Oswald morto.

O sistema enfraquecido.

Eles não poderiam negar.

Nesse cenário de revolução banhada a sangue, quem teria tempo de pensar em uma clone qualquer?

Eu poderia matar Tomáz com minhas próprias mãos e depois simplesmente sumir.

Roubar uns Escorts, arrancar-lhes os chips e viver reclusa no que restara do que fora um dia chamado de "campo".

Era perfeito.

Não havia falhas.

Eles queriam informação?

Era informação que eu lhes daria, mas eu lhes privaria de quaisquer outras fontes.

Liberdade.

Era em nome dela que eu lutaria, que eu sacrificaria aqueles sacos de carne podre e sonhos partidos.

E culpa?

Não era algo que eu me daria ao trabalho de sentir.

Não por eles.

Eu os odeio.

* * *

Quando William volta de sua pequena discussãozinha, eu estou queimando os documentos roubados do Parlamento.

Papéis já queimados jazem por toda a lareira, e há fuligem por todo o quarto.

Um sorriso largo está estampado em meu rosto.

– Ei! – William chama. – Ei, Ei – ele insiste, tirando os papéis de minha mão. – O que você está fazendo?

Mas não importa mais.

A lista foi queimada.

Toda ela.

– Eu a queimei – digo, rindo. – Eu a queimei. Toda ela!

– Por que fez isso?! – ele vocifera.

– Porque eu sou necessária – eu falo, olhando-o nos olhos, o sorriso ainda largo em meu rosto. – Porque eu tive mais acesso a informação do que qualquer um de vocês – eu trago à tona suas próprias palavras. – Agora as informações estão todas aqui – aponto para minha cabeça. – Agora vocês precisam de mim.

– Allie, o que você tá fazendo? Do que você tá falando? – ele parece sinceramente confuso.

Mas eu não vou mais cair.

Não dessa vez.

– Vocês não vão se livrar de mim – eu digo.

– O quê? Allie, presta atenção – ele diz, colocando meu rosto ente suas duas mãos. – Eu não sou o inimigo.

Eu me liberto de seu toque, nenhum sinal de diversão em meu rosto.

– Eu não tenho tanta certeza.

| 40 |

PLANOS

Will

TUDO O QUE EU MENOS QUISERA, EM TODA MINHA VIDA, foi ferir aqueles a quem amara; então, por que continuava a fazê-lo incessantemente?

Não importa como eu olhe para isso, eu sou o culpado.

Eu a induzi a isso.

Eu a levei comigo.

Eu não voltei com ela.

Eu deixei que ela absorvesse toda aquela quantidade de informações sozinha.

E sabe-se lá o que ela tinha lido.

Merda.

– Não é sua culpa – Taidra insiste em dizer.

Mas eu sei que é.

E eu preciso dar um jeito de consertar as coisas.

Mas como?

Como?

Vamos, Will.

Pense.

O plano dela parece a melhor opção, e a única plausível, mas ela não o teria bolado se não fosse ideal para ela.

Seja lá o que ela imaginou, envolve mortes que só vão complicar ainda mais as coisas.

O que fazer, então?

Eu preciso que ela volte a confiar em mim.

Mas como?

Eu bato na porta de seu quarto, e entro antes que ela possa dizer alguma coisa.

– Olha pra mim – eu peço, mas o tom está errado, minha voz sai autoritária demais, e eu imediatamente me repreendo.

Eu posso ver que ela não gosta da situação.

– Por que eu deveria? – ela pergunta.

É, ela definitivamente não gosta da situação.

– Allie, por favor, eu estou pedindo – eu tento, com toda a calma e suavidade que eu consigo colocar em meu tom. – Me diga o que eu posso fazer pra que você volte a confiar em mim.

Ela ri, um riso frio.

E eu fecho os olhos, entendendo o quão complicado isso vai ser.

– Tem certeza de que quer saber? – ela pergunta.

– Sim.

– Mas você deve prometer que vai cumprir o que quer que seja dito aqui, seja lá o que eu proponha.

– Tudo bem – digo. – Eu vou fazer qualquer coisa, mas você precisa ter em mente que eu não tomo as decisões em relação à Rebelião.

– Eu sei – confirma. – Pois bem, eu tenho a lista de nomes – Allie diz. – Só eu a tenho, só eu a conheço – ela esclarece.

– Sim, eu sei. Prossiga.

– Eu proponho um ataque.

– Que tipo de ataque?

– Proponho que ataquemos todo e cada um dos Conselheiros, ao mesmo tempo – ela explica. – Para que não haja uma nova eleição.

Ok, o conceito é bom, ela tem todos os nomes, pode funcionar.

– E quais são suas exigências? – pergunto, pois sei que ela as tem.

Ela sorri.

– Tomáz – ela começa. – A cabeça de Tomáz é minha, pra começar. E depois quero liberdade. Sem Voz, sem Rebelião, sem anomas e Silenciadores ou quem quer que seja. Sem ninguém pra me dizer o que fazer.

– Algo mais?

– Quero estar a par de absolutamente todos os detalhes dos ataques.

Eu suspiro.

– Vou ver o que posso fazer – digo, preparando-me pra sair.

– Ah, e, William? – ela me chama. – Ouvi que você estava preocupado em ser o responsável por meu "acesso de loucura". Mas, por favor, não se preocupe com a minha sanidade. – Ela sorri, presunçosa. – Há tempos que ela não reside mais em mim – ela conclui, e eu engulo em seco.

O que teria, afinal, feito o mundo àquela menina, para que seus lábios pudessem curvar-se em tão fria linha?

|41|

SEGREDOS

A-LII

O MAL ESTÁ TÃO DISSEMINADO, tão enraizado no nosso cotidiano que as pessoas perderam a capacidade de distingui-lo. Elas simplesmente não enxergam os problemas de tão cotidianos que são.

Eu me pergunto se ele realmente não os vê.

William está esperançoso com a audiência marcada com Thelma.

Diz que tudo deve correr bem, e que o plano parece bastante plausível. Especialmente agora que sabem que eu tenho, além dos nomes, os endereços.

Talvez viver o inferno ao lado de um homem que não nos ama tenha suas vantagens.

Fazem três dias desde a briga, e eu não sei bem como me sinto sobre ela.

Eu quero falar com ele.

Quero saber o que está acontecendo, e se ele tem alguma coisa para me contar.

Quero contar-lhe o que descobri, e quero que tentemos resolver isso juntos.

O som das hélices de um helicóptero chama minha atenção, e eu olho para o céu, mas antes que eu veja qualquer coisa, o barulho some, e eu me forço a acreditar que fora só minha imaginação.

Estamos sentados sob uma árvore seca, esperando que Thelma nos chame, quando eu crio coragem para dizer:

– William? – eu chamo e ele olha-me nos olhos, o que me faz vacilar. – Você entendeu o que eu quis dizer sobre Theo, aquele dia?

– Sim – ele responde. – E descobri coisas tão alarmantes quanto.

Will usando a palavra "alarmante".

Certo.

Tinha algo incrivelmente sério aí.

– Por que nã...

– Aqui não é lugar para se falar sobre isso – ele me interrompe.

Talvez eu devesse ter confiado nele.

Talvez ele só estivesse jogando.

Se ele sabia coisas tão terríveis quanto essa, não era possível que ele concordasse com a Rebelião.

A porta se abre e Thelma diz:

– Estamos sob ataque! – segundos antes de uma bomba levar pelos ares o barracão de veículos.

A explosão incendeia tudo e todos ao redor, jogando até mesmo nós, que estávamos do outro lado do acampamento, no chão.

Sangue escorre da cabeça de Thelma e ela tem dificuldade para abrir os olhos.

– Você está bem? – eu pergunto.

– Uma pedra – é tudo o que ela consegue responder antes de pôr a mão na cabeça em um gesto de dor.

É tudo o que eu preciso ouvir.

– Eu vou atrás de Anthony, você a mantém segura.

– Certo – Will concorda, mas ele pega minha mão assim que eu me levanto. – Toma cuidado, tá?

– Eu vou ficar bem. Eu sempre fico.

E com isso, eu solto sua mão.

* * *

Estou munida de minha metralhadora e de algumas dúzias de bombas.

Se isso não me mantiver viva, nada mais vai.

Mas as chances são ínfimas diante das centenas de homens marchando acampamento adentro.

Muito menos contra os canhões que miram nossas casas.

Eu corro, atirando em toda e qualquer pessoa que vista branco.

Eu corro, em busca de Anthony, mas quem eu encontro é Theo, de pé sobre um carro forte, assistindo o massacre que ele programou.

Mais um dos massacres que ele programou.

A ira toma conta de mim e eu preciso usar todas minhas forças para simplesmente não me jogar num ataque suicida sobre a criatura.

Eu o odeio.

Eu o odeio.

Como eu o odeio.

Eu o quero morto.

Eu quero poder matá-lo eu mesma.

E matá-lo eu vou.

Eu me escondo atrás de uma amurada preta velha, peço aos céus que ele não me veja.

Eu sou uma pessoa com uma chance, e ele é um general com uma infinidade de homens ao seu comando, todos eles dispostos a me matar.

Não importa.

Não mesmo.

Desde que eu acerte-lhe a cabeça.

Mas a luz reflete em minha MP5 e eles me viram.

Droga.

Não foi dessa vez.

Eu me jogo ao chão e por um segundo eu paro.

Decidindo-me se vou ou não trocar minha vida pela dele.

Eu olho mais uma vez, para apurar meus cálculos e chances, mas o que eu vejo é mais decisivo que qualquer probabilidade.

Dentro do furgão, atrás do vidro blindado, está Tomáz, assistindo calmamente ao show de horrores.

E eu sei que ainda não posso morrer.

Não sem arrastar aquele homem comigo.

Eu levanto-me e vou atrás de Tony, que está organizando um contra-ataque, mas nossos números são muito inferiores.

– Precisamos de uma vantagem – ele diz, querendo desesperadamente uma resposta.

– Eles têm um carro forte – digo, atrás do menino. – Podemos explodi-lo, como fizeram com nosso barracão.

– A explosão não acabaria nem com um quinto do batalhão deles – retruca Louis.

– Eu não disse que essa será nossa vantagem.

* * *

Do topo da cozinha eu observo tudo.

A tubulação de gás sendo conduzida para debaixo do carro, Marine rolando pelo chão para perfurar a mangueira do veículo.

O resto de nossas forças tacando bombas e mais bombas e tentando manter-se o mais longe possível da batalha, que indubitavelmente seria perdida nessas condições.

Eu confiro se o atirador está em ordem, e pergunto-me se aquele gancho improvisado será o suficiente.

Tony dá o sinal, e está na hora.

Eu calmamente me locomovo para o telhado mais próximo do furgão e dou o sinal para Marine, que arranca o pino e rola silenciosamente uma granada para debaixo do carro, e quando os dez segundos passam, o carro vai pelos ares, da forma mais literal possível.

A explosão joga-o para cima e faz com que despedace no céu.

Um terço ou mais do pelotão fora reduzido, mas tudo o que eu consigo ver é se Tomáz e Theo estão vivos.

Theo é facilmente encontrado no chão.

O crédito não é meu, e sim de Marine, mas ver a cabeça de Theo separada do corpo, e o corpo separado das pernas, traz-me certo alívio e prazer, que, infelizmente, são completamente esvanecidos quando eu vejo a maldita figura engravatada gritando por socorro dentro do resto do maldito carro branco.

O helicóptero desce para buscá-lo, e essa é minha chance.

Assim que o homem sobe a bordo, eu o acompanho pelo lado contrário.

Atirando nos Agentes antes que atirem em mim.

Por sorte, são só quatro.

O piloto grita que vai obedecer e eu ordeno que busque nossas tropas, e, enquanto ele o faz, sorrio para meu antigo amigo.

– Não pode ser – ele diz, incrédulo. – Você não pode estar viva!

– Mas aqui estou eu – digo somente, aproximando minha metralhadora de sua boca, deleitando-me com o seu terror um segundo antes de pressionar o gatilho e vê-la jogar seu cérebro para fora da cabeça.

E eu sou incapaz de desviar os olhos dessa cena.

|42|

PEDIDO

Will

EU OLHO EM VOLTA E PROCURO ALLIE.

Por que diabos ela está demorando tanto?

Thelma está perdendo muito sangue, e definitivamente não vai aguentar muito tempo.

Porra.

Onde está o maldito Tony?

– Eles não vêm – Thelma diz, sorrindo.

– Eles vêm sim – eu digo, nervoso. – É claro que vêm.

Como posso acalmar uma moribunda se nem ao menos consigo me acalmar?

– Não – ela insiste, ainda sorrindo. – Eles estão revidando, estão lutando – e eu sei que é verdade, pois posso ouvir Allie gritar ordens para os soldados.

No que ela está pensando?

– Eu sinto muito.

– Não sinta! – ela pede, a sinceridade em cada uma de suas palavras. – Era tudo o que eu poderia pedir. – Ela tosse sangue. – William, querido, será que poderia me levar para dentro?

– Taidra, me ajuda aqui. – Juntos conseguimos levar a mulher para dentro, sem causar-lhe mais dor do que já devia estar sentindo.

– Na caixinha verde sobre a mesa tem uma chave – ela tagarela e eu me inclino para pegá-la. – Essa chave abre um cofre no qual está o broche que me dá direito à liderança da Rebelião. Supõe-se que, quando eu morrer, eu o entregue à pessoa que julgo ser apta a me substituir.

– Pode deixar, eu vou entregá-lo em segurança a Tony.

– Não, filho – ela corrige-me. – Eu estou falando de você.

Eu franzo o cenho.

Thelma está delirando.

– Mas eu não sei onde está o cofre, eu não entendo nada da Rebelião. Mal faz um mês que eu estou aqui, ninguém aqui me conhece, e as que conhecem não devem gostar de mim – eu disparo. – Com exceção de Anthony, talvez.

Ela coloca a mão sobre meu peito.

– Você tem um bom coração, menino – ela diz, as palavras se perdendo. – Cuide bem de Allie, ela e Anthony vão te ajudar.

* * *

– Um abatido, mais vinte pra abater – diz Tony, mas não há motivo para comemorações.

– Três abatidos, na verdade – Allie corrige-o.

Theo fora abatido, e talvez o pomposo homem morto por Allie no helicóptero fosse outro, mas e o terceiro?

– Três? – eu pergunto.

– Três – ela afirma, solene, e me fita. – O que é isso em seu pescoço?

– É a chave de minha mãe? – Anthony pergunta.

– Sim – respondo. – Ela pediu que eu assumisse a Rebelião, mas não sei se posso.

– Se ela te escolheu, é porque você definitivamente pode, Will – encoraja-me Anthony, e eu sinto certa culpa ao perceber que não existe em suas palavras nem ao menos um resquício de inveja.

– Você vai me ajudar? – eu pergunto.

Ele dá de ombros.

– Se você precisar, estarei sempre aqui.

– Obrigado – eu digo, sincero, e volto-me para a garota. – Ei, Allie?

– Sim? – ela responde, inexpressiva.

– Thelma disse que você também seria importante. Sabe alguma coisa sobre cofres e broches, ou alguma coisa assim?

– Nem imagino.

– Marine? – eu a chamo.

– Sim?

– Quais foram as baixas?

– O acampamento foi totalmente comprometido, senhor, e perdemos 87 soldados, senhor, o equivalente a três quartos do total dessa base, senhor.

– E pra onde devemos ir?

– Pra onde quiser, senhor.

– Marine?

– Sim, senhor?

– Pode me chamar de Will.

– Ah, sim.

– Crawley serve?

– Sim, senhor.

– Então dê as ordens, é pra lá que vamos.

* * *

Tudo o que eu sempre quis foi fazer a diferença na vida de alguém. Eu tentei exaustivamente fazê-lo, a ponto de esquecer de minhas próprias necessidades, mas tudo o que eu fazia era em vão. Eu estava preso a um poço de ódio e ressentimentos; era refém do medo e do receio do que minhas escolhas poderiam causar àqueles que me rodeavam.

Eu tive tudo o que me era caro arrancado de mim e perdi meu rumo, um rumo que, mesmo antes, já era tortuoso.

Mas agora me era dada a chance de cuidar de alguém, a chance de mudar a vida de pessoas cujos nomes eu nunca viria a saber, me era dada a chance de começar de novo, ajudando e sendo ajudado, cuidando e sendo cuidado. Essa era uma perspectiva que nunca me dera o trabalho de pensar sobre.

Eu seria capaz de lidar com algo tão inusitado?

Com um sonho que nunca fora capaz de sonhar?

Eu não tinha a menor ideia.

Mas eu tinha que tentar.

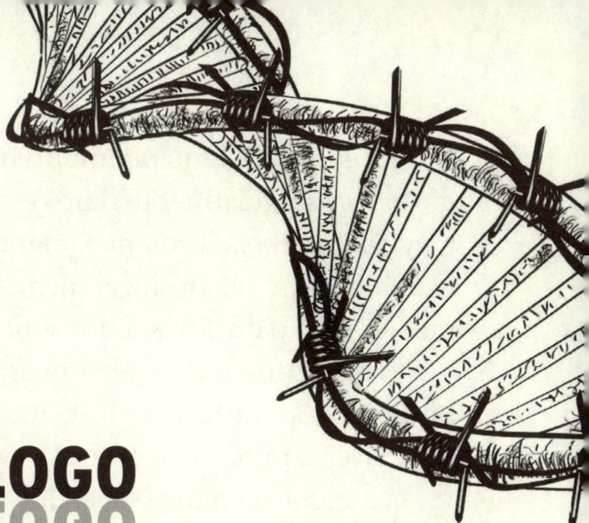

EPÍLOGO

TALVEZ NO FINAL DE TODO ESSE ÓDIO haja esperança.

Poderia haver um futuro em que o mundo não fosse esse amontoado de erros constantes e frequentes? Um futuro no qual a repressão não seja uma realidade tão gritante e cotidiana? Nós somos cúmplices inconscientes da retaliação da liberdade e livre-arbítrio?

Talvez no fim de toda essa dor haja um raio de luz.

Poderia haver nesse mundo alguma forma de realmente viver, de sermos nós mesmos, afinal.

Do que adianta existir e não viver?

Eu digo viver de verdade.

Sabe, nas tardes que eu passava sozinha na casa de Dr. Muniz, algumas vezes me sentava para assistir a um programa antigo, da época em que a água era límpida e os céus azuis, era uma coisa inocente, um programa divertido que me punha a assistir de vez em quando com as serventes.

Lembro-me de uma vez em que o protagonista dizia algo como preferir morrer a perder a vida.

Na época não entendi muito bem, mas, de alguma forma, agora me parece singularmente claro o fato e forma de como "viver" e "sobreviver" são coisas completamente diferentes.

Talvez, em algum lugar além dessa insanidade, haja um futuro melhor com o qual possamos sonhar.

Talvez a insanidade seja pensar assim, acreditar que haja uma salvação, que exista, depois de tudo isso, uma luz no fim do túnel.

Talvez a insanidade seja não sonhar.

Acho que eu nunca saberei.

De qualquer maneira, os vivos vão continuar vivendo, e, enquanto eles o fizerem, serão uma ameaça, e serão alvo daqueles que os querem mortos.

Eles serão.

Sempre serão.

Mas nós não temos medo.

Nunca tivemos.

Nunca teremos.

Não queimaremos nesse lugar sem vida e esperança.

Não importa o quanto tentem nos silenciar, nós reapareceremos; ressurgiremos das cinzas, em nome de cada um que já morreu de algum modo lutando por sua liberdade, correndo em busca de seus direitos.

Não porque somos incorruptíveis, morais ou melhores, nem mais espertos, iluminados ou qualquer coisa parecida, mas porque somos conscientes de nossos traumas e dores, de nossas falhas e temores. Porque, onde houver opressão, o povo há de se erguer, guiado por alguém altruísta o suficiente para importar-se mais com seus ideais do que com seus caprichos.

Tudo o que precisamos, é que o primeiro indivíduo quebre o transe, e nós estaremos lá.

POSFÁCIO

MINHA IMAGEM APARECE NA PEQUENA TELEVISÃO improvisada à minha frente, mas não importa.

Tudo em que consigo manter os olhos é na velha câmera a minha frente.

Como se ela fosse os olhos de todos aqueles a quem quero alcançar.

No ar em três, dois – eles dizem, e apontam o número um.

Estou ao vivo.

Boa noite, humanos.

Sinto muito interromper o entretenimento barato de vocês, mas eu tenho uma mensagem importante.

Meu nome é Allie.

Clone classe A, número de fabricação cinquenta e dois.

Fui criada pela nossa sempre benevolente Voz para atender aos caprichos humanos. Caprichos esses desde coisas simples, como cultivar meu cabelo para suprir a falta deles que a Manisalpela trouxe à população, ou ser cobaia para produtos cosméticos e farmacêuticos, ou mesmo para testar novas e mais eficazes formas de tortura para aqueles que não submetem-se à vontade da Voz. Ou mesmo para satisfazerem sua luxúria imunda aglomerada pela falta de competência por conseguir uma pessoa que o queira.

Afinal, é tão mais fácil impor sua vontade sobre alguém.

É isso o que a Voz faz.

É o que sempre fez.

Quem é essa menina, e por que deveríamos confiar nela?, vocês devem estar se perguntando.

A verdade é que eu não sou ninguém.

Vocês não me conhecem, e nem deveriam, aliás.

Por que diabos um humano se importaria com um clone, afinal?

Muitos de vocês até viram meu rosto quando quase me tornei parte da mídia de entretenimento, conhecido pela Voz como "Entretenimento de Manipulação".

Não importa.

Não importa quem sou eu, ou quem é você.

O que importa é que eu sei, com toda e qualquer parte de meu corpo, ou do que resta dele, que vocês, cada um de vocês, percebeu nos últimos dias que há algo errado com esse governo, se é que não reparou antes.

Eu sei o que dizem de nós.

Anomos.

Se de anomalia, anomia ou de anônimos nos chamam, nunca saberemos.

Talvez sirvam todas, de fato.

A diferença nos faz mais fortes e nos mantém unidos. Quanto à anomia não tenho certeza, pois não é o caos que queremos instalar, mas talvez, só talvez, tenham sido inteligentes e ligado anomia à Anarquia. Não à falta de ordem e total depravação, mas à ausência de um governo que nos oprima e nos modele.

Quanto ao anonimato, estão de fato certos.

Não somos nada.

Não somos ninguém

Somos apenas um povo lutando pelo direito da liberdade que há tanto nos foi tirada.

Independente do que lhes tenham dito, eu os imploro, não lutem por uma causa que desconhecem, e muito menos se omitam a ela, pois conhecimento é nossa maior arma, enquanto a ausência dele é a arma de nosso inimigo, e, principalmente, lembrem-se: poucas coisas são mais perigosas do que uma luta cuja causa é desconhecida.

Esses homens nos fizeram reféns com o uso de demagogias, aproveitando-se de nossa fraqueza em meio à Quarta Guerra.

Fizeram-nos reféns de nossas necessidades e nos enganaram num momento crucial. Agora, como todo governo, corrompeu-se e voltou-se aos seus interesses, e somente seus.

Então, peço que se ergam.

Lutem, se puderem lutar.

Ajudem-se, se puderem ajudar.

Munam-se de todo conhecimento que puderem.

Agradeço a atenção de vocês, e peço-lhes:

Não deixem que nos calem.

FONTE: ITC Stone Serif
PAPEL: Pólen Soft 70g/m²
IMPRESSÃO: Paym

Acesse a página do livro no Facebook:
www.facebook.com/livroalii

#Novo Século nas redes sociais

novo século®
www.novoseculo.com.br